author
mono-zo
ill.桶乃かもく
水魔法ぐらいしか取り柄がないけど現代知識があれば充分だよね？
「〈酸素と水素、水に包まれて多めに出ろ〉」
ボガーンっ!!
「わわっ!?」

フリムの水魔法で、
汚い賭場も大掃除！
「〈水よ、出ろ〉」
フリム
気付いたら５歳の
孤児に転生していた元日本人。
酷い生活からの脱却を
目指して奮闘中。
珍しい髪色には
とある秘密が……？

「掃除がなっとらん！
もう一回だ!!」
ドゥッガ
スラム一帯を取り仕切る
マフィアの親分。
粗野で乱暴なおっかない人物だが、
役立つフリムのことは何かと
目をかけている。

「君はなんでここで魔法の練習してるの？」
怪しい、怪しすぎる。
洗剤の力が不十分なこの世界で、髪がツヤツヤで
首元や爪の先までピカピカな人間がいるわけがない。
それも肉体労働で今まさに汚れました
といった衣類を着ているのにだ。

水魔法ぐらいしか
取り柄がないけど
現代知識があれば
充分だよね？
author
mono-zo
ill. 桶乃かもく

口絵・本文イラスト
桶乃かもく

装丁
AFTERGLOW

contents

プロローグ

街の中は様々な音に溢れている。

意識しなければ気がつかないが車の音、工事の音、人の話し声、通行人の足音、お店の音。

現代日本の、極々当たり前で平凡な日常の中に私はいる。

朝起きてご飯を食べて歯を磨き、顔を洗ってメイクし、スーツで働きに出る。

新しいパンプスの硬さは少し嫌になるが数日もすればなれるだろう。

働きに出て、パソコンと向き合い……偶にプレゼンし、資料内容を説明する。そうして決められた時間働き、帰って歳の離れた妹と弟を少しいじってテレビを見て寝る。

毎日同じ繰り返し。

少しあるイレギュラーといえば時々ある出張や、大事なお客様用のお茶とお菓子を買うことぐらいだ。今日は出先での仕事が終わって後はデパートで来客用のお菓子を買って明日会社に持っていくだけ。

時間も早めだしドラッグストアで化粧品と洗剤を見ておこう。最低限の身嗜みは必要だし、仕事が忙しくなると化粧品のストックが切れることもあるのでまとめて買っておく。いつも買う洗剤の新製品が出ていたので裏の表記を見る。成分の詳細はわからないが肌の弱い妹もいるし何が入っているかは把握しておきたい。

少し歩いてスーパーの店先に新鮮な野菜が並んでいるのを見て買っておく。偶にお母さんの買ってくる食材と被って冷蔵庫がいっぱいになることもあるが、食材がなくて困るよりはいい。妹の好きなヨーグルトも買っておこう。

車に重くなった荷物を積んで目的地であるデパートに向かう。

地下駐車場に停めてデパ地下コーナーを通り、目的のお菓子を買う。

……あ、美味しそう。デパートのちょっとした贅沢、艶めいて見えるお惣菜も少し買って帰ろうかなと思ったが、今日はお母さんが張り切ってカレーを作っていた……我慢しよう。


そうだ、少しスーツとバッグも見てから帰ろう。エスカレーターで上の階に移動しスーツのコーナーを見る。

女性用のスーツは男性のものよりも少し種類も多く、凝ったデザインのものや気品に溢れるものもある。値段もそれなりにするかもしれないがこういうのは一期一会だ。気に入ったデザインのものにはそう出会えるものではないし、体にフィットしたものかどうかで疲れ方も変わる。高ければいいというわけではないが、身に纏うものや立ち居振る舞いも社会で私がどう見られるかの一因となるのだから必要経費だ。気に入ったものがなくても小物なんかも見てみたい。

……お母さんは「そろそろ結婚することも考えなさい」とか「仕事中心で物事を考えてばかりで」なんて愚痴ってくるが何歳になっても娘は娘、きっと心配なのであろう。

好きなデザインのものは見つからなかったしそろそろ帰ろうかと、下りのエスカレーターに乗る。

デパートは平日ということもあってそこまで混んでいるわけでもない。エスカレーターで少しスマホを開いて時間とニュースをチェックする。

いつもならパソコンと向き合って仕事している時間で少し落ち着かない。ニュースを流し見て仕事に関するものはないか探すも何もない。あるのはかわいい猫のニュース程度だ。

ポーンポーンとどこかから音が聞こえて、私の足元をボールが通り過ぎ……落ちていった。

ここはエスカレーターで、後ろからボール？

ちらりと後ろを見ると幼児が降ってきていて――


……………多分、そこで私は死んだのだと思う。

第1章　気がつけば異世界

「なに、ここ……?」

気がつけば、別の世界だった。

路地の中、腐敗したすえた臭いの中、路地の向こうにコスプレした人たちがいる。

犬や猫の耳の……顔が鳥の人型生物。

「生きてるか?　フリム」

「パキス」

自分の口から知らない男の子の名前が勝手に出た。

オレンジ色の髪のボロを着た男の子。ここのまとめ役の子だ。

「何があった……ん、ですか?」

「ようやくまともに話せるようになったんだなお前。兄貴に金渡さねぇから蹴(け)られたんだ、覚えてるか?」

「わからない、です」

「相当殴られてたからな……ったく」

言われて少し体を動かすと腰や腕が痛い……背中と頭も痛くてたまらない。

それよりここはどこで、私は誰なんだろう？

「お前の水が気に入った親父が駄賃をくれて、その金で遊んでこいって言われたんだよ。なのに兄貴がそれを取ろうとして抵抗したお前はボコボコにされたんだ」

「全然覚えてない、です」

この男の子が何を言ってるのかわからないが何か理不尽なことをされたようだ。

それよりも、この痛みが、そして空気が自分に緊急事態と告げている。

自分は暴力を振るわれるような人間ではないはず、それだけは言えるはずだ。現実感がない夢のはずなのに、これが現実と痛みが証明してくれる。

「とにかくお前くっせーからさっさと自分の水で体洗えよ」

「水？」

「いつも魔法使ってただろ水魔法。いいよなそれ、俺の分も出せよ」

無遠慮に腕を引っ張られ、ゴミの山から出たはいいが地面に顔を打ちつけた。

身長もある方だったはずなのに、子供のような手で自分でも驚いた。見えている範囲に白い何かが見える。

「おい、いきてっか？　よえぇなお前」

「……」

ガッ！

頭を殴られた。一瞬で手術の麻酔が切れたかのように全身痛くて痛くて、……そこで意識が飛んでしまった。

私は……日本人だったのは確かなはずだ。

どこかの会社の研究職をしていた気がする。

確か買い物に行って、どうしたっけ？　そうだ、エスカレーターだ。

ボールが落ちてきた。

コンコンと弾むそれを目で追って……、

――――次いで子供が降ってきたんだ。

勝手に体が動いて全身全霊の力で受け止めて……背中から落ちたと思ったんだけど多分首か頭から勢いよく硬い床に叩きつけられた。

あれは死ぬ。

……だけど、子供は大丈夫だったかな？

で、なんでこんなことになってるんだろうか？

それが最後の記憶のはずなのに、この体になってからの記憶もある。

たしか……髪色のおかしい両親がいて、気がつけば路上生活だ。視界の端の白いのは私の髪だったか。

前世では日本人だったし黒だったはずだが、今では白を基調に毛先にかけて青くなっているようだ。頭頂部がどうなっているのか……鏡が見たい。

「起きたか？　ったく、兄貴もどれだけ殴ってんだよな」

パキスはここらを取り仕切っているマフィアのボスの息子の一人だ。

「さっさと働きに出るぞ」

「……はい」

以前のフリムは懐いていたようだが、こいつは全然頼っていいやつではない。

「水ー！　水だよー！　高純度な魔力水！　体にもいい！　今ならこのカップ1杯で半銅貨1枚！　瓶（かめ）いっぱいで銅貨5枚だ！　おいしーよー！」

「おーい、こっちこっち！」

「あいよー！　行くぞフリム」

「はい……〈水よ、出ろ〉」

魔法なにそれ？　と思う自分もいるがいつも通り魔法は出た。

水売りをやっているフリム。パキスの命令で言われるがまま指定された場所に行って私の力で出した水を売る。

パキスは容積という概念を知らないようで、水瓶が縦に2倍大きければ2倍の値段で売り、3倍の大きさなら3倍の値段で売る。

「ウメェな‼　こんなに美味い水飲むのは初めてだ‼」

「そうか？　……俺には普通の水に思えるが？」

「お前の舌がどうかしてるんじゃないか？　もう一杯！」

「はーい！」

人によってはものすごく美味しくて感動！　みたいなことを言ってくれるが、そうでもないと言う人もいる。

宿屋のおばちゃんの依頼は、想定してる瓶より縦に倍の大きさではあるものの、膨らんだ横幅のことを考えると、容量は2倍ではすまないだろう。

「さっさとしろフリム、次があんだから」

流石にこの大瓶には銅貨10枚とっているがパキスは騙されているとは気がついてない。

パキスの売値では水瓶で銅貨5枚、そもそも水の価格や相場も知らないし、余計なことは言えないが商人はどこの世界でもしたたかであるのはすぐにわかった。

1日、同じように水を注ぐ仕事をし、この意味のわからない世界を回る。

「おら今日の稼ぎだ、これも食えよな」

すえた臭いのするパンとスープ、それに銅貨がたったの2枚……稼ぎの使い道の内訳は知らないが90％以上この男に吸われている。

労働基準法も人権もない。それは移動中の路地で座り込んでいる人たちを見れば明らかだし、治安も悪い。

王都名物だと言ってなにか売っている人もいることから、どこの国かはわからないがここが首都のようだ。移動中も巨大なお城が見えていた。……あそこに駆け込んだら助けてもらえないかな？

こんなすえた食い物でもギラついた目で欲しがる人がいる。

ただ、襲われないのはここを取り仕切っている親分がパキスの親だからだ。

パキスもこの後一家の別の人に金を吸われて、親分さんのもとに金が流れる。

————……酷い世界だ。

顔を殴られて赤くなっている女の子が働いているっていうのに、今日水を売った宿屋も薬屋も、そして兵士も……誰一人として私を気遣うことはなかった。

前日に殴られた私は全身が痛いが、それよりも吐き気がする事実に胃液が上がってきそうだ。いっそ悪い夢ならどれだけ良かったことだろうか？

殴る蹴るをされた鈍痛が残ったまま、私は路地の地べたで寝ることとなった。

新たな人生、前世の記憶があるだけでもありがたいが、こういうのってもうちょっと、お姫様とは言わないまでもまともに扱われる身分だったら良かったのに……。

あるのは痛みとボロ着と現代知識と魔法とかいう訳のわからない力。

「――せめて」

「あん？」

「なんでもない、です」

――……屋根ぐらいあるところで寝たかったなぁ。

今の私は自分で自分がよくわかっていない。

20年以上生きてきた私が夢を見ているのか、今の私が20年以上生きてきた夢を見たのか……。

わからないことばかりだが、どちらの人生が正しかろうと生きるしかないのだ。

朝起こされ、まずいご飯を食べ、こき使われる。

基本的人権なんてないが騒ぐわけにもいかない。何もしなくてもパキスは私のことを殴ってくるし、騒げばパキスはもっと容赦なく私を殴るだろう。誰もそれを咎めようとはしない。

それまでにはなかった年嵩の私の知識が物事の裏側まで色々と読み取ってくれる。

石畳の道に、明らかに耳が長かったり歩くトカゲのような普通じゃない人種。スマホを持ち歩く人もいないし財布の中は紙幣ではなく硬貨……風呂はないのかツンとした汗の臭いが人から漂う。

トイレなんてどうすればここまで汚くなるのかというような有り様だ……文明のレベルが見てとれ

る。

私は捨てられたかなんなのか、とにかくストリートチルドレンとして生きている。

そして私もパキスも、マフィアのような反社会勢力の最下部組織の一員である。

宿屋のおばさんいわく、魔法が使える者は多いが私のように美味（おい）しい水を出せる者は少ない。そしてこんなに量を出せる者は平民にはそうはいない、らしい。

魔法は自分でも驚くほどすんなりと使える。水の魔法はただ言葉と指先に魔力を込めればドバドバ出せる。そしてその価値は普通の水よりも高く、下手（へた）な酒よりも高いほどだ。

だからこうやって私はこき使われている。

「さっさとやれ愚図が！」

「はい」

もうちょっとご飯が食べられるぐらいには大事にしろと思ったが、親分は私の意識が戻る前にそこそこの金をくれていた。すぐに、パキスの上役にゆすられて「こ、これはその……お、親分、に！　もうちょっと、食べるように言われて」などともたついて言ってたらうるせぇとボコボコにされた。まだ全身がズキズキと痛む。

まだ私は新入りだから大事にする以前に使い物になるのか様子見して、使えなかったら死んでもいいといった扱いをされている。親分さんが小遣いをくれたのは私の出した水が思ったよりも美味しかったからだろう。

酷い国で、酷い場所だ。

人権も、児童養護施設もないし警察機関はあっても親分からの賄賂かこれぐらいは許容されるのか……私が彼らの目の前でボコボコにされていても何もしようとない。むしろ治安維持とか正義の行使が役割であろう兵士が直接店をゆすってるところも目撃した。

どこもかしこも腐ってやがる。

――神様、こんなことになってるのはもしかしてエスカレーターで落ちてきた子供の打ちどころが悪かったとか、むしろ助けたつもりが私が潰してしまったんでしょうか？　不可抗力なので許してください。

「〈水よ。出ろ〉」

水を出すのは結構楽しくて好きだ。今までにはない感覚が楽しくていい歳してるはずなのに胸が沸き立って大変よろしい。

仕事にやりがいを持てるなんていつ以来だろうか？　現実逃避とわかっていながらもこれぐらいしか楽しめる要素がない。

出し方も一気に出したりじわじわ出したりと調整できるのも面白い……自分の中の何かが減ってる感覚も楽しめる。子供の体だから精神が引っ張られているのか、こんな酷い状況なのに変にやりがいを感じてるのかもしれない。

今、必要なのはやりがいでも魔法でもなく栄養と安全のはずなのになぁ……。

強いて言うなら自由とか権利とか安心とかが欲しい。日本で何事もなく暮らすって贅沢だったんだなと自覚する。

周囲から色々読み取り、大人らしいインテリジェンスをもってして生活の改善を考えたい、が、そう簡単にいくものじゃない。

悪には悪のルールがあり、その中に一度でも取り込まれると、簡単に抜け出せるものじゃない。

私の世話役兼監視としてついているこのパキスとかいう少年、子供でも駄目だこいつ。

私の処遇に見かねた浮浪者が一言口出しした。

「大丈夫かお嬢ちゃん？　おい、やりすぎだろあんた！」

「あん？　うっせぇなぶっ殺すぞ！　フリム！　さっさと仕事しろクソが！」

――……仕事が終わってその路地を通ると、そのおじさんは目を開けたまま動かなくなっていた。

「ひっ⁉」

「あ？　いつものことだろフリム？　さっさと来いよ」

いつものこと、そうだ……パキスもどうしようもないクズだった。

子供が少し悪さするとかそんなレベルじゃない。楯突いてきた人はあっさり殺すし、日本だと普通に死刑になっていてもおかしくはない。――……どうしようもないクズだ。

気に入らなければ殴るし、敵対している団体に上納している店には簡単に石を投げる。

逃げ出したくても、どうすることもできなくて、まともに食べることもできない。

「仕事がおせーんだよ愚図！」

「うぐっ！」

パキスの虫の居所が悪かったのか強く蹴り飛ばされて無様に転がってしまう。が、大通りで人も多いというのに私を助ける人は誰もいない。関わらない方がいいとばかりに目を背ける者ばかり。

本当に、いやになる。

異世界生活4日目、この体の痛みが夢ならばどれほど良かっただろうと考えてしまう。昨日と同じように痛みに耐えながら働くが、この劣悪な環境の改善のためにも少し演技してみることにした。

「フリム、さっさとついてこい……フリム？」

「はい……」

日に日にふらふら歩くようにして、栄養不足であると見せる。

「どうした？　あるけねぇのか？」

「お腹がっ……空いてっ」

「いつもと同じ量食っただろ？　足りねぇってのか？　贅沢じゃねぇか」

……いや、演技ではないな、お腹が空いてキューキュー胃が痛む。

本来なら私はきっと高給取りのはずだ。

店屋の呼び込みを聞いていると水瓶1杯で銅貨5枚と言っていた。なら私の稼ぎは明らかに1日銅貨100枚を超えている計算になるはずだ。

お店なんかの水の補給はどんな契約でいくらもらっているかは知らないが、あまりにもマージンを取りすぎだろう。

「私も、成長してるので、食べる量が増えたのかもしれません」

「そっか……クソがっ！　俺を舐めてんだろボケが‼」

いつもの暴力、自分よりも体の大きなパキスは何もなくても殴ってくるし本当に最低だ。体を丸めて耐えるしかない。

「うぐっ……やめ、やめてください」

「クソがっ！　お前は俺の言うことを聞いてればいいんだよ！　俺だって兄貴に金渡さなきゃなんねぇのに‼　馬鹿！　言ってんじゃ‼　ねぇっ！！！」

「……！　……！　…………‼」

ただただ、痛みに耐える。

子供のパンチだが私はさらに小さい子供、栄養失調の……肋骨の浮かんだ女の子。

栄養失調は誇張しすぎたかもしれないが指先が震えることもあるし、ふらふらしてしまう。

ガスガス踏みつけられて生命の危機を感じる。このまま何もしなくても食べられなくて死ぬしかないので、いつかは抗議しないといけなかったのだが。

「言うこと聞けよな！　さっさと来い！　愚図がっ！」

「…………ぁい」

この悪党には、子供なりの情というものがないし、手加減も知らない。

まともな提案だったはずだ。うまくいけばもう少し良い飯が食べられたはずだ。しかしまずいスープの増量どころか味わえたのは鼻血の味。

しかも昼時の、大通りのすぐ横、誰かが助けてくれる可能性もあったが皆見て見ぬふり……あぁ、最悪だ。

パキスにとっては「言うことを聞かない馬鹿のしつけ」程度に思っているんだろうけど……私の演技はまだ続いている。

袖で鼻血を雑に拭き、今日の外回りの仕事を終らせる。

パンもスープもなしだ。

「さっさとついてこい」

「……はい」

フラフラと壁にぶつかってついていく。パキスは全く私の心配をしていないどころか遅い私を「のろま」と偶に小突いてくる。

いつもとは違う路地、パキスの縄張りよりも更に奥、ドゥッガ一家の親分のいる場所だ。

「よぉパキス、今日のアガリはどうだ？」

「いつも通りだ」

私をボコボコにしたのとは違う兄貴分にパキスは金を渡した。

刺激したら、それだけで殺されるかもしれない。殴られても何処(どこ)か遠くの出来事と俯瞰(ふかん)していたが、流石(さすが)に震えるほどに恐ろしくなってしまった。

「けっ、しけてんなぁ……おらよオメェの取り分だ」

「あいよ、親父の機嫌は？」

下を向いてやり過ごす。鼻からは鼻血がまだたれてきているのがわかる。

「いつも通りだ、さっさと通りな……」

「へいへい」

「――おい、待て」

このまま通り過ぎることができると思ったが。兄貴分の人が私の顔を下から覗(のぞ)き込んできた。恐怖に震える手を握りしめる。

「この小娘、死にかけてねーか？」

「いつも通りだし、死んだって構いやしねーよ」


最低でもナイフを持ってる男たちがたむろしている。

そのすぐ横を通り抜け、路地から賭博(とばく)場の裏へと回る。

「さぁ賭(か)けた賭けた！」

「お見事！　運が良いねぇお客さん！」

「良い賭けっぷりだね旦那(だんな)！」

「だぁっ！　ちっくしょー！」

「はははは！」

　にぎやかな観衆の声を聞きながら私は従業員用らしき通路を通って親分の部屋に向かう。

「……さっさと行け」

　途中、何度も武器を持った門番のような役割の男に急かされる。ボディチェックはされないが人によってはされるのだろうか？

　ここの親分は食べ物と飲み物は目の前で毒見させる。私の役目は数日分の水を瓶に入れることだ。

「さっさとしろよ」

「……はい」

　パキスは部屋に入れない、親分さんのいるこの部屋に入れるのは私だけだ。以前親分は毒を盛られたことがあるらしく……慎重だ。

　親分さんが金勘定してる机の前で私は水を注がなければならない。前に来たときには美味しい水に興奮して銀貨をくれた。

　今日も無言で水を入れて終わりのはずだ。そこでできれば現状の改善を求めたいが、結構危険だ。親分はあっさり人を殺すし、…………なんなら今も部屋の端で血を流した人が倒れたままだ。

「おぉ、フリムだったか？　前の水は美味かったぞ」

　……っ！　声をかけられて恐怖で身を震わせるがバレないようにできるだけ明るく返す。

「はい、ありがとうございます」

「お前の水は美味くていいな、そこの瓶に貯めろ」

「はい」

状況の改善なんて望めない、この男の機嫌一つで10分後には命がないかもしれない。

ビクつきながら瓶の蓋を取ると……少し中が汚れていた。指先で確認するとぬめっているし明らかに良くない。

「あ、あの」

「ん？　なんだ？」

親分さんは既に金勘定に戻っていたが私の呼びかけに応えてくれた。横の護衛の男たちにいきなり殺されなくて良かった。

……自分の命を自分以外の誰かの機嫌一つで奪われる可能性が、とても怖い。

「か、瓶、瓶が汚れてますがその、ままいれてもいいです、か？」

「なんだと……？」

「ぬ、ぬめりは体に悪いですしこのまま飲むと健康に良くないか……ヒッ⁉」

「…………」

親分さんが立ち上がり、護衛たちの空気が凍った。そのまま歩いてきて瓶に手を突っ込む。

私の前で立ち止まったのは私を殴るためではなかったようだ。

「……この水瓶、洗っとけっつったよな？」

護衛を睨みつけて目が据わっている親分さん……マズいっ！

「え？　言ってましたっけ？」

「てめぇは俺が言ったことを覚えられねぇな……舐めてんのか？」

「舐めてない、です」

「じゃあその頭が悪いんだなクソがぁっ！！！」

怒号とともに親分さんが部下の人を殴った。目の前の大人による本気の暴力。肌がひりつくなんてものじゃない、灼けて焦げ付いてしまいそうだ。

「この！　俺が！　言ったことを‼　守れねぇやつは！！！　いらねぇ‼　んだよ！！！　ゴミがぁっ！！！！」

目を背けていても、人が踏まれて、潰れ、水の……血の出る音が聞こえる。

「はぁはぁっ！　こいつもそのゴミも連れてけっ‼」

「は、はいっ！」

他の護衛の人に命じて、部屋には私と人を殺したばかりの、猛った親分さんだけになってしまった。

――――足が震えてしまう、自分で立てていることが不思議なぐらいだ。

「ちっ、たくよぉ……フリムだったな？　よく言ってくれた」

「は、はいぃ」

返事が喉から出ただけマシだろう。瓶を持ち上げてその中をガシガシ手ぬぐいでこすり始めた親分さん。

「ったく、使えねぇなぁ」

私にその瓶は大きくて持ち上げられないし手持ち無沙汰だ。

「あの、みズ出しましょうか?」

「ん?　ちょっと待て、洗い終わったら水を注げ」

「はい……洗うための水、は、いりますか?」

「余裕はあるのか?」

「はい、それと、ゴメンっサイ、です」

「……何謝ってんだ?」

瓶を床に置いて、うつむいてる私の顔をしゃがんで覗き込んできた親分さん、顔に傷もあって、本当に怖い。

「あ、あの、その」

「何を謝ってるか聞いてるんだ、さっさと言え」

「はい、その、この前親分さんにこれでめしくえって言われて渡されたお金、使えなかった、です」

「あァん?　金はどうした?」

「ここの、お兄さンたヒに……と、とられました」

思いっきり噛んだ、このままうまく伝えられなかったら殴り殺されるかもしれない。だけど何もしなかったら……最悪どっちにしろ栄養失調かパキスに殴られて死ぬかな?

「……そうか。おら、水入れろ」

「はい、〈水よ出ろ〉」

意外と瓶は汚れていたようで数回洗ってから水を注いだ。親分さんが怒っている様子もなかったのは幸いだ。

こうやってるとその辺のお父さんと同じような雰囲気だけど、どこに怒りのスイッチがあるのかわからない。

「おい、これ食ってけ」

水を注ぎ終わって、声をかけられた。

「い、いいんですか⁉」

「おう」

机の上にあった肉を渡されてその場でむさぼり食べた。

あまりにもお腹が空いていて、ちょっと硬くなった肉で噛み切るのも大変なのにとにかく噛んで飲み込んでいく。日本人的感覚では美味しくない肉だが、どんどん体に染み渡り、栄養で満たされていくように感じた。栄養が全く足りていなかったのがわか……しまった親分さんの目の前だ！

「す、すいません」

「――いや、気にすんな」

親分さんはデスクにひじをついてこちらを眺めていた。

気がつけば生きて帰ることができた。

「おい、金」

「もらえなかったです、お肉ぽいって渡されてその場で食べました」

「……ちっ役立たずが」

待遇改善の嘆願どころではなかったが、親分さんに私の顔を売ることができたんじゃないかと思う。ヤクザやマフィアのようなやつらに味方するなんてって見方をされるかもしれないが、今は生きるだけでそれしか選択肢がない。

それから親分のもとには4日に一回から2日に一回と呼ばれる回数が増えた。水を入れ替えるだけだし、見られている気はするが特になにか言ってくることはない。

毎日怖いと言えば怖いがパキスや他の兄貴さんからの暴力は格段に減った。

「終わりました」

「おう、今日はこれやる。ここで食ってけ」

「はい、ありがとうございます」

それと行くたびになにか食べ物を渡される。部屋には肉や野菜、果物が置かれていて、その中で少し傷みかけのものをポイと渡されるのだが……さすが親分さんの食べるもの。日本で食べていた品種改良された果物や野菜と比べて美味しいかと言えばそうは思わないが、お腹が痛くなることもなく食べることができる。

「それと今日から賭場の水も入れてけ」

「はい」

この世界、いや、この国には衛生観念というものがあまりないようで……私の仕事は水回りなだけあってどうしても目につく。

真っ赤に錆びた包丁に、表面に苔の生えた飲み物用の瓶……肉用のまな板と野菜用のまな板にだって気を使う日本人的衛生観念からはとても考えられない。

賭場の裏の飲み物用の大瓶5つに水を注ぐ。本当はもっと早く一気に出せるが、仕事ができればできるほど仕事は増えるし、パキスはどんどんやれ、死ぬまでやれ、やって俺の役に立てっていうクズ上司だしなぁ……仕事を抑える理由が命がけって日本超えてるなぁ。

賭場の水の補充が終わればパキスの監視のもとでいつもの水売りだ。

「おかみさんは魔法使えないの？」

「小さな火を出せるぐらいだよ」

「便利ですね！」

「でしょう！」

できれば今すぐにも助けてくれる人が現れてくれればと願ってしまうがそうもいかない。

現代知識があればもう少しなんとかできるかもと思うものの、失敗したときは自らの命が散ると考えると慎重にならざるを得ない。

「じゃあこの薬を作るのにはこういう水が良いんですね？」

「そうじゃの、魔力がこもっとるほうが良い薬ができるの」

「そーなんだ！」

宿屋のおばさんや薬師のお婆さんにも仕事の合間に話を聞く。彼女たちにとって私は盗みを働く可能性もあるから水を入れているときはすぐ近くにいる……私は何もしないがパキスがなにかとっているのは見たことがある。

信用も信頼もされていなくて少し悲しいがこんなものかもしれない。信用されるにはもっと時間が必要だ。


――少しずつ、少しずつ情報を集めて自分の価値を高めないといけない。

いつかはまた親分さんに一言言ったように自分の命をかけないといけないかもしれない。


ほんの少しでも空を覆うものがあれば上等、そんな路地で私たちは寝る。

路地には私たちと同じような限界底辺の立場の人間が一緒に寝ている。半銅貨でも払えばこの場所で寝られる、寝て……ちょっとだけ安心できる。

場所代を払わなければ制裁を受けて当たり前、朝になる前には息もしなくなってしまう。

まだ私やパキスはマシな場所である。仲間同士が集まって寝るだけの路地だが仲間がいるだけで物取りや他のマフィアの襲撃の可能性は減る……まぁそれでも組織で最低階級である私が金なんかを持っていたら仲間内で殴って奪われることはよくあるのだが。

「行くぞ……あ？　何見てんだよぶっ殺されてぇのか⁉」

「い、いえあがっ⁉」

孤児らしき少年にゾッとするほどの目で見られてパキスが殴った。

ドゥッガ一家で一番扱いの悪いパキスにすらここいらの大人も逆らうことはしないが、こういうことはよくある。

新入りや旅の人間だとまだパキスの顔やドゥッガ一家の怖さを知らないからだろう。

パキスが直接殴りに行くのがいつもだが、体の大きな相手には他の兄貴さんを呼びに行くこともある。

「はぁ」

「なんか言ったか？」

「なんでもないです」

とんでもなく酷い生活にため息が出てしまった。

日本で10年以上学んだ現代人としては「どんな国にいても生きていける」という自信が漠然とあった。

言葉が通じず、金銭を持たずとも、日本の国旗を書いて身振り手振りで大使館を教えてもらい日本に帰れる……とか。日本に帰らなくても皿洗いや下働きでもして最低賃金をもらって最低限の生活ぐらいならどうとでもなる…………とか。

しかし、ここの暮らしはどうだ？　働いてはいるが金は中抜きされる。屋根もない路地裏で寝起きしている。上司は暴力を振るってくる。尻尾（しっぽ）の生えてる人や鎧兜に槍を携帯している人。ナイフをみんな持っている。言葉はなぜか通じるのに明らかに地球じゃない。

帰る方法も思いつかない。

衣・食・住、自分の思う『最低限の暮らし』はこんな血と汗と泥だらけで穴の開いたボロボロの服でいることでも、食べられなくてお腹が減ってフラフラすることでも、屋根もなにもない路地で寝ることでもない。

「あ、あの」

「なんだ？」

「お金数えるの手伝いましょうか？」

だから、賭（か）けに出ることにした。

「────あ？」

親分さんはとても用心深い。常に護衛のいる部屋で金勘定をし、食べ物にも毒が盛られないように気を使っている。暴力を振るうことにも躊躇（ためら）いがなく力も強い、それでいて賢い。

他の人間はほとんど計算ができない。教育を受けていないからだ。

「お前計算できるのか？」

「カシラ！　できるわけないっすよこんなガキに」

「自分の尻も拭けねぇようなガキが何言ってやがる、さっさと水出して帰れっての」

普段親分さんの横で何かの賭けをしている護衛の彼らが口を挟んできた。怖くて喉から魂が出そうになるがこれも賭けだ、気を強く持つ。

「てめぇらは黙ってろ‼　フリム、試しにやってみろ」

机に散らばる硬貨の数々、流石に計算ぐらいできるし余裕だと思ったが……。

硬貨の種類が、多いっ！！？

マズい、失敗した。私の想定していた硬貨は多くても6種類だったが余裕で10種類以上ある。これなら役に立てるかもと思ったが失敗したかもしれない。

「――どうした？　できねぇのか？」

「えぇっと、途中までやってるのはここまでですよね？　じゃあこれで親分さんの役に立てるか試してもいいですか？」

机の上で既に計算中の硬貨は一度放置する。

「おう」

親分さんの了承を受け、机の端のスペースを少し整理して新しい金袋を開ける。

宝石、大金貨、金貨、大銀貨、銀貨、銅貨、半銅貨、朽ちてなにかわからない硬貨。多分作ってる国も違うし歪んだり割れたりしてるものも多い……それらを分類して集めていく。

お金は私の専門分野である。潰れた硬貨で山を作りながら何があったのか妄想する。ここにある銅貨は古くて潰れているものが多い。多いということはそれだけ大きな国のものなのだろうか？　潰れやすい材質ということは製鋼技術はそこまでなのだろうか？　古いものが多いがこの銅貨を作っていた国は存続しているのだろうか？　硬貨に刻まれたマークは国のなにかのモチーフかな？　劣化からして遠くの国のものなのかな？

お金は経済を象徴するものの一つだ。前世の紙幣も偉人や文化を印刷していた。たかが紙切れなのに金貨や銀貨のように価値がある。

私は経済が好きだ。経済を通じてその国の文化や風俗が知れる。

自分の自由にできるお金じゃないが、お金と触れることによって国の文化を考えるのはとても面白い。……勿論手の動きは止めない。

「ふふっ」

少し声が漏れてしまった。不審だったかもしれないが、ボロボロの硬貨から私の知らない世界を少し想像して楽しくなってしまったのだ。

「…………」

働く私を見ている大人たちだって元々は親分さんの護衛としてここにいる。仕事中なのにお酒を飲んでいるが、これだって金銭のやりとりが発生していて経済に関わるものだ。

「まぁ無理はしないようにな？」

「はいっ！」

親分さんは計算するのに一枚一枚分類しているのを何度か見かけたが、それだけで結構大変そうだった。お金の計算は後回しだ。「お金の計算というこの世界ではあまりない技能によって親分さんの役に立つ」のが目的なのだから、数えられなくてもようは親分さんの役に立てばいいのだ。

まずは大まかに硬貨を仕分けし、同じ種類のものだけ集めて10枚ずつ山にし、同じ種類の中でも傷んだ硬貨を別のグループに分けてそれは別で数える。

「これは……どう分けた？」

「同じ種類の硬貨を綺麗(きれい)、普通、汚いで分けてそれぞれ10枚ずつで塊にしてます。全部数えるのはすぐにはできないので親分さんの役に立てればって思います」

「……なるほどなぁ」

「カシラ、こいつ使えるんで？」

「あぁ、それといつも言ってるが人の話さえぎんなケディン、ぶん殴んぞ」

「へーい」

護衛の兄さん、他のマフィアの事務所に行ってものを壊してくるのが大好き『大木槌(きづち)のケディン』さん。

一応この都市でも抜き身の剣や対人用のバトルアクスは携帯していると流石に捕まる。なので建築用と言えばごまかせる大木槌を持ち歩いている……とても目立つ人だ。大木槌は石造りの建造物が多いとはいえ、何かに使えるのだろう。明らかに血でどす黒く汚れていたりするのにそこはいいのかとも思う。

「どこで覚えた？」

「まチで水の商売しながら歩いてて、屋台でこうやって手伝ってる子がいました」

まだ親分さんは怖くて、言いはじめに言葉が詰まりそうになる。

「なるほどなぁ……まぁいい、金勘定もさせることにするから今から手伝え」

「はい、パキスにはなんて言えばいいですか？」

「パキス？　あぁ末のか、こっちで言っとくから気にすんな。ちょっと待ってろ」

部屋の隅に置いてある木箱を机の横に持ってきてくれた親分さん。親分さんの机は高く、立っていても手の届く端しか使えなかったから椅子代わりに使えということだろう。

正直こちらの文字は完璧には読めないが……机の上になにか悪さをするための文書がありそうで怖い気もする。が、気を使われて悪い気はしない。

硬貨の種類を教わりながらどんどん数える。現代日本では考えられないほど硬貨の質が悪い。大きく凹んでいるものは重ねて置けない。

「これも偽金だ。覚えろ」

「はい」

しかも偽の硬貨が混じっている。偽造は犯罪だろと言いたいがよくあることらしい。戦争でもあったのか？

ただ親分さんはご機嫌である。一人で全部一枚ずつ数えるのに比べれば段違いに作業効率は良くなったはずだ。分け終わった銅貨１００枚の山から数枚、偽の銅貨を弾いて同じ数を入れて袋に小分けする。

それともう一つ気がついた。

「親分さん」

「なんだ？」

「硬貨を触った後に指を舐めるのやめたほうがいいと思います」

「どうしてだ？」

結構親分さんは優しい。パキスと違って理性的に話すことができる。パキスだと何もなくても小突いてくることがあるし、道理も理性もない。

「たしか金属には体に良くないものもあるそうです。ちょっとであれば体に害はないと思いますがいっぱい体に入ると毒になるんじゃないかと思います」

「なんだとっ！！？　それは本当か⁉」

立ち上がった親分さん、ちょっと怖いがこれはチャンスだ。知識は武器になる。

「た、タしか、甘く感じる鉛は毒があるって薬師のお婆さんに聞きましたし、偽硬貨があるなら何が使われてるかわかりませんし」

薬師のお婆さんには色々聞いたし、その中にはこういう知識もあった。あえて聞き出したというのもあるが聞いて良かった。自分の知ってる金属や野草があるかという知識とのすり合わせだったが、名称は違っても基本的な金属や常識が同じで良かった。

もしも全部が全部違う世界なら、人の姿も宇宙人みたいな可能性もあるし、金貨が一番価値がない可能性だってある。

「そうだったのか……フリム、気に入った。今日から仕事は俺につけ」

「はイっ！」

この選択が合ってるかはわからない。親分さんの暴力がこちらに向かないかは怖いしまだ震えそうになるが……それでもきっとパキスのもとにいるよりはマシなはずだ。

「この部屋なら好きにしてもいい」
親分さんのいる部屋のすぐ近く、ベッドはあるがものが散乱している四畳ほどの本当に小さな物置の部屋をもらえた。
「ありがとうございますっ‼」
仕事が終わって親分さんに「路地に戻って寝ろ」とか言われたらどうしようと思ったら……部屋！　もらえた！！！　ちっさいけど！！！！！

我が世の春である。

風が吹いただけで目が覚め、犬の足音に危険を感じるのはもう嫌だった。

部屋はこの上なく小さい。硬いベッドに薄い布団！　埃っぽい空気！　板やゴミか何かわからない荷物しかない本当に小さな部屋！

家賃1000円でも借りないというクオリティだが、それでも私にとって素敵な私の個室だ！

護衛の人によって大きな荷物を運び出してもらえたし……狭くて何もない部屋だけどそれでも盗もうと寄ってくる人もおらず、雨で濡れることもない天井付きの！　自分だけの個室っ！！！

ついでに私に合うサイズの服ももらえた。路地裏生活の私を親分さんはそれなりに臭いと思っていたのかもしれない。

思うことがないではないがとにかく久しぶりのベッドで、ちゃんと眠ることができ‼　……なかった。うん、落ち着かない。つっかえ棒で一応鍵はしているけど、いつ悪漢が来るかもわからない部屋って怖いよね。それにベッドがすごく硬いし布団も嫌な臭いがする。掃除せねば……。

◆◆◆

親分さんの仕事を手伝うことにも慣れて、衣食住は手に入れた。

食事は親分さんと一緒で……若干私を毒見にしてる気がする。親分さんは私が食べて1時間ほどしてから食べている。

服も元の雑巾以下の布に比べてかなりいいものがもらえて、部屋も近くに与えられた。

だが――――「このウスノロがっ‼　てめぇがちゃんとしねぇから俺らが舐められるんだクソが

っ！！！」

こんな暴力を伴った親分さんのブチギレが1日一度は目の前で起きる。

衣・食・住、食は微妙な気もするが一応マシになったのは確かだ。やはりそこはマフィア、三つが足りても身近に親分さんという火薬がいる以上、生命の危機が身近にある。

……いつ自分にそれが降りかかってくるかわからない。

ひょいと渡される食べ物も大切だが――――切実に安全が欲しい。

「そういや水で稼いでたんだったな？」

「はい」

「日にいくらもらってた？」

「銅貨2枚です」

言っていて悲しくなる。宿屋のおばちゃんたちの大瓶によって少しばかしごまかされているとはいえ、日に銅貨１００枚は私の水魔法で稼いでいる計算になる。定食一食分は銅貨7枚なのに、それにも満たない。日本円にしておそらく数百円分だ。しかもだいたい難癖をつけて全部取られてしまう。

「ん？　報告に上がってきてるのが日に銅貨30枚なんだが？」

「多分親分さんに届くまでに大分抜かれてます」

渋い顔をした親分さん。

パキスはまだ私にはそれほど力がないと周りに思わせて、引き抜きを防ぎたかったのか？　いや、そんな知性があるようには思えなかったが。

「なるほどなぁ……すまんな息子共が」

「いえ」

少し申し訳なさそうにしている親分さん。

「これから水はどう売りましょうか？」

「そうだな……」

以前と同じく私が売りに行くのが一番早い。別のことをするのではなく継続するのが手間もないし便利だろう。私にしてもここ以外での情報収集の機会があれば嬉しいし親分さんとずっと一緒なのはストレスもかかる。普段は私にはいい人なんだけど暴力を見てるとやはりまだ怖い。

「賭場の裏で水出して人に売りに行かせる。力の有り余ってるやつらはいくらでもいるし、お前はこっちで使わねぇともったいねぇからな」

「はい」

――私はどうやら囲われる程度には便利な存在になったようだ。

それもいいだろう、私だってずっとこんな環境は嫌だが現時点で親分さんの身の回りが最も安全と理解している。

普段から親分さんはよく私を見てくる。

何が面白いのか、とても観察してくる。それはきっと私フリムが子供らしからぬ行動をしているからだろう。小さな子供なんてうんこうんこ言って笑っているものかもしれないが、私にはそういう真似はできそうもない。

親分さんは基本的に部屋から出ない。ここで寝るし、ここで起きる。だが例外もある。

何らかのアクシデントや顔つなぎで賭場を巡回するときとトイレだ。

ここでやられても臭いからあれなので、そんなときは私や護衛がついていくことになっている。

親分さんの前を歩いて親分さんが通るぞと先触れを出す。なんか殿様みたいだ。

そこで一つ気がついた。これ、私を売り込めるんじゃないかな?

ちょうど雨だ!

「親分さん!　掃除してきてもいいですか?」

「ん、あ?　好きにするといい」

金勘定中の親分さんを残して部屋を後にした。

トイレに行くのに建物と建物の間の僅(わず)かな階段を通るのだけど雨の日はそこがよく滑る。誰かに見られていないか周りを確認してから――

「〈水よ高圧洗浄機みたいに出ろ!!〉……わぺっ!?」

思ったよりも勢いよく出た。体がコロコロと後ろに転がってしまったがうまく出せた。

体の中で消費したなにかは思ったほど減ってなくて余裕がある。むしろ転がって打ったおしりが痛い。

「〈み、水よ、高圧洗浄機みたいに……出ろ〉」

魔法は言葉通りに出せるわけではない。自分の中でなにかが減るしちゃんと操作しないといけない。

今度はブシャーと出せたので石造りの階段を洗っていく。思ったよりも汚れは取れて水は真っ黒で、試しに自分で蹴るように踏み確かめてみても滑ることはない。次だ次々‼

部下に変なガキがいる。

水の魔法が使える。しかもやけに美味い水を出せる。

魔法を使えるのは珍しくもないがあの水は格別に美味い。偶にそういうガキは出てくるが、だいたい神官かお貴族様で平民にはほとんどいない。

一見してその髪から可能性には気がついた。

水路に落ちていたのを拾って俺が使ってやろうと思ったが、怪我を治させた次の日には息子のどいつかが連れていってしまっていた。

「何勝手してやがる！」

「あら？　あんたが次の部下はパキスのだって言ってたじゃない？」

「……言ってたか？」

「飲みながら言ってたわよ！　パキス嬉しそうだったわ。初めての部下だーって」

まぁ……死ねばそこまでだ。ガキが育つまで待つなんてできないしな。

偶に呼んで俺の水を入れさせてみたがなかなかに具合がいい。なにせ酒では毒があるかわからん。それに言われたことしかしないぼんくらと……いや、言われたこともできないぼんくら共と違って気が利く。水瓶の汚れを教えてくれたり、金を数えたときに俺が見やすいように分類してくれる。金に毒が混じってるかもしれないなんて初めて聞いたが……確かに言われてみれば鉱山で毒が出るなんてよくあることだし、何が入ってるかわかりゃしねぇ。

小さなガキだというのになかなか役に立つ。

「パキスにゃ悪いことをしたがまぁいいだろう……」

「カシラ、なにか言いやしたか？」

「なんでもねーよ」

息子共には使えそうな部下を一人ずつつけている。武力を持ってこそ力を振るいたくなるものだし、その行動でそいつが何がしたいのか見えてくる……俺への裏切りも含めて。

パキス付きからこっちにこさせたのはパキスに悪い気もするが、俺の仕事の役に立つのなら話は別だ。

掃除すると言っていたフリムはどこに行ったのだろうか？　ちょうど仕事の合間でいなくなって帰ってこない。新しく届いた果物を食わせようと思ったのに。

だが、何をしていたのかすぐにわかった。少し雨の当たる階段がそこだけピカピカで滑らず、トイレが……空気が少し湿っているがトイレがやたらと綺麗(きれい)なのだ。

「「おー」」

「すごいわね！　向こうのトイレも綺麗にして！」

「何言ってんのよこっちが先よ‼」

「フリムちゃーん！」

集まって何かを見ている子分共の後ろから覗(のぞ)くと猛烈に水を出しているフリムがいた。

とんでもない勢いで掃除している……いや、あの水の勢い、賢さも普通のガキじゃないがあれはお貴族様の魔法兵みたいなものじゃないか⁉

歳の割に賢すぎるしおかしな部分はある。まだ俺にビビってるのはわかるし裏切りを考えなそうなのもいい。

「あ、親分さーん廊下とトイレ掃除してましたー！」

「おう、よくやった！　飯食うぞ‼　ほら散った散った働けお前ら‼　……たくっ」

まったく良い拾い物だっ！

第2章　賭場と魔法

「なんか客減ってないっすか？」

　護衛のモルガさんがなんか言い出した。親分さんの機嫌が悪くなるようなことでも遠慮なく言ってしまう巨漢さんだ。

「そうだなぁ、雨が続いたってのもあるが」

「聞いた話じゃ、ルカッツのやつら新しい博打（ばくち）を始めたってよ」

「そーか」

　詳しくは知らないがルカッツはうちとは別のマフィアで仲が悪いようなことを少し聞いた。

　空気が重い。良くない話だし親分さんがいきなり怒ったらどうしよう……パキスの本気の暴力なら耐えられたが、親分さんのぶっとい腕であれば私なんてひとたまりもない。

　聞き耳だけ立てながら硬貨を数え続ける。まともな銅貨が２４３枚に汚れてたりするのが１６５５枚、使えるか怪しいのが26枚……これまでよく親分さんはこれを一人で計算してたな。

「賭（か）け事（ごと）、賭け事なぁ……なんかフリムは思いつかねぇか？」

「え？　わ、私ですか？」

「なんかねぇのか？」

「その……」

親分さんが怒ってしまうかもしれないし、なんて言っていいのかわからない。うまく自分の有用性を売り込むには良い機会かもしれない……がそんなアイデアを出す幼女って不気味すぎないか？

今までの『魔法』も『計算』も『掃除』も、この国にもできる人は少しぐらいいるだろう。

だが幼女が簡単に『儲かる賭け事の方法ありますよ！』なんてことを言い出すのは不自然すぎるだろう。

「好きに言え、なんかあるか？」

「と、賭場を見たことがないの、で……」

「あぁ？」

「――すいませんすいません！」

ペコペコ頭を下げて歯を食いしばる。

殴られるときに口を開けていたら舌を噛んでしまうかもしれない。親分さんには「他の部下よりも使えるやつだ」という評価をされているから少し優しい対応をしてもらっているが、今回は失敗したか？

「……まぁいい、モルガ、ちょっとフリム連れて回ってこい」

「へい」

おっきな体のモルガさんが立ち上がった……今から⁉　今からすぐ行くの⁉

「あの、仕事は？」

「この歳になるとなかなか良い案も思いつかねぇしな、任せた」

「行くぞ、フリム」

「……はい」

どんな博打をしているかはわからないが……、賭け事は好きではなかったしなんかやだなぁ。

作業要員スペースで何人か見知った顔の人に手を振られる。トイレ掃除をして以降、各所から引っ張りだこでなにげに人気者となっているのである。

「離れんなよ」

「はい」

――賭場は思ってたものとは全く違った。

現代でカジノと言えば入り口にガードマンがいて、上品な内装に紳士的なスタッフ。スロットやカード、ルーレットやダイスを使ったゲームなんかが主流だろうか。

賭け事は他にも多くある。日本であれば競馬や宝くじなんかも誰もが知っているものだし。国によっては玉を転がしたり馬ではなく豚や子犬なんかを走らせたり、虫や鶏を戦わせたりするそうな……、いや、人間が闘うこともあるのか？　なんか粗末な格好の怪我した人が酒を飲まされている。

そこかしこで白熱しているのか私のことなど誰も見向きもしない。

空気も悪い。魔法か何なのか明るいことは明るいが……とにかくくちゃい……タバコと香水と汗と酒の……酷(ひど)い臭いでむせ返りそうだ。スタッフのお姉さん方に手を振られたので振り返しておく。

少し良い服を着た、裕福そうな人が金や酒、割札らしきものを握りしめていた。

大きなコマを回して倒れる方向を賭けていたり、なにかのカードゲームに興じている。

「飲め！　もっと飲め‼」

「いただきます！」

「くっそ負けた！　今度こそ‼」

「お客さん、酔いすぎですよぉ」

「てめぇ‼」

「何しやがる！！！」

「ははははは！！！　やれやれぇ‼」

「肉もってこい肉‼」

治安は、良くないな。いやかなり悪い。殴り合ってる人だっているのに周りはそれを当たり前と受け止めている。

「次行くぞ」

「……はい」

モルガさんから離れないようについていく。ただでさえ幼女は目立つし、こんな場所でお守りのモルガさんと離れれば遊びで殺されかねない。

階段を降りると、熱狂が渦を巻いていた。

「ヒッ！！？」

地下はコロシアムであった。

武器を持って殺し合っていて、死んだ人が壁際に寄せられている。

首輪がついている人がいる……奴隷だ。一瞬で、強制的に命のやり取りをさせられたことが見て取れてしまって、喉の奥から気持ち悪いものが出そうになって必死に飲み込む。

ここで粗相してしまえば下手すれば彼らの仲間入りかもしれない。

それに気持ち悪い理由は他にもある。これまで数えていたお金が、彼らが殺し合って、それを楽しんだ目の前の人たちから巻き上げたものだったのか、そう思うと得体の知れない不快感で吐きそうに、いや、その場で吐いてしまった。

今までここで食べていた食べ物は、彼らの命で得ていたのかと思うと、余計に気分が悪い。

誰も私のことなんて見ていない。何ならこの床にだって血は付いているし、酒や食べ物の骨が落ちていて汚い。

「大丈夫か？」

「す、すごい臭いでつい」

なんとか取り繕う。この部屋が汚いのは確かだし、私の出した吐瀉物ではないものもあった。理由は充分だろう。

「そうか？」

すぐに起き上がって、賭場全体を見る。

人の死体が見える位置であるだけでも最悪の気分だが、私の中の知識が前を向けと言っている。

歴史や各地の文化が好きでいろんな国に旅行に行ってたし、色々とアイデアはある。

今も腹を剣で突かれて死んでいく男がいる……助けられなくてごめん、そう、胸の中だけで考えてしまうが、自分にはどうしようもないのだということもわかって、本当に気分が悪くなるが……。

「しばらく見させてください」

「そうだな、おーい酒持ってこーい!!」

目を逸らさずに、今も死んでいく人たちを見る。賭けで戦わされている人には体重、年齢、性別など関係ないようで大人と子供が戦い、圧倒的な体格差で子供が殺されていくケースもあった。

――ごめんなさいごめんなさいごめんなさい。

自分の道徳観や何もできない不甲斐なさから心の中で謝り、顔も名前も知らない彼らの来世の幸せを祈る。

吐き気がするが見なければならない。

わかってる、人が一人特別な知識を持っていたって変えられないこともある。人を一人救うのだって日本でもなかなかない話だ。所詮私は小さな子供で、魔法が使えるだけ。

今ここで檻を壊すために魔法を使ったらどうなるかな? 皆助けられる? いや、ありえない、モルガに殺されて終わりだろうし、奴隷たちも助けられはしない。

助けられなくて、ゴメンナサイ……。

熱狂の中、歯を食いしばって涙をこぼさないように静かに観察する。

ここで死んでいく命は助けられない。見捨てるしかない。だけど、せめて、新たなアイデアを親分さんが求めてきたんだから私はこの状況を変えたい。私にはそれをできるだけの知識があるかもしれない……！


「ちっ、また一発だ」

「これじゃ賭けにならねぇよ」

「酒もってこい！　こっちだ‼」

「殺せ！　殺せ！　殺せ！！！」

「ビビってんじゃねーぞ‼」

見ていることしかできなくて、私は本当に最低だ。


しばらく、良心の呵責に苛まれながらも賭場を観察する。……すると少し違和感に気がついた。

「あの人たちは服が違いますね」

「あ？　あー……貴族の連れてきてる奴隷だな」

「なるほど」

ここのボロい服を着た奴隷よりも数段マシな服を着ている。酔ったモルガさんに聞いてみると、ここ専属の奴隷だけではなくお客に連れてこられたり、度胸試しに出てくる人や金稼ぎのために戦う人もいるらしい。

「ほら、あーいうのは特別なやつだから覚えておくといい」

見るからに平民の服を着ているが兜で顔が見えない……微妙になにか違う気もするが…………なんだろうか？

「あれは多分金がない貴族か腕試しで来たようなやつだろ、よく見りゃ汗で服が汚れてないし爪や首が綺麗なもんだろ？」

「おー、モルガさんは見る目がありますね」

「だろぉ？　おーい酒２杯！」

観察を続けてわかったことも多い。基本は奴隷が闘うし、うちの奴隷が多いが奴隷商人や貴族が配下を闘わせに来たりもしている。

勝てば裏に引っ込むものもいるが客席に上がってきて酒を飲まされるものもいる。負ければ死を免れたとしても食べ残しや骨を投げられたり罵声を浴びせられたりする。


――嫌なものを見てまだ胃が気持ち悪い。


「あの、奴隷の管理してるところも見に行きたいんですが」

「んー、じゃあ好きに行ってこいよぉ、……zzz………」

酒を飲み始めたモルガさんはもう顔が真っ赤だ。賭場はここで終わりか、もう案内しなくてもいいと思ったのか、気持ち良さそうにしている。

半分寝ながら酒を飲んで楽しんでいるが、こういうときの酔っぱらいの相手をするのは危険すぎる。

「モルガさん？」

「おるぁ……ここで…………おるぁ！　ヘタレてんじゃねーぞ‼　戦え！！！　たく、ヒック」

「わかりました」

護衛が酒の力で悪漢にジョブチェンジしてしまった。職務放棄かよと思わないでもないがこういうのを止めると暴力がこちらに向かいかねないし……まぁ好きに見てもいいと言質は取れたので関係者用のスペースに逃げる。

部屋に入ってすぐに私をボコボコにしたのとは違う兄貴さんがいた。

「お、フリムじゃねーか？」

「兄貴さん、こんにちは」

「パキスは一緒じゃねーのか？」

「今は親分さんのところで仕事してます」

細い目でにこやかなお兄さん。

ラドと呼ばれていた気がするが、合っているかわからないし間違って殴られるのも嫌なので無難に兄貴さんと呼ぶ。

親分さんのところで仕事してると言えば何もしてこないかもしれないが油断はできない。なにせ皆なにかしらの武器を持っているようなチンピラである。

「親父の⁉　まぁお前の水は美味かったしな、で、何やってんだ？」

「親分さんが賭場で新しいことをするのに『なんかないか？』って。それで私はここを見学に来ました」

「あー、親父は古臭い賭けばっかだからなぁ……一人でか？」

「いえ、モルガさんも一緒だったんですが酔って寝ちゃいまして……奴隷のいる場所は好きに見に行けって言われました」

「そっか、じゃあ許可出てるってことだな？　あぶねーから気をつけてな？　お前なんか齧られちまうかもしれねーぞ？」

「気をつけます」

齧られるってどーゆーこと!?　って聞きたいが脅かしてからかっているだけかもしれないと思いながら中に入って進む……するとその意味がすぐにわかった。

「ゴルルルル」

「何見てんだガキ！！！」

「シャー！」

「いきてっかー」

「指!!　指が！！！？？」

「うっせーよ!!　指ぐらいで喚くなひよっこ！」

血だらけ汗だらけで荒んだ奴隷たちが檻の中にいる。あまり近づくとあっさり殺されてしまいそうだ。

床は血で汚れ、錆びた鉄に、糞尿の臭いもして最悪なまでに不衛生なのが伝わってくる。そんな場所でそのまま寝ていて傷に良いわけがない。

傷ついている獣人は歯を剥き出しに威嚇してくるし、他の奴隷も殺意と敵意を向けてくる。虚ろにこちらを見てくるものもいれば私を全く気にしていないものもいる。

彼らは生きていて、感情もあって、同じ人間のはずなのに人間として扱われていない。

ほんの数m先、檻を挟んで向こう側の人たちの目が本当に怖くて、檻と反対の壁に後ずさって……。

「迷子、ですか？」

「ヒッ⁉」

後ろにもいた。禿げ上がって傷が多数見える奴隷の男性、歳は60ぐらいだろうか？　服の隙間からよく発達した筋肉が見えるし、背丈もあって巨漢のモルガさんとも殴り合えそうだ。

首輪もついていて奴隷とわかるが服は他の奴隷よりも質が良い。

「あっ、そ、その、えっと」

「落ち着いてください。私は貴女を傷つけるような真似はしません、お嬢さん」

よく見ると他の奴隷と違って荒んだ目をしていない。理知的で「できれば泣かないでほしい」という意思が透けて見える。

だけど怖いものは怖いし、なにをしてもパキスに殴られていたことがよみがえってきてどんな選択肢を取っていいのかわからなくて泣き出したくなる。

「ワたしはフリムデスっ！」

「ここで奴隷頭をしております。ローガンです。ご丁寧にありがとうございます」

恥ずかしいほど声が裏返ったが、ローガンさんの丁寧な対応に泣いてしまいそうだ。

泣いたって事態が良くならないことは知っている。とにかく挨拶は大事だ。深呼吸してちゃんと話す。

「い、今、お手すきでしたらお話を聞かせてもらってもよろしいでしょうか？　ドゥッガ親分さんの命で来ました」

「貴女が？　一人で？」

「モルガさんに案内してもらっていたのですが酔っ払ってしまって自由にしていいと」

「……………なるほど、こちらへどうぞ」

すぐ近くに招かれた。粗末な机で、ニスも何も塗られていなくて、傷ついていて……所々血が染み込んだような痕がある。

椅子を引いて座らせてくれて、ローガンさんは対面の椅子ではなく床に座った。

「何の御用でしょうか？」

――――私が人を奴隷として扱い、床に座らせる形になっているとわかって……言いようもなく悲しくて…………今度こそ私の目から涙がこぼれた。

エグエグ泣いている私にローガンさんはうろたえている。

いきなり子供が泣き始めたらびっくりするよね……ローガンさんのせいだと見られれば、奴隷という立場では良くないかもしれないと気がついて、乱暴に袖で涙を拭う。

「ごめっなさい！」

「いえ、大丈夫ですか？」

「大丈夫、です‼　ローガンさんにお願いがあります！」

「何でしょうか？」

「――ここの常識を教えてください」

　ローガンさんは丁寧に奴隷について教えてくれた。

　闘技場で戦うのは奴隷だけではないが奴隷であることが多い。奴隷は戦争の他に借金や犯罪なんかでなるものである。ここではオークションも開かれているから強い奴隷を求められることもある。

　怪我は治療とも言えないような治療だけ。

　聞いて、見て回って……本当に酷い。いや、私の常識の中では酷いと思うけどここでは普通なのだろう。

　基本的に奴隷には自由もなく、石の床の上で寝る。食べ物は残り物や粗末なもの。病気で死ぬものも多くいる。見て回った施設自体も不潔で、いつでも懲罰ができるように人を打つための道具が壁にかけられている。

　流石にここでは飢えて死ぬようなことはなかなかないが、反抗するものを見せしめにそうすることはある。

「…………」

「ほら散れ！」

彼らは私を威嚇してくるがローガンさんの言うことは聞く。彼らにとって小さな子である私すら警戒の対象なのだ。

――主にするのにふさわしいか、自分を鞭打たないか、媚びた方がいいのか、なんでこんなところに子供が、全てのものへの怒り、なにか恵んでくれないか……そんな視線が私を貫く。

被害妄想かもしれないがそう読み取れてしまう。胃も痛いし、悲しくて悲しくて、泣き崩れそうだ。

「今日はありがとうございました」

「いえ、なにか役に立てたのなら幸いです」

ローガンさんは心配そうな視線を向けてくるが命じられないことはしない距離感で――ますますやる気になった。

ここの奴隷を全員助けることなんてできない。私一人が暴れたって大したことはできない。

それでも彼らを少しでも救うことができるチケットを握っているのは確かだ。親分さんに新しいアイデアを求められている。すぐにでも何十ものアイデアが浮かぶが自分が目立たないように、かつ引き続き頼りにされるように有用なアイデアを出さねばならない。それも奴隷の命を救える形で行えれば最高だ。

親分さんの部屋に戻るまで考えに考え、自分の中で考えがまとまった。

「おぉフリム……なんか思いついたか？」

「思いつきました！」

「聞こうか」

奴隷を人とは認めず、私の提案で人が傷つき、おそらく死人も出る。……最低最悪とはわかっているが、それでも私に思いつく彼らを少しでも助ける方法だ。

「……それはおもしれぇのか？」

「面白くないですかね？」

「よくわからんな……お前らはどう思う！」

「いーんじゃないっすか？」

「全然わからん」

「奴隷が死ぬのも勿体ないしいいんじゃないでしょうか？」

「お前らに聞いた俺が馬鹿だった。フリム、もう一回説明してみろ」

私が提案したのはボクシングスタイル決闘方法だ。グローブのような立派なものはないが拳を布で巻いて殴り合い、休憩を挟む。

日本では珍しいが海外では様々な賭け事がある。現環境ではどちらかの勝利にだけ賭けるが、それだけでは勿体ない。

もちろんわかりやすく既存通りにどちらかの勝利だけに賭けてもいいが、9ラウンドまでと区切ればそれだけでも賭けのバリエーションが増える。例えば「3ラウンドまでの勝利」とか「5ラウンド目に決着がつく」という項目ができれば新たな賭けの対象が生まれて落とす金も増えるし、お金が欲しくて賭けるんじゃなくて賭け事自体が楽しい人に新たな選択肢を与えられる。賭けに勝つために、もっと真剣に奴隷の健康状態を見るようになるだろう。

判定をできる人がいないので戦い抜けば決着つかずでドロー！　再戦決定！　とかで勝敗をごまかせるかもしれない。

「複雑にはなるが面白いかもな、あっさり奴隷が死んじまうのも良くなかったしいい案だ！　でかした！」

親分さんのゴツい手で乱暴に撫でられる。私の安全が少し確保されたが、それでもこんな人が傷つく提案で褒められていると思うと気持ち悪くて仕方ない。

――それでも、武器を持っての殺し合いよりはいいはずだ。

「他になんかあるか？」

「あとはやはり賭場全体の掃除と、奴隷の皆さんにもうちょっと良い暮らしをさせたいですね」

「掃除？」

「やっぱり人は居心地がいいところだといやすいと思うんです。下は汗とか血とか酒とかすごく臭かったです。吐いちゃいました」

「あー……まぁそうだな、賭場がクセェのは俺も前から思ってた。だが、奴隷に良い暮らしが必要か？」

いきなり突っ込みすぎたかな？　ちょっと怖かったが、それでも奴隷を助けることを叱責されているような雰囲気は親分さんからは感じられない。純粋な疑問なのだろう。

「やっぱり力のある奴隷のほうが売れやすいでしょうし、力のないヘタレ同士だと見てて面白くないですもん」

ちょっと力の強い、モルガさんの言いそうな言葉を使って親分さんを説得した。

「わかった、空いた時間でいいから掃除と新しい賭けの準備は任せた」

「はいっ！」

機嫌の良くなった親分さんの許可は取れたが、モルガさんのことを聞かれて正直に答えると肩を怒らせて賭場に行ってしまった……あーあ……。


ボクシングのルールをそこまで覚えていたわけではない。ルールは手探りだが賭け方はある程度決まった。

現在は「どちらが勝つ」という単純な賭けだけだが、それだけではなく「何ラウンド目に勝つ」とか「右のパンチで勝つ」とか「クロスカウンターで相打ち」など選択肢を増やす。

賭け事に熱狂的になる人は多くなるだろうが、うまくいけば奴隷の死亡率は下がるだろう。

まずは賭場の清掃だが……これがまた汚い。壁が石レンガを組んだようなもので水の魔法が使いやすいとはいえ、なんでこんなに汚くなるのかわからないというほどに汚い。

口元を覆って床も壁もガッツリ高圧洗浄魔法をかけていくが、かなり広い建物だし時間がかかってしまう。1日では終わらない。それでもゴミはそのままなのでかなり臭うが床に染み付いていた臭いはかなりマシになってきた。

「しっかし、なんであんな賭け浮かんだんだ？」

「そ、その、このお金、みたいにいろんな場所に置くみたいに賭けられれば面白いかなって……それとやっぱり人が死ぬのは怖い、です」


考案した賭け自体はすぐに始まり、あっさりと受け入れられた。

なんとなくで考えたルールだが正々堂々と殴り合って決める。反則すると審判のムキムキの奴隷が棒で一発ぶん殴るからほとんど不正はない。

机の上に数えるために並べられた硬貨が賭けのアイデアの元なのは……ちょっと無理があるか？

「子供の発想はすごいもんだな……拳闘は評判もいいし、賭場が綺麗になっていくのも最高だ」

「ありがとうございます、親分さんの役に立てて嬉しいです！」

ボクシングは昔からこういう賭けに使われていたし、海外では現代であってもこういう事例がある。海外の刑務所でスポーツの名目で行われていた賭けボクシングなんてその最たるものだろう。

ボクシングは関節技や寝技がないだけあってわかりやすい。正々堂々、一対一で拳だけを使う……だからこそ古来から他のスポーツや格闘技とは一線を画す存在なんだと思う。

ボクシングを賭け事に使うのは申し訳ない気もするが、それで助かる命があるならいいだろう。

「これは褒美だ、読むなり写すなりしろ」

「これは？」

「水の魔導書だ、使えるかはわからんがどうせ売るもんだし売る前に読んでみりゃいい」

「っありがとうございます‼」

重厚な革張りにベルト付きの本。こちらの文字は無論日本語ではないがなぜかだいたい読める。

前世の記憶を思い出す前のフリムは勉強好きだった気がする…………あれ？　どこで勉強したんだ？


――頭が少し痛む。


なにか大事なことを忘れている気がするがなんだろうか？

まぁそれはそれ、ベルトを解いて本を読んでみるがこれは本当に嬉しい。なんとなくで魔法を使っているができればもっと深く知りたい。前世にはなかった謎の技術、もしかしたら全くわからないかもしれない。それでも自分の力になれば…………。

どんなときでも、誰が相手だろうと、命の危機を脱せられるなら……こんなにも価値のあるものは今の私にはないだろう。まぁ何が書いてあるかすぐにはわからないのだけど。

「ズリーぞ！　フリム！」

「そうだそうだ！　俺らにもなんかくれよ！」

「うっせぇ！　てめぇらも稼ぎの一つぐらい考えてこい！！！」

こうして、仕事が増えた中、楽しみも増えた。

本の内容は専門的すぎたり、偉人の名前なのかそれとも特殊な言葉なのかわかりにくい部分もあるが、水魔法を基本にわかりやすく書かれていた。

『自分の中の魔力を使うのは初歩中の初歩だが、自己のイメージを精霊が自動で読み取って具現化する。自己のイメージ以上のことも精霊次第で具現化できるが、体内の魔力がその分持っていかれるのでとても危険である。

　魔力の制御のためには術式を使う、触媒を使う、魔法陣を使うなどの手段が一般的だが結局のところ自分の感覚を研ぎ澄ませるのが最も早い。しかし、もちろん例外はある。竜や精霊、魔族などの高位存在との契約によって彼らは自身の体内の力以上にその地力を行使できる』

　なかなか難しいし、中には掠れて読めない部分や仮説と書き足されている部分もある。これは誰かが勉強した後か、それともこの本を書き記した著者のものだろうか？

　自室として与えられた小さな部屋にはベッドと服掛けしかないのでベッドに寝転んで読む。もうちょっと柔らかかったらいいんだけど……。

『魔法は自然界にあるものと近い働きをするがその限りではない。炎は形を作り、岩は炸裂し、風は風の動きに揺らめいてほんのりと光を放つ。……これらは研究者たちによって様々な仮説が立てられているが、結局のところ自然現象と似ているようで異なるという点だけは意見が一致している。特にオベイロス周辺は精霊国家と呼ばれるように精霊の力が作用しているのは常識だ。特に顕著なのが風だ。風は他のどの国でも光ることはないが、精霊のいる地域などでは風がほんのり光るのは常識となっている。一部の頭の悪い学者以外は　　　　』

『様々な現象を起こせる魔法だが例外となるものも存在する。地の属性を極めたかの偉大なる賢者レーゲファマスは地属性に火の属性を足し、溶岩魔法なるものを生み出した。かの魔法は一つの属性では成り立たなかったが、その現象を起こせるようになったのはレーゲファマスの資質があったからこそかもしれない。しかし、かの賢者が火の魔法を獲得したのは溶岩魔法を行使した後である。彼の魔法は以前より大地の温度を変えることができていたことも考慮すべきだろう。理由は定かではないが、この偉業を研究することができれば複合魔法理論を飛躍的に前進させることができるのではないだろうか？　近年の属性至上主義や各属性の名家による婚姻に　』

――――難しいし分厚くて読みきれない。

難しいなりに言葉以外にも読み取れるものもあるし、この本はかなり有用だろう。

よくわからないが魔法は世界に漂う精霊が行うもので、人間は自分の中の魔力を彼らに持っていかれたりして魔法を使う。簡単な魔法であれば自分の体内魔力だけでもできるが効果はたかが知れている。

それぞれ個人には属性や資質があるが、そもそも特定の属性を強く使える人間は希少で国によって囲われているのだとか……。

魔法がイメージでできるのなら、私はどんなことができるのだろうか？

「〈水よ、形作れ〉」

ボールペンの形にはできた。もちろん書くことはできないが……。

水……水といえばなんだろうか？　水はH_2O、H(水素)二つとO(酸素)が結合したもので地球上の多くの場所にあり、生物にはたいてい欠かせないものだ。蛇口をひねれば出てくるし、川を流れて海にたどり着き、蒸発して雲になって雨となって降ってくる。

今必要なものといえば……掃除で使うアルカリ電解水？　確か酸性やアルカリ性の水を電気とかで作っていたはず。テレビでやってたけどよくは知らない。

そこそこ硬いベッドで色々考えてみるが試したくなった。

寝転びながら床に向かって手を向ける。

「〈アルカリ電解水出ろ〉」

ジョババと水が出るが普段との違いがわからない。確か酸性の水ならレモンぐらいの酸性値でアルカリ電解水なら結構強いアルカリ性だったはずだけど……効果が出てるのかわからん。

H^2Oからできるものってなんだ？　海水から金が取り出せるんじゃないかって研究は何かで聞いたけど……。

「〈金よ、ものすごくちっさくてもいいから出ろ〉」

出ないか。自分の魔力が減った感覚もない。

今日も1日よく掃除して働いた。疲れてもうすぐ寝落ちしそうな頭で詳しくもない科学のこと考えてもなぁ。床のアルカリ電解水（仮）よりも変化がわかるもの……？

「〈O_3（オゾン）よ出ろ〉」

少し魔力が減った気がして……ふわりと生臭さが鼻を通る。

ベッドから飛び上がって扉のつっかえ棒を外してダッシュで出る。

「はぁっはぁっ！！！？？　すぅー……はぁー………ゲホっゲホッ！」

――――なんか、出た。

焦った。寝耳に水というか焦って猛烈にダッシュしたので足がガクガクする……。

オゾンはO_3。オゾン層のオゾンであるが、機械で発生させることもでき、どんなに掃除しても取れないような臭いを取ることができる便利なものだった。オゾン発生装置を使えばほんのり生臭いものの、発生させて時間が経(た)てばあら不思議、その生臭いオゾンが部屋の消臭をしてくれる。

野菜を洗うのにも水にオゾンを溶かせば洗浄作用があるとか排水口が綺麗になるとか……。預かった躾(しつけ)のなってない犬の粗相の臭いに困った友人が、別の友人のすすめで買って感動したそうな……しばらくオゾン信者になっててほんと困ったのをよく覚えている。

あー頭ぐっちゃぐちゃ……あーせったー……。

ただオゾンは除菌や消臭効果があるだけの素晴らしいものではなく、毒性もあるので一度使うと部屋を出ないといけなかった。

確かオゾンの濃度とかで効果は違ったはずだ。今回、どんな濃度のオゾンが出てどれだけ吸ったかはわからなかった。ただ人がいても使っていいレベルのオゾンを吸ったことがあるがその臭いよりも薄かったから多分大丈夫、多分。

学校の理科の実験で停電させたり火をつけてしまうってよくある笑い話だけど、まさか自分がやってしまうなんて。

普通に足も動くし、立ち上がって親分さんの部屋にごはんを貰(もら)いに行く。

「どうしたフリム」

「お腹空きました」

「好きなの食ってけ」

自爆して死にかけたかもしれないなんて言えないが、こんな悪人とでも誰かと話せて少し安心してしまう。

「はい、あ、一つ魔法覚えました」

棚の上のパンを一つ取って水差しからコップに水を入れて座って食べる。石とは言わないでも堅焼きフランスパンのようでもっちゃもっちゃ噛む、顎は痛くなるがこれでも栄養になる。

親分さんは護衛たちが酒を飲んでいる部屋の端のベッドで寝ていたが、暇なのかこっちを見てくるので報告する。テレビとか娯楽がないもんな。

「おお！　早速覚えたか！　……どんな魔法だ？」

「毒の魔法でした、臭かったけど便利そうです」

「毒……どんな魔法だ？」

少し目の据わった親分さんに聞かれた。

護衛たちも会話を聞いていたのか近くの兄貴さんの酒を飲む手が止まった。

――毒殺されかかっただけあって親分さんは毒に敏感だ。何も報告しなかったら後で何を言われるかわからないし、親分さんへのアピールになるだろうと報告することにした。

「空気を綺麗にする魔法なんですが……毒の臭い、いや毒の精霊みたいなのが悪い空気を持っていってくれるような魔法でした。褒めてください！」

「……お、おお？　よくわからんがよくやったフリム」

オゾンがどうとか言っても意味がわからないだろうし、雑な例えでごまかすためにも明るく振舞ってみた。

親分さんにはかなり意味不明だろうな。若干ぽかんとしている。

「今度一緒に使いましょう！　これ覚えておけば親分さんが誰かに毒でやられる可能性がちょっと減りますし‼」

媚びすぎたか？　呆れたような親分さんにこっち来いと手をひらひらされたので向かっていくと、頭をグシグシ撫でられた。

「お前は良い部下だな……その調子で頑張れよ」

「――いっ！」

撫でるのが下手なのか頭がぐわんぐわんする。

マフィアの中で、人の命を食い物にするなんて、しかも媚びないといけないなんて…………最悪だが、それでもここが自分の生きる場所だ。

まぁそれはそれとして親分さんには誰もいない個室で使って、オゾン魔法の臭いを覚えてもらった。生臭さがした後は精霊的な何かが悪臭を取ってどこかに消えていってくれると説明した謎魔法。

酸素や水素の方が多分使い道はあると思うが、消臭に使えるからこの魔法は使いたい。

「てーことはクセェ臭いは毒なのか？」

「かもしれませんね」

お腹を擦りながら親分さんは神妙な顔をしている。

「掃除だ……一旦賭場はしめて大掃除する！　おらっ！　お前らも掃除だ掃除！！！」

親分さんは目をつぶって一瞬黙ったと思ったら掃除することを決めた。近くの護衛の尻も蹴り上げている。


――そんなわけで大掃除をすることが決まった。

親分さんにとって悪臭は問題のないものだったはずが賭場やオークション会場、娼館などの全体を掃除することが決まった。

元の色がわからないくらい真っ黒な絨毯が取り替えられたり、吐瀉物の悪臭の取れない木の棚なんかはすぐに撤去された。

非力な私では動かせないものも多かったから助かる。人のいなくなった部屋ごとに高圧洗浄とオゾン魔法で掃除していった。それまで何日もかけて高圧洗浄をかけていたがこれで大分汚れはマシになったと思う。

親分さんはというと普段掃除なんて部下任せなのにブラシで気になっていた場所をゴシゴシ擦っている。よっぽど昔食らったという毒にトラウマがあるんだろうな……。そんな親分さんを見て子分一同必死で掃除している。

「掃除がなっとらん！　もう一回だ‼」

「ぐっ……はい」

親分さんは掃除自体にそこまで悪い気はしなかったようだ。一緒に掃除しているが掃除が少しでも足りていないと親分さんが感じれば鉄拳付きでの再掃除、うむ、最低だな。

「親分さん、後は奴隷のいる場所だけなんですが」

「おう、任せたぞ」

疲れたのか、1日で終わらないことに気がついたのか、それとも自分がやらなくてもいいことに気がついたのか、親の敵のように掃除していた親分さんは落ち着いていた。

床や壁、トイレの実績があるからか任せてもらえた。結構信用されてるんじゃないかな？

全部の掃除ができたわけではないが賭場の主要な場所は掃除ができた……しかし、何をどうすればあそこまで汚せるんだろう？　詰まっていた排水溝的な場所なんてカビと苔と酒と吐瀉物の混じったようなとんでもない状態だった。

後は親分さんもあまり行かないような場所だけだ。結構疲れたが高圧洗浄魔法も慣れれば出せる量も増えてきた。

「えっと、私は小さくて舐められてるのでローガンさんをつけてもらってもいいですか？」

「ローガンを？　わかった好きにしろ」

――――これで、奴隷たちのいる場所を好きにしてもいい許可が出た。

正直ここに来るのは怖かった。単純に親分さん的に奴隷のいるスペースは優先順位が低いから後回しになっただけだろうけど……自分の考案した方法で暴力を振るい、暴力にさらされるようになった彼らを見るのは、分かっていても少し心苦しかった。

ボクシング的な賭けは定着した。武器を持って殺し合うよりはいいと思うが……それでも私が提案したことで誰かが傷ついていることに変わりはない。

完全に偽善、むしろ私が発端で、悪ですらあると思う。ただそれでも現代社会を生きてきた大人の私はその方がいいと言っている。

「ローガンさん、よろしくお願いします」

「奴隷の私に頭を下げる必要はありません、フリムお嬢様」

「いえ、全体の掃除をするので私について奴隷の統率をおねがいします」

「かしこまりました……しかしくれぐれもお気をつけください」

「はい」

人権もないこの世界にも法はある。彼ら奴隷は法のもとで裁かれた奴隷が大半だが、そうじゃない存在もきっといる。賄賂の横行するようなこんな国だとまともな裁判は受けられないだろうな。

冤罪で刑務所に入ってしまうなんて私には計り知れない心境だろうし、やけになって自分が死ぬ覚悟でなにか騒動を起こす可能性だってある。

ローガンさんに命じられて掃除を手伝ってくれる人がいるが皆きちゃない。高圧洗浄で掃除するのに、泥まみれの人間が近くにいると汚れを撒き散らしかねない。

「こ、これから皆さんには水浴びをしてもらいます！」

「よろしいので？」

「親分さんには好きにしろって言われてるので大丈夫です！」

ここでは雨水だけど水の入った桶があってその水で体を拭うことぐらいならするようだが……うん、桶もきちゃないので洗ってもらう。人数もいるし人が入れる桶を集めてもらい、水を入れていく。

「〈水よ、出ろ〉」

これ、お湯だったらいいんだけどな……んん？

水を出しながらふと思った。温度ってどうやって決めてるんだ？

元は水を出すだけだったのがオゾンを出せるようになったが、温度については考えもしなかった。一旦水を止めて試してみる。イメージは45度ぐらいのお湯。容器に入れれば少しは冷めるからもうちょっと熱い方がいいかな？

「〈お湯よ、出ろ〉」

出た。けど、魔力をかなり使う。常温から温度を変えると激しく魔力を消費する感覚がある。いくつかの大桶にお湯をためていって……いつの間にか私は意識を失った。


「大丈夫か？　フリム」

「親分さん？　新しい魔法練習してたら寝ちゃいましたへへ」

寝起きにその凶悪な顔はキツすぎる……。けどごますりは欠かせない。親分さんは心配そうにしているし、もうごまをする必要もないのかもしれないな。

「ったく、ローガンが慌ててたぞ？　明日まで部屋で寝てろ」

「……はい、あの、親分さん」

「なんだ？」

「奴隷の人たちは悪くないんで罰とかはなしでおねがいします」

「……まぁいいが」

謹慎を命じられたので自室で休む時間ができた。部屋に入ってきた親分さんがご褒美なのか、それとも勉強しろということなのか……机と椅子を運び入れてくれた。

ちょっと反省、倒れるまで魔法が使いたかったわけじゃなくて、もうちょっとで最後の大桶がいっぱいになると思って気がつかないうちに無理をしてしまった。自分で『もう無理無理きつい！』という感覚はなく、『寝落ちしただけ』のような感覚で止めようもなかったが幼女ボディではあれが限界だったのかもしれないな。

――――どうせなので魔法の練習をして少しだけ検証する。

普通の水は結構好き放題出せる。うむ、私唯一の特技だ。

お湯が出せるなら氷も出せるかと思ったが氷は出せなかった。ひんやりした水がせいぜい。お湯は結構出せる。

この違いはなんだろうか？　イメージの差？　それとも慣れとか習熟度の違い？

わからないがこれ以上魔力を使うのも良くないかもしれないと、ベッドでなにかヒントはないかと本を読んでるうちに寝てしまった。賭場全体の掃除もしていたし、この体は疲れているのかもしれない。

起きると机の上に燻製肉と果物とパンとコップが置いてあった。いつもの親分さんのメニュー、親分さんが持ってきたんじゃないよねこれ？　まさか……ね？

謹慎の1日、奴隷が私が倒れたことで罰を受けてないかとか心配になったけど、どうすることもできないし勉強して終わった。辞典サイズの本の読破はできなかった。

「ご心配かけました」

奴隷のいる場所でローガンさんに謝る。さぞ心配したことだろう。

「もう大丈夫なのでしょうか？　突然倒れたので驚きました」

「初めて使う魔法で疲れて寝ちゃったみたいです。頑張って掃除しましょう！」

「お気をつけくださいませ、次は我々の首が飛びます」

「絶対気をつけます」

比喩ではなく物理的に飛んでしまう。気をつけないと……。

奴隷たちはまだ私に敵意を向けるものもいるが、かなり柔らかくなったように思う。お風呂一つでこんなに態度が変わるとは驚きである。

檻の一つ一つに高圧洗浄をかけていき、その間は別の場所で作業をしてもらう。ベッドなんかはないが、いつからあるのか用途も不明な腐った藁なんかは入れ替えだ。代わりに賭場の真っ黒だった絨毯を持ってきてブラシで擦ってもらう。捨てられる前に回収できた。

地下の檻の中には木製のベッドなんかは置くことができない。加工すれば武器になるからだが……檻にはものがなくて掃除自体は助かる。

壁の掃除をしながら偶に水を持っていってもらって絨毯を洗わせる。

「あの、そんなに水を使って体は大丈夫なんですか？」

「お湯じゃなかったら全然いくらでも使えますよ」

「……すさまじいですな、お嬢様はどこかの精霊と契約済みで？」

「いえ、多分そういうわけじゃないんですがいくらでも使えます」

「…………」

奴隷たちにはしっかり掃除してもらう。むせ返るほど臭い、積もった泥にいきなり高圧洗浄をすると泥が弾け飛んできちゃない。ブラシや手ぬぐいでガシガシ洗ってもらって洗浄すると驚くほど汚れが落ちる。マンパワー大事。

いくつか綺麗にしたが水浸しだし、奴隷のいるエリアを一度に全部掃除してしまうと寝る場所がないので今日はここまで。

「今日はこの辺で終わりですが、ローガンさん、大桶をまた持ってきてくれますか？」

「はい、しかしご無理はなさらぬように」

運ばれてきたいくつかの大桶に水をためた。残りの魔力の余裕もあるし倒れない程度に最後の一つにはお湯を入れた。……正直こちらに来てお風呂に入っていない水浴び手ぬぐい生活の私が率先して入りたいがぐっと堪える。こんなおじさんたちのいる前で裸になるなんてありえない。

「今日はここまでです、全部にお湯は入れられませんがローガンさんとよく働いてた人とかで入ってください」

「ありがとうございます」

以前下見に来たときのようにお腹が裂けていたり死を待つしかない奴隷が転がされているようなことはなかった。掃除中に見かけた、顔がボコボコになっている奴隷の人にはすごく申し訳なかったが……それでも熱狂に任せてただ殺される人がいるよりはいいと思う。

親分さんは私の魔法を気にかけてくれて、魔法の練習もさせてくれる。部下である私の能力が上がるのは親分さん的にはありなのだろう。

「魔法の練習はうまくいってるか？」

「はい」

「そうか、好きに練習しておくといい」

「ありがとうございます！」

魔導書を貰って、自室よりも親分さんが金勘定する横で読む機会が多くなった。

魔導書自体が高価なものだし、保護者ってのは勉強してるかどうかを気にする人もいる。

私としてもこの本は面白いし、休憩ごとに親分さんの前で読んでいるが……。親分さんの周りではそもそも『本を読む』という動きをする人がいないからかよく「どこまで読んだのか?」とか「練習してるか?」と聞かれる。

偶に掃除に行ったり魔法の練習をしてもいいようなので勝手に行動しているのだが……。

「練習と掃除行ってきますね!」

「わかった」

というわけで屋上にやってきた。

広々とした屋上。魔法の練習は暴発の可能性もあるし人気のない場所がいい。

階段のすぐ近くには何に使うのかわからない木切れとかゴミらしきものもあるし、少し離れた角で練習する。

水が重力で落ちていくのは当たり前だし、下を見て人がいるような場所では練習できない。

下は明らかに誰も通らないような場所だ。

建物は何度も増設されたようで、屋上は完全に平面ではなくて練習場所を探すにも一苦労してしまった。チンピラ兄さんたちが下にいないということは迷惑がかからないだろう。折れている木の棒を持って賭場に戻って火を貰う。

今回練習しようと考えているのは酸素と水素だ。

酸素と水素。現代ではエネルギー問題を解決するかもしれないとされているエコなエネルギーだ。

「〈酸素、少しだけ出ろ〉」

火をつけた木には何も起こらなかった。オゾンのとき驚いたから本当に少しだけ出した。

水は自分でグニグニ動かせるが酸素と水素は出すだけで動かせない。いや、動かす練習をしていないだけで練習さえすればどうにかできるかもしれないが今はできない。

同時に水を展開する練習も兼ねてやってみる。中世の騎士が片手に盾、片手に剣を持って戦えるのなら私も左手の前に水のバリアを出して、右手で棒状の水の中に酸素を……できない。魔法なら簡単にできてほしいものだが魔力とかいう謎パワーを動かすのに練習不足な気がする。洗濯に使う棒をイメージしたのにゼンマイのようにぐにゃっと曲がってしまった。

パシャリと水が屋上を流れるが、ここなら誰もいないだろうし怒られることもない。

酸素と水素は理科の実験でも使う。濃度による危険性はあった気がするがよく覚えていない。

酸素は医療用でも吸うことがあるが……多分多すぎても良くない気がする。脱臭に使うオゾンだって毒性があるし……。

「〈酸素、少しだけ出ろ〉」

「〈水素、少しだけ出ろ〉」

「〈酸素と水素、少しだけ出ろ！〉」

「〈酸素と水素、少しだけ出ろ‼〉」

燃えている木には変化がない。

気体に変化した酸素と水素は安全のために離れているからか、風で散っている気がする。

酸素と水素を両方出すのは片方よりも両方の方が火力があるというデータをロケットか何かの研究で見た気がする。どちらかは覚えていないが、３対７か４対６ほどの割合で燃やすことでより火力が出た……ように思う。

ただ全然効果があるかがわからない。

かといって可燃物の実験でこれ以上近づくのも怖い。

エネルギーやロケット開発の歴史を思い出してみても、燃料開発の過程では大きな事故が起こりがちだ。実験場が吹っ飛ぶなんてのはあるあるだ。

一度オゾンでやらかした私に隙はない。

何度も試行錯誤したが一旦（いったん）自分の水を飲んで落ち着こう。

「〈水よ出ろ。いろんな形になれ〉」

少し別の練習もする。できないことよりもできることの発展形も少し確認する。

水の球を作ってそこからいくつかの形に変えていく。ぶよぶよと動くそれを球体に近い形から円柱状、キューブにピラミッド……ちょっと難しいけどこれはこれで綺麗で面白い。大道芸人もできるかもしれない。こういうときは鳩とか出すんだったか？……無理だ。良くてお菓子の形で動物っぽくない。しかも翼を羽ばたかせているようにしてしまってコントロールに失敗して落としてしまった。

そもそも私の水は私の力で浮かせているし羽ばたかせる必要はない、どうなってるんだ魔法。……鳩はできなかったので蝶（ちょう）にしてみる。大きなアゲハ蝶、羽ばたかなくてもゆったり動かせるし、結構楽しい。触ろうと思ったが自分で動かして操作するのが難しくて、自分で出してる蝶なのに自分の思うように触れなかった。

　なんなら自分で出してるのに少し追いかけてしまった。釣りをして魚をキャッチできないようなものだろうか。なんか一人で遊んでて恥ずかしくなってしまった。楽しかったが酸素に戻ろう。

　私はこれ以上近づきたくない。気体にした酸素は操れている気がしない。そもそもやり方が間違っている気がする。

　妙案が浮かんだ。

「〈酸素と水素、水に包まれて多めに出ろ〉」

　水のバリアは安定して出せている。

　かなり時間をかけてしまったのでそろそろ戻らないといけない。これでラストだ。近くに落とすだけだし、ちゃんと酸素と水素が出ているかどうかだけわかればいいなと酸素と水素を包んだ水の球を燃えた木の棒に投げた。


　ボカンっ‼　カラッ…………カララ…………。

「わわっ⁉」

　思ったよりも爆発し、盛大な音を立てて木の棒が路地裏に落ちてしまった。

「なんだ⁉」

「襲撃か！！？」

「ルカッツのやつらがいるぞ‼　クソどもに思い知らせてやれ‼」
「畜生バレてやがった！！？」
「モルガさんこっちっす！！」

――やばい。なんでか下が大騒ぎになっている。

上からこっそり窺(うかが)ってみるとルカッツ、別のマフィアの人間がうちへの襲撃に向けて集まっていたらしく、そこに私の爆発と木切れで音を立ててしまったようだ。…………襲撃を防げたようだが下では殴り合いになってる。

その発端が私と知られたくないからすぐに部屋に逃げ帰って親分さんに報告しようとしたが、既に伝わっていたらしく、大人しく隅っこで縮こまっておく。

しばらくして「ルカッツに思い知らせてやったぜ」「勝ったぜガハハ」と機嫌よく笑う親分さんたちがいたが、私は何も言わないようにした。

襲撃のタイミングを爆発音と木の棒でたまたま邪魔したのはお手柄かもしれないが、ペットの可愛いハムスターが爆発魔法を覚えたとなれば……後が怖い。兵器扱いで連れ出されかねない。

「そういえばフリムよ。お前魔法の練習をしに行くとか言ってやがったが何か……」
「な、なんですか？」

「…………いや、なんでもねぇ」

親分さんもなにかに気がついたかもしれないが、追及はされなかった。

私としても『フリムは攻撃魔法が使えるのか…………じゃあ、ちょっとカチコミに使ってみるか』みたいな使われ方は御免被りたいのでお口チャックだ。

第3章　奴隷とフリムと新しい仕事

奴隷のいるエリアは意外と広く、闘技場に近いエリアの奴隷ほどムキムキだ。

奴隷のエリアの奥には別の奴隷のエリアがあって、戦闘奴隷ではない女子供や老人などはそちらにいた。闘技場の近くは戦闘奴隷や戦うことで売れる奴隷たちで、戦えない存在はただ売れるのを待っていたり雑用を申し付けられていたりする。女性は基本娼館行き、最低すぎる。

とはいえ奴隷の中には税金が支払えなかったり食糧不足で来るものもいると考えると、まだここに来た方がマシだったのかもしれない。

やっと闘技場近くの戦闘奴隷のいる場所の掃除が終わりそうだ。ボロすぎて持ち上げるとちぎれるような寝床なんかを……これまたボロだが絨毯(じゅうたん)に替えることができたし、少しはましになった。

自分の住む建物にネズミがいて当然とか……いや、ほんと酷(ひど)いなドゥッガ親分さんは……。

今では奴隷の住む場所は息が詰まるような悪臭もなくなったし少しは助けになったと思う。顔を腫(は)らした奴隷を見るとやはり胸が詰まるような思いはするが……。

通ううちに体の内にある魔力を感じられるようになって水を操るのもうまくなってきたし、親分さんにもお風呂(ふろ)を味わってもらって更に私は気に入られたと思う。……できればこんな場所とはおさらばしたいが、外の世界を知らない小娘が伝手(つて)もなしにそんなことはできないのだけど。

最後の部屋の壁に高圧洗浄をかけ終え全体を流す。

「あの、ローガンさん、いつもありがとうございます」

「いえ」

ローガンさんは静かに助けてくれて本当に助かる。奴隷頭になって取りまとめをする前は兵士だったとかで、彼がいると基本的に奴隷は言うことを聞く。

私を見る目がまるで自分の子供を見ているようで……きっと性根が優しい人なんだ。

「それじゃまたおねがいしますね」

「はい」

きっと、カフェなんかでコーヒーを飲みながら新聞を読むのが似合うだろう。体格の良さと傷痕が残っているからちょっと怖がられそうだけど。白い犬とかが似合いそうだな。

私は掃除もしているがメインのお仕事は金勘定だ。

親分さんの横でお金を数える。路地裏生活では日に何度も殴られていたし体がどこかしら痛かったし、食べられずにいたが今はそんなこともない。

お風呂を親分さんに試してもらってからご機嫌で、私も自由に使ってもいい風呂の権利やお肉や果物をくれた。

……それといつの間にか謎の仕事を取ってきたかもしれない。

「もしかしたら仕事を頼むかもしれん」

「何をすれば良いのでしょうか？」

「まぁ掃除とかだな」

まだ娼館や売られる奴隷のいる場所の掃除はできていないが、親分さんの命令が第一である。

「はい」

「貴族が関わるがそんな肩肘張らずいつも通りでいいからな」

貴族、聞いたことはあるが見たことはない存在。

人をボコボコにして殴り殺す親分さんよりも恐ろしい存在で、人を弄んで殺すなんてこともしばしばな噂もあるやベー人種。前世の道徳観で考えるに多分血の色は青色、貴族はきっと人間じゃない。

「できないことはできないですが大丈夫ですか？」

「あ？　あぁ大丈夫だ。知ってる貴族だからここにもじきに来る」

「!?」

警戒心の塊のような親分さんがこの部屋に人を呼ぶ！！？　いやいや、そんな話聞いたことないし「ここに」って下の賭場にだよね？

しかもやけに上機嫌で……と思ったらほんとに誰か来た。

「入るぞー」

「おう」

「ようドゥッガ！　久しぶりだな！」

「久しぶりって……この間会ったばっかかだろうが、こら、部下の目の前で抱きつくな暑苦しいぞ!?」

コンコンとノック音が聞こえた瞬間私は虫になった。

ドアを軽くノックして入ってくるような礼儀正しい人間はドゥッガ一家にはいない。無音で部屋の隅で土下座の構えだ。何が起こっているかはわからないが、見ちゃいけないものな気がする。

「まぁ座れよ、水でも飲むか？」

「水？　飲もう」

「ほらよ、まぁ飲め、好きなだけな」

「あぁ……とんでもなく美味(うま)いな？！！　何だこれ！？？」

頭を下げているので部屋で何が起きているのかはいまいちわからない。だが、水が美味(おい)しいのは何より。私から出た水だ、これで生存率は上がるだろう。

そんなに美味しかったのかな？

「ハハハ！　だろう！　……バーサー、面白いやつがいてな、仕事で使ってみねぇか？」

「仕事？　お前が言ってくるなんて珍しいな」

「いや、あれだ、お前から言ってきた仕事だ。掃除の人夫」

「何だよ勿体(もったい)ぶりやがって」

「それがな、紹介したいのがこいつなん……フリム？　あ？　ビビってんのか？」

できればこのままこの状態の虫でありたかった。存在に気付かれないこともある虫。ソファーの陰で相手の顔も見ずにいたかった……。

「許可がないと、お貴族様の顔を見ちゃダメって聞いたことがあります」

街の噂で聞いた話だ。どう対応するのが正解かはわからないが最大限へりくだっておこう、貴族怖い。

「何だ気にすんな、こいつは顔はこえーが大丈夫な貴族だ、おら顔上げ……よっと」

顔を上げる前に体ごと持ち上げられた。

「えっ……？」

持ち上げられて前を見ると、親分さんがいた。

「クハハハハハ！　そうなるよな⁉　な！！！」

「ハハハハハハ！　何だお前意地悪だな！　何も言わなかったのか！」

目の前の親分さんはゴテゴテの成金のような服を着ていて、横で私をつまみ上げてる親分さんはいつもの親分さんだ。

思わず二人の顔を見比べてしまった。

「え？　え？」

「何だ、いい反応するなこの娘は」

「フリムです。水の魔法が使えます」

「バーサル・ドゥラッゲンだ。見ての通りドゥッガとは兄弟だ」

一卵性双生児だ。貴族で、親分さんの兄弟って……普通の貴族が来るより危険度が格段に上がった気もするが、逆に安心なのだろうかこれ？　わからないが驚いた。

「なるほど、びっくりするぐらい似てますね」

「だろ！　この間、金勘定してたときも入れ替わってたからな‼」

「嘘っ⁉　いや本当でございますか⁉」

「うっそーん、クハハハハハハ！　何だこの小娘、最高じゃないか‼」

「兄貴……人が悪いぜ、気持ちはわかるけどもよ」

どうやらバーサル親分兄様は愉快な性格をしているようだ……。っていうか顔が同じだけど親分さんの顔には大きな傷痕があるからそこが違いだな。

「で、フリム、仕事ってのはドゥラッゲン家の像を洗うことだ、できるか？」

「像？　ですか？」

「そうだ、ブラシで擦ってもそんなに汚れは取れんしお前の水魔法でバシャーっとやれバシャーっと」

「この子は強い魔法が使えるのか？」

「攻撃魔法ほどの規模はないが面白い使い方してるぞ」

「ほう、まぁ少しでもましになるならいいが」

「あの……はちゅげ⁉」

噛んだ。思ったよりもフレンドリーなお貴族様だがそれでも緊張していたのかもしれない。恥ずかしさよりもすぐに言い直す。

「ん？」

「コホン、発言よろしいでしょうか？」

「許す、言ってみなさい」

「まず水を強く当てて汚れを飛ばしているので像が室内だとできません、汚れが周りに飛び散ります」

「なるほど」

「次に像の強度が脆くなっていたりしたら壊れるかのっせいがありま……あります」

怖すぎて噛む、滑舌が悪いお子様ボディが原因か、それとも命の危機であるからなのか……。

「クフフ、続けて」

「その、素材やそれまで晒されていた環境次第でむしろ汚れが出てくる可能性もあります」

「ほう」

「だから壊れたり、掃除して逆に汚くなっても責任は取れない、です」

それでも言っておかねば、殺されるかもしれない。

親分さんの見立てでは、私は使えると判断されたようだが、今まで掃除した平面に近い壁や床に穴の開いたようなトイレと違って像は立体で複雑な形だ。しかもどんな環境に晒されてきたのかもわからないし、簡単に壊れるかもしれない。

親分さんには気に入られているが、このバーサルという貴族様が同じ性分とは限らない。ミスしたら即殺されたりの可能性もあるのだから最大限警戒しなければならない。

「なるほどな、じゃあ壊したり汚れる可能性はわかった。やれ」

「……はい、頑張ります」

どちらにしろ命令は絶対である。

貴族様はここの領主というわけではないがこの辺りを取り仕切る法衣貴族とやらである。貴族と言えば領地があるのではないかと思っていたが、そういう貴族だけではないらしい。彼の一族は王都の中の東側を管理している大貴族だそうだ。

法衣貴族とは公務員のようなもので、領地はないが市長のように偉い人であるようだ。

バーサル様の家では親分さんの父親がまだ子爵として健在で、バーサル様は士爵である。親分さんがバーサル様の持ってきたお酒をちびちび飲みながら教えてくれた。

「双子は不吉だーって追い出されてよ、まぁ俺らは仲良かったし色々あったが俺にも力があって無事貧困街の取りまとめになったってわけだ」

「すごいですね！」

「まぁな」

絶対裏で繋がって一緒に悪さしたんだな……。というか親分さん、貴族の出だったのか。どう見ても生粋のヤクザなのに。

「でもなんで親分さんが追い出されたんですか？　双子なら一緒の見た目なのに」

「――――……アァン？」

しまった！　失言だ！！？　この迂闊な口を縫い付けてやりたい！

親分さんは仕事に必要だからと少し昔話をしてくれたが、それでも追い出され良い思い出なんてないはずなのに聞いてしまった。しかも酒によって、タガが外れてるかもしれないのにっ……！

酒の場の雰囲気で軽く言ってしまった。

「ご、ごめんなさ――」

「チッ、気にすんな」

嫌な顔をした親分さんだが酒をぐびっと飲んで再び話し始めた。

「バーサーは土からレンガを作れるが俺はできん、一族の当主になるにはあった方がいい。土系統の魔法だ」

真剣に話を聞く。いつ殴られるかわからないし、暴力を振るう酔っぱらいほど怖いものはない。とくに病弱や貧弱というわけではないが幼女ボディだとなおさらだ。

「この建物もバーサーのレンガで作ったし、王都中のレンガは代々うちのもんが作ってる……俺にゃあ適性がなかったんだ」

「でも親分さんにも良いところがありますよ！」

「……そうだな。幸い身体強化はうまくできたし、ここは腕っぷしで何でも揃う場所だ。部下もできたし、金も入るようになった」

この外道な親分さんにも苦労するような過去があったのだろう。バーサル様にはなかった体の傷から察することができる。

少し遠くを見つめている親分さんだが、きっと私の知らない過去を思い返しているのかな？

「今じゃお前らみたいな部下もできたしな！　飲め！　お前も飲め‼」

「はい、頂戴(ちょうだい)します‼」

この幼女ボディで飲んでも大丈夫か？　と思ったが飲まない選択肢なんてない。

一口で咳(せ)き込んで吐き出し、ひっくり返ってしまった。遠くで親分さんの焦るような声が聞こえたがそのまま意識が落ちた。

次の日はフラフラだったが昼過ぎにバーサル様のもとに仕事に行く。

「流石(さすが)にお前一人に行かせるとまずいからな、ローガンとオルミュロイとパキスをつける。――……大丈夫か？」

「目がグルグルします」

「吐いてから仕事に行け、悪かったな」

頭をグシグシ撫(な)でられ、ローガンさんに抱かせるように渡された。一応成人女性としての感覚はまだ残っているから、抱っこはちょっと恥ずかしすぎるんだが大人しく従う。

オルミュロイさんは人とリザードマンの間のような戦闘奴隷で、掃除中ずっと私を睨(にら)みつけてきた人だ。鱗(うろこ)のある人……割合としては8割ぐらいは人だろうか？

何人かリザードマンはいたが、種族の差なのか表情がわかりにくい。

そしてパキス、元上司。なぜか憤怒の表情で私を睨みつけてきている。

「パキス、フリムの言うことをちゃんと守れよ?」

「………ウス」

ものすごく不服そうだ。大丈夫か、これ?

「ご主人様、よろしいでしょうか?」

「なんだ? ローガン」

「掃除となればきっと女性しか立ち入れぬ場所もあることでしょう。我々ではフリム様の近くにいられないこともあるのではないでしょうか?」

「おぉ、そうだなローガン! 気が利くな相変わらず!」

ナイス、ローガンさん! 気がつかなかったけど私の身の安全のために発言してくれてナイスぅ‼ 親分さんと同意見というのは微妙な気もするが!

「いえ」

「じゃあ二人ほど見繕って連れてけ」

「はい」

部下が増えることになった。地下に行って女性の奴隷を見繕うことに。

「チョーシ乗んなよクソが死ね」

階段を降りながらパキスからなにか聞こえた気がする。部下だった相手が上司、しかも搾取しまくりの気に入らなかったら殴ることもできていたサンドバッグだった存在がだ。気に食わないことこの上ないだろう。

会社でいうと社長の息子のコネ社員がパキス、私は採用試験から叩き上げでのし上がった社員である。いくら今私が上司とはいえ、パキスが親分さんに泣きつけば私の首が飛びかねない……。

…………パキスの腰、前側にあるナイフに手をかけてるのは歩きにくいからだよね？　襲ってこないよね？

「フリム様、マーキアーという女の戦闘奴隷は連れていきましょう。少々がさつですが言うこともしっかり聞きますしよく働きます」

「ではその方は連れていきましょう。もう一人はどうします？」

「オルミュロイ、誰か推薦したい人はいますか？」

「……タラリネしか知らん」

「どんな方ですか？」

「妹だ、まだ売れてなかったらいるだろう」

サラッとくっそ重いこと言ったぁ⁉

「では一緒に行きましょう、一緒に働けるといいですね」

「チッ、早くしろよ愚図が」

「……」

何だこの元上司は……。親分さんが私につけてくれた以上、私が命令して言うことを聞いてもらうはずなんだけどさ、難しいよこんなの。だってドゥッガ親分の子供で！　力で対抗しようにも絶対パキスの方が強いし‼　下手に命令なんてしたら絶対恨まれるって⁉　既に殺意が見え隠れしてるし！！？

ローガンさんは奴隷でありながら親分さんには気に入られているように見えた。それでもパキスには何も言えない。

「マーキアー、仕事です。来なさい」

「うっす」

一般売買向けの奴隷のいる場所、その個室に彼女はいた。一緒に働く女の子だーかーわーいーいー……とか言いたいところだけど肩幅広めで身長もある、しなやかなマッスルさんだ。赤毛でポニテ、姉御って感じで腹筋バッキバキ。

もう一人、私も初めて来る娼館エリアの雑用奴隷のいる場所に彼女はいた。

「兄さん⁉」

「…………」

「タラリネ、仕事です。ついてきなさい」

「っはい」

「チッ」

一瞬、すごく嬉しそうだったのにすぐに無表情に戻った。兄妹の再会を良くないものにしてしまったかもしれないな。

こっちの子は可愛い。私よりは大きいが普通に人間に見える。義理の兄妹とかだろうか？

以前、こちらのトイレも掃除しに来てほしいと言っていたお姉さん方に手を振って仕事に向かうが――……前途多難すぎる。

「お待ちしておりました。ドゥッガ様の家来の皆様ですね？」

「はい、掃除をしに来ました」

「では、よろしくお願いします」

屋敷に行くと家人の人に案内された。

広すぎる中庭に行くと仕事を命じられた理由がわかった。偉そうな服の石像が大量にあった。

奇妙な配置で、向きもバラバラ、ポーズも一定じゃない。60体はあるだろうか？　なにか意味があるのか……どれもかなり汚れている。

「これらはこの国の貴族様を模したものです。定期的に掃除をしているのですが。何分、石の汚れというのはなかなか取れませんので……」

「――なるほど」

見れば緑や黒に汚れている……色がつけられているのではなく苔（こけ）やカビだろう。日本でのお墓掃除とかでも落としにくかった汚れ、ブラシで擦（こす）れば幾分かはマシになるがそれ以上は綺麗（きれい）にならない厄介な汚れだ。

何十年、何百年物の汚れなのか、数体は顔もわからない。石自体の劣化もあるし、ところどころ指や髪の毛が欠けて落ちているのもある。

「よく来た！　おぉ、パキスまで来てるじゃないか！　よろしくな！」

「はいっ！　今日はよろしくお願いします！」

「ウス」

バーサル・ドゥラッゲン、ドゥッガ親分さんの双子の兄である。今日も親分さんと同じ顔で派手な服を着ていた。既にパキスとは面識があるようだ。

「早速仕事したいのですが、石自体が傷んでるものもあるようですし魔法で壊れても責任は取れませんよ？」

「構わん、これでも既に磨いた後なんだわ……式典もあるってのにいつも見窄(みすぼ)らしいが、まぁ駄目で元々だわ」

　これは確認しとかないとかなり危ない。もちろん圧力は弱めから試していくが、それでも首を物理的に飛ばされる危険性はグッと減ったはずだ。

「わかりました、一応試してみたいので壊れても良いようなものを教えてもらってもいいでしょうか？」

「完全にぶっ壊れてもよろしくないしなぁ……こいつで頼むわ」

「わかりました。かなりの範囲に水しぶきが舞うので離れていてもらってもよろしいでしょうか？」

「かまわん、今日は風呂(ふろ)に入る予定だからな」

多分そのお湯出すのは私かな？　まぁいいや。

「ローガンさん、貴族様の横で飛沫が酷かったら守ってください」

「はい」

「〈水よ、出ろ〉」

両手の先からバシャーっと水を出して洗浄していく。賭場の掃除で大分慣れたもので力加減もバッチリだ。

ボロい、汚れの酷い石像だったが見る間に汚れが落ちていく。高圧洗浄って準備は面倒くさいけどやるのは楽しいんだよね。

「おおおおぉ‼」

「な、なにか⁉」

「素晴らしいなお前の水は！」

まだ水をかけている最中だというのに石像に向かって突進してきたバーサル様。やっぱ、当てるところだった。

高圧洗浄は見ていて楽しいよね？　わかるよ。

「徐々に強くしてみます」

「いいな！　見てるから続けろ！」

「すいません、一度止めます」

両手の前の水を丸くまとめて花壇にポイと落とす。

――できれば近くにいてほしくはない。

水を出している私に汚れが飛んでくることはよくあるし、基本怪我をするようなものでもない。

それでも近くにいると服が汚れるし、貴族様の怒りの最低ラインがわからないのも怖い。

「貴族様、石は髪の毛や指先などの薄い部分が割れて飛んでくる可能性もあります。御身のために後ろに下がった方が良いと進言します」

「むぅ……まぁ屋敷から見るぐらいは構わんだろう？」

「おそらく大丈夫ですが風向きなどでも飛んでいく可能性はあるかもしれません」

「バーサル様、進んで汚れることはありませんよ。下賤（げせん）に任せるべきです」

若干酷いことを言われてるがこの家人さんを援護したい。私の首がかかっているのだから。

「仕方ないか……まぁ心配するのもわかるけども、まぁいい……励めよ」

「はい、精一杯お役目を務めさせていただきます」

若干不服そうな貴族様。

頭をきっちり下げると貴族様はこの家人を連れて離れていった。

「…………」

「…………」

「…………」

「チッ」

オリュミュロイとタラリネのリザードマン兄妹とマーキアーさんは目を丸くしている。舌打ちはもちろんパキスだ。帰ってほしい。

「フリムお嬢様はとても丁寧に話せるようですね。驚きました」

小学校も行ってないようなおこちゃまがちゃんと話せていれば前世の私も驚くと思う。もっと子供らしく話した方が気味悪く見えないか？　……いや、それでは危険だった、何もしていなければ餓死の可能性もあった。

話し方一つでこの身の安全が少しでもマシになるのならするべきだし、せざるを得ない。もっとこの国の環境に合うような話し方はあるのだろうし、確かにより奇妙に見えるかもしれないな。

「そうですか？　では仕事を言い渡します。ローガンさんは私の近くで補助、オリュミュロイさん、タラリネさん、マーキアーさん、パキスさんはこの付近の掃除と掃除中の」

「――偉くなったもんだなフリム、クソが」

パキスだ、なにかしてくるとは思ったがもう我慢できなかったのか。

「パキス、さん……これも仕事です。親分さんに命じられた仕事で――」

「知るかよクソがっ‼　調子乗ってんじゃねぇ！！！」

自分よりも大きな男の子が拳を握って向かってくる。いつものように両手を前に出して大事に至らないように……。

「はぁなぁせっ！！！？？」

ローガンさんがパキスの拳を止めていた。パキスは私よりも大きいとはいえ子供で、立派な体格のローガンさんには太刀打ちできないようだ。私を殴ろうと藻掻くパキスだがマーキアーさんとオリュミュロイ、タラリネが割って入った。

「ご主人さまにフリム様の護衛を命じられていますので」

空いた片手でナイフを抜いたパキス、何が……私の何がそんなに気に食わないのだろうか。

向けられた殺意で体の中をヒヤリとしたものが伝う。

ナイフはローガンさんが後ろからパキスの手首を握ったからかその場に落ちた。

「はっ⁉　放せよローガン‼　こんな愚図‼　クソ！　クソクソクソ！！！　死ねよクソがっ！！！」

武器がなくなっても、パキスは諦めるどころか怒りが膨らんだようで両手首をローガンさんに掴まれながらも蹴ってきた。間にいたオリュミュロイがパキスを殴った。

「うぐっ⁉　何すんだ奴隷風情が！！？」

「なんだいこのきかん坊は？　ローガン、どうするね？」

「ぶっ殺す！　ぶっ殺してやるぞフリム！　クッソがぁああ！！！！！」

叫ぶパキス、ここをどこだと思ってるんだろうか？　親分さんの顔に泥を塗っているとなんでわからないんだ？


――しかしこの場の責任者は私だ、首が落ちる可能性があるとすれば私。

「これ以上は迷惑がかかります、フリム様、気絶させる許可を」

「おねがいします、殺しちゃ駄目ですよ」

言い終わるよりも先にローガンさんの太い左腕で首を裸絞にし、組んでほんの少し空いた右手でぽんと頭を叩くとパキスは一瞬で動かなくなった。

「殺してないですよね？」

「はい、眠らせただけです」

「ありがとうございます。ローガンさん、マーキアーさん、パキスを親分さんのもとに連れて帰ってありのまま起こったことを話してください」

ローガンさんとマーキアーさんの奴隷という立場を考慮すると、私も行った方がいいかもしれない。

しかし、ここを離れられない。この掃除は私にしかできない。

「フリム様は？」

「私は命じられた掃除をします。これ以上親分さんの顔に泥を塗るような真似はできません」

「わかりました。一時護衛の任から離れることをお許しください」

親分さんがどう反応するか。パキスに怒るか、御しきれなかった私に怒るか、ローガンさんに怒るか……わからないのがとても怖い。

「はい、一緒に行けなくてすいません」

「いえ、これは仕方がないでしょう。マーキアー、行きますよ」

「たくっ……なんて仕事だい」

マーキアーさんが脇にパキスを抱え、ローガンさんが先導して庭園から出て行った。

なんでこんなことに……、今ここにバーサル様が出てきて処刑されないか心配だ。もしもそうならローガンさんとマーキアーさんを逃がせたことは喜ばしいのか？

自分の命一つでも気が重いのに、他人の命までかかってることにストレスで吐きそうだ。パキスが嘘の言い訳をしないかが本当に心配だ。

残ったのはリザードマン兄妹。ほとんど話したこともないし、これはこれで怖いんだが……。

「オリュミュロイさん、タラリネさん、先程はありがとうございます。助かりました」

私を守ろうという動きだった。ナイフを持っている相手との間にだ。

「いえ、大したことはしていない……それと俺はオルミュロイだ」

「失礼しました、一度聞いただけだったので間違ってました……その、改めておねがいします。オルミュロイさん、タラリネさん……で合ってますよね？」

「はい」

多分私の顔は真っ赤だろう。安心して、ホッとしたところにこのミスは恥ずかしすぎる。

「改めて自己紹介を、私はフリム。路地裏で拾われてそれからドゥッガ親分さんのもとで働いています。水の魔法が得意です」

「オルミュロイだ」

「タラリネ、です」

いきなりパキスという爆弾が爆発した。それでも逃げ帰ることはできないし、パキスを帰したことでどう転ぶかもわからない。

それでも仕事は仕事、続けなければならない。

二人には付近の軽い掃除と他の人を見かけたら破片が飛び散る危険があると伝えるようにお願いした。高圧洗浄は対象物に当たった際の水音が大きい。私が人の接近に気がつかないこともあるから結構大事だと思う。

まだ胸がどきどきする。いい意味ではなく、いわれのない殺意とナイフを向けられたという恐怖。それとこの後親分さんがどう判断するか……なんて、嫌な想像をしてしまって。


タラリネとオルミュロイは黙々と働いてくれた。兄妹(きょうだい)だしできれば水入らずで話してほしいが、騒ぎを起こしてしまったし『ちゃんと働いていた』というアピールをしなければならない。

家人の人は私たちを『下賤』と自然に言った。蔑(さげす)むためでもなくそれが当然であるというように。

……そんな彼らがいるのだ。何もしなければ仕置をされてしまうかもしれない。

髪や指、装飾品や服の襟の部分が割れたり欠けたりしている像へ向かって丁寧に高圧洗浄魔法をかけていく。時折様子を見に来る庭師の方には水飛沫や汚れ、破片が飛んでいく可能性があると二人から一言注意してもらう。

汚れのついていない像を見るのが面白いのか人が遠目に集まってくるので、二人にはバリケードになってもらった。

掃除の何が面白いのかと思うがちょっと気持ちはわかる。ネットの動画でも高圧洗浄機で床や屋根を綺麗(きれい)にする動画や機械の洗浄、車の洗車なんかはついつい見ちゃうよね。

「水分補給しましょう、一つで申し訳ないですが一緒に使ってください。〈水よ出ろ〉」

とにかく飲み水を出すことの多いフリムちゃんはコップを持ち運ぶことにした。水を出せてもその場にコップがなければ口に直に注いだり、手を器代わりにしないといけない。……親分さんの口に直接水を注ぐとか怖い。

普通にこぼして怒られそうだし、掃除にだって使うこともあるかもしれない。私にとって絶対必要なアイテムである。

「あ、ありがとうございます！　兄さんから飲んで！」

「……俺はこれを使う」

使えそうなものはズタ袋に入れてマーキアーさんが持ってきてくれていた。硬い人数分のパンにコップが二つ、柄杓やバケツにブラシ、ハサミに磨き粉、スプーン？　何に使うんだろう？　それとスープを入れるのによく使われる木をくり抜いた器。

コップ二つと器に水を入れて飲む。

「…………」

「っ！　……!!」

私が飲んだのを確認した後に二人が飲み始めた。オルミュロイは無表情だがタラリネはコロコロ表情が変化して面白い。美味しかったんだな私の水。

「美味しいです！　ありがとうございます！」

数時間はぶっ続けで作業をしていたしこれぐらい許されるだろう。私なんて像から至近距離だけあって泥だらけだ。見かけにもよく働いたのが見て取れるはず。

「ちょっとトイレに行ってきます」

「では私もついていきます！」

「この場に人が残ってないと他の人が来るかもですし、ゆっくりしていてください。あまり大きな声で話さないように」

二人の空になった容器に水を入れ、家人にトイレの場所を聞いて休憩した。積もる話もあるだろう、あまり時間は取れないが……だが、パキスのようなトラブルに見舞われる可能性もあるし、うーむ……結局不自然にならない程度に戻った。

はにかんでるタラリネが遠くに見えて、邪魔するのは気が引けるがそれでも仕事に戻らないといけない。

「おかえりなさい！」

「仕事に戻りましょう、休憩は二人とも私の作業中に行ってくださいね」

「はいっ！」

正直トイレも汚かったがそれより命じられているのは像だ。パキスのことを思うと色々胃が痛くなるが、それでも任された仕事をこなさなければならない。

石像も12体は綺麗にしたところで貴族様が来た。

「おぉ！　よくやってくれてるな！　ここまで汚れが落ちるとは思ってもみなかったぞ！」

「ありがとうございます」

「今日は泊まっていけ、お前はいい湯を入れられると自慢されてな」

「わかりました」


案内された風呂はなにかの金属製であった。猫脚や陶器というわけではないが親分さんのところにはない設備だ。

「あぁいい湯だぁ‼」

「……ありがとうございます」

なぜかはわからないが、貴族様の横で私は入浴風景を眺めている。いや、熱いお湯をいつでも出せるようにということだろうな。給湯器フリムちゃんである。

しかもメイドさんや家人もいない。「一人で入る」と家人さんに断っていたし、私は人としてカウントされていないようだ。

「お前の水は魔力がこもってていいなぁ、体の芯まで染みるぜ」

「ありがとうございます」

私の水は飲む人によって反応が違う。親分さんのように驚くほど美味しいと言う人もいれば宿屋のおばちゃんのように何が良いのかわからないけど客の評判が良いと言う人もいる。

普通の井戸水とは何が違うのか？　フリムちゃんは給湯器や高圧洗浄機だけでなく、浄水器でもあるのかもしれない。

「……仕事はどうだ？」

「一部問題もありましたが順調です。12体ほど清掃が完了しました」

「よく魔力がもつなぁ、よっと」

おっさんの裸なぞ見たくないが……こちらを気にせず湯の中で体を拭(ぬぐ)っている貴族様。

「パキス、そういえばパキスがキレてたらしいなぁ……何があった？」

「パキスは私の元上司だったのですが、今回親分さんが私の部下につけまして……きっとそれが気に食わなかったんでしょう」

機嫌が良さそうだがバーサル様はパキスにとって伯父だ。パキスの味方になって私を教育するかもしれない。

そのために家人や私の護衛を入れない状況にしたのか？

流石(さすが)に貞操の危機はないと信じたいがそれでも可能性はある。仕事が途中だし殺されないまでも殴られる可能性はあるだろう……。

「あー、そりゃ仕方ねぇなぁ。まぁあまり悪く思わねぇでやってくれな、ありゃドゥッガが悪い」

「というと？」

「パキスは反抗したい年頃でもあるし、反抗する理由もあるってことだ」

親分さんへの反抗心で殺されたくはないんだけどな……ただ、私に向かってお怒りではないようだ。

「なるほど。湯の温度はいかがでしょう？」

「もうちっと熱くできるか？」

「はい、湯を足しますね」

「おう」

風呂場では暴力を振るわれるようなことは何もなく、ベッドが並べられた大部屋で私たちは寝ることとなった。

ローガンさんとマーキアーさんが既にいて――……パキスはそこにはいなかった。

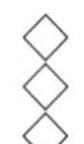

「本当に俺の子か？」

そんな親父の言葉が耳から離れないでいる。

少しだけだが気持ちもわかる。

父親も母親も酔っ払っていつの間にかできたのが自分。母さんは馬鹿騒ぎした日に誰と寝たのか覚えていないなんて言っていたらしいが、後から「ドゥッガと寝た」と聞いたらしい。つまりは酒に酔ってできた間違いの子だと言っていた。

母さんは母さんで父親なんていない方がいいと思っていたようで二人で生きてきたのだけど、母さんが病気になった。で、母さんの言う通り父親らしき人に会いに行くとこの一言だ。クソが。

「母ちゃんが病気なんだ」

「それで？」

「それでって……！！？　あんた父親ならなんとかしろよ⁉」

「あー、そう言われてもなぁ、ラキスが自分で金はいらねぇって言ったんだ。何ならお前が自分で稼げ」

母さんが父親なんていらないと言うのも納得だ。

ムカつくし死んじまえと心から思うが、他に稼ぎ方も知らねぇしこのチチオヤのもとで稼ぐことにした。ただ、一緒に住む気はないし好きにさせてもらう。

何人かいるハラチガイの兄貴は色々教えてくれた。喧嘩の仕方、商売敵への嫌がらせ、脅し方に稼ぎ方……そして人の殺し方。

兄貴たちには一人につき何人かは親父が部下をつけてくれて仕事を任せられる。後は好きに生きろって感じだ……が。

「お前にゃまだはえぇよパキス」

「なんでさ」

「部下になるのは使える奴隷とか使えそうなやつとか色々いるんだけどよ、親父は俺らよりも年下を部下に選ぶ。だからパキスにゃまともに使える部下はまだはえぇんだよ」

そんな足手まといいらねぇ。

だが確かに使えそうなやつというのは色々いて、髪の色や種族で便利そうなやつなんかも多い。たまたま拾ったやつが使えそうだとかで見に行くと、力があるとすぐにわかったから連れてきた。

オドオドして、愚図で、はっきり喋らない。何度も教育したが一向に直らない。

俺でも何回か殴られたら覚えるが、こいつは何度殴ったって覚えられないほどの愚図だ。

だが水の魔法は使える。少量だが結構な値段で売れるし、愚図は計算なんてできないからいくらでも抜き放題だ。

「無理してない？　大丈夫なの？」

母さんはベッドから起きられなくなったが、それでも俺の心配をしてくれる。

「全然！　俺にも部下ができたんだ！」

「そうなの、大事にしなさいね？」

「わかってる！」

フリムは本当に愚図だった。敵対組織の店に嫌がらせをしようにも投げた石が届かないし、逃げるのもおせぇ。正直言って足手まとい。それでも俺の部下で、こいつの魔法で結構稼げていた。

しっかり教育してやってるのに「腹が空いた」だの「動けない」だの言い訳ばかり。だいたいは何回か殴れば動けるのに怠けやがって。

それでも俺の教育が良かったからか出せる水も増えてきて稼ぎも一気に良くなった。……まぁ稼ぎの半分は兄貴たちに抜かれるが、それでも残り半分を母さんの治療費にする。もうすぐ良い薬が買えそうだ。そのはずだった。

「親父がフリムを気に入ったらしい。残念だったな」

「クソがぁっ！」

愚図は愚図なりに長い時間教育してきて、やっと魔法もまともに出せるようになってきたっていうのに、親父にとられた。

薬も続けて飲まなきゃならないってのに一番安いのになって、少しは動けるようになってきていた母さんがまた寝込むようになった。

「ごめんね」

「気にすんな、寝てろって」

「部下の人との仕事、うまくいってないの？」

「……あー、どんくさい愚図で失敗ばっかだからなぁ」

「仕方ないわね、大切にしてあげな」

「わかってるって」

「ドゥッガには大切にしてもらってる？」

「もちろん」

「ドゥッガは、お父さんはどうしてる？　元気？」

「いつも通りだよ、もう寝てなって」

こんな嘘をつかなきゃいけなくて親父にもフリムにもムカついてたまらなかった。ただ親父は反抗するやつは息子だろうと容赦しないと聞くし、どうしようもなかった。

別のシマの屋台を襲った。

「おら！　金出せや愚図が‼」

「な、何しやがる⁉　こんなことしてニッグが黙ってねぇぞ！？？」

「うるせぇ！　死ね‼」

「あがっ⁉」

頭を蹴り飛ばすと爺は静かになった。今のうちに稼ぎを全部持っていく……しけてんなぁ。

「パキス、あぁいうクソは襲ってもいいって兄貴たちが言ってたじゃねぇか？」

「あぁいうのはよくないからやめろ、な？」

「店畳むほど襲っちまったら搾り取れねぇだろ？　ニッグのとことやり合うのも俺らだ。わかってんのか？」

兄貴たちの中でも一番体もデカくて戦いの好きな兄貴に説教された。

「日和ってんのか？　弱気だなぶっとばァグッ！！？」

これぐらいいいだろうと思ったが蹴られた。クソいてぇ。

「お前がどこのクズを襲ってもいいがそれで俺らに手間かかってんだよ！　ちったぁ考えろよ愚図が‼」

「ごほっ、ごほっ……だから稼ぎを渡してんだろうが⁉　仕事だろ‼」

「限度ってもんがあんだよパキス！　反省！　しやがれ‼」

「……！　……っ‼」

クソだな、俺がやりすぎたらしく、教育されちまった……。こんな日は母さんのもとには戻れない。

何が悪かった？　元はと言えば何が……。

……

………

……………

――――……全部あいつがいなくなってから悪いことばかりだ。

金も稼げなくなった！　薬も買えなくなった！　仕事もとられた!!

母さんは容態が悪くなっちまって、どうすることもできねぇ。クソが!!

俺がこれまで教育してやった。なのにフリムは水を出すだけで売りに行かせる部下もいて、なのに俺には金を支払わねぇクズだ。

一度わからせる必要がある。親父の近くで働いてるなら稼ぎもあるだろうし、金を搾り取れるだろ。

フリムは俺が育てた水魔法で賭場のやつらからチヤホヤされているし、稼いだ金は俺のもんだ。

ある日、親父に呼ばれた。母さんのことかと思った。流石に薬代ぐらいは出してくれる気になったか？

だがそれは甘い、甘すぎるクソッタレな考えで、反吐が出そうだった。

「流石にお前一人に行かせるとまずいからな、ローガンとオルミュロイとパキスをつける。――――……大丈夫か？」

ローガンと言えばその強さで奴隷から奴隷頭になった使えるやつで、兄貴たちよりも強い。オルミュロイはクソ強いリザードマンの血を引く負けなしの奴隷……そんな部下をつけてもらえる。しかも俺まで部下？　ハァ⁇

「目がグルグルします」

「吐いてから仕事に行け、悪かったな」

――……具合の悪そうなフリムに、あのクソ親父が、気を遣っている。あまりのことに目眩がする。湧き上がる怒りを抑えろ。フリムを殺したって金が入ってくるわけじゃねぇ、わからせるなら親父がいないところでしないといけない。

「パキス、フリムの言うことをちゃんと守れよ？」

「…………ウス」

ふざけんなクソがとは言えず、ぐっと堪えた。ここで暴れたってなんにもならねぇ。

「ご主人様、よろしいでしょうか？」

「なんだ？　ローガン」

「掃除となればきっと女性しか立ち入れぬ場所もあることでしょう。我々ではフリム様の近くにいられないこともあるのではないでしょうか？」

…………フリム、『様』？

「おぉ、そうだなローガン！　気が利くな相変わらず！」

「いえ」

「じゃあ二人ほど見繕って連れてけ」

それほど親父はフリムが大事かよ？　ムカつきすぎて死にそうだ。

――――だからちょっとナイフで刺して、金を出させようとしただけなのに。

「なぁ、なんであんなことした？」

「クソ親父が」

「フリムは俺の役に立ってる、なのになんで殺そうとした？」

「ぺっ」

顔につばを吐きつけてやって少しは気が晴れたが、洗いざらい吐くことになった。拳で。

痛くても痛くても、全部吐くまで殴られ続けた。

「ガキ同士仲良くなればと思ったんだがな……まぁいい、パキス、お前はやりすぎたんだ。ちったぁ反省しろ」

「…………」

……ドジ踏んじまったなぁ。

「ご無事で何よりです！　ローガンさん、マーキアーさん！」

「…………」

「え」

私は1日気が重かった。もしかして二人がすぐに帰ってこなかったのは、パキスが嘘でも言って逆に二人が棒叩きにでもあってるんじゃないかって。

というのに二人共面食らった様子だ。ローガンさんは口がほんの少しだが開いたままだし、マーキアーさんは「え？」と一言発して固まってしまった。

「ご心労をおかけして申し訳ありません」

「心配してました！」

何だこの反応、私なにかやってしまったか？　なんて思ったがすぐに思い至った。二人は奴隷を心配するような言葉を上役がかけたことに驚いたんだと思う。

まだ剣闘奴隷たちは戦いに勝利すると酒を飲まされたりして人と接するから人間味が残っている方だが、人によっては感情が死んでしまってムチで打たれるまで全く動かないような人もいた。

私は奴隷と言っても人だと思うし、ちゃんと自分なりに扱いたい。そうもいかない場面もあるかもしれないがそれでも人は人だ。

「フリムちゃんは奴隷に優しいんだね」

膨らんだベッドから声がした。……もう一人いる？

布団で寝ていたのはパキスの兄貴分の一人だった。闘技場の関係者用入り口にいた、まだ話の通じる兄貴さん。

「パキスの代わりに来た。久しぶり」

「お久しぶりです兄貴さん」

まともに話したのは多分二度目、私に暴力を振るった兄貴さんではないが、危険な相手だ。

「兄貴さんじゃなくて名前で呼んでくれ、仕事で必要かもしれないだろう？」

マズい……私はこの人の本名を一度も聞いたこともない。

「名前を聞いたことがないです。パキスさんからは兄貴としか聞いたことがなかったので」

「ふふ、だよね、ちょっと意地悪したかったんだ――……ミュードだ、よろしくね？　フリムちゃん」

からかわれただけだろうか？　パキスのことで敵討ちに来たとかではないだろうか？　兄弟だし……もしも暴力を振るわれても、ローガンたちはミュードに逆らえない。

何を考えているかはわからないから怖くてたまらない。

「ミュードさんでよろしいでしょうか？」

「うん、ミュラード、ミュードでいいよ。……ここには奴隷を運ぶのに来ただけ。時間も遅いし泊まっていけって言われて泊まることにしたんだ、で？　パキスはなんであんなに怒ってたの？」

――ひやりと冷汗が背中を伝った。どう答えるべきだろうか？　いや、嘘を言ったところで既にローガンさんたちから伝わっているだろう。

ミュードさんから怒気は感じられないが、それでも何発か殴られるだけの覚悟はしておかないといけない。

「パキスさんは元々私の上司でして、親分さんに私の部下としてつけられたのが気に食わなかったのではないでしょうか？」

「そっか、災難だったね」

……あれ？　パキスのことで怒ってるわけじゃない？

「すいません、ミュードさんにもお手数おかけしてしまいました」

「いや、いーよいーよ……どうせパキスが悪いしね、おやすみ、寝ろ寝ろ」

「はい、おやすみなさい」

できればこの夜のうちにオルミュロイには妹と話してもらいたかったし、ローガンさんたちには何があったのか聞きたかったが、そうもできなかった。

寝るように言われたのでベッドに入ろうとして……床で寝ようとしているローガンさんたちを見た。

「ローガンさん、皆さん、ベッドで寝てください」

「よろしいのですか？　ミュード様と同じ待遇で寝るなど不敬では？」

何だよその理屈、胃がムカムカするし、でもそういうものなのか？

いや、でも、この場合は……。

「この部屋で寝るように言ったのはこのお屋敷の人です。せっかく用意されたベッドなのに使わなければこの屋敷の人に『せっかくの厚意を無下にされた』と見られるかもしれません……よろしいですか？　ミュードさん」

「うん？　いいよいいよベッドで寝な？」

「ありがとうございます」

私がベッドで寝てるのに、タラリネたちが床で寝るなんて気分が悪い。

「やっぱり、君は奴隷にも優しいんだね」

「奴隷だって人です。それに私は彼らの上司としてここに遣わされました。親分さんの所有物である彼らを大切に扱うのは当たり前でしょう？」

所有物、なんて言いたくはなかった。それでも、ちゃんとした理由を言わないといけない。

少し優しい顔をしたミュードさんだが何を考えているのだろうか？

「そっか……そういうことにしよう、おやすみ」

「はい、おやすみなさい」

何を考えているかわからない男が隣のベッドで寝ていて、緊張して寝られないかと思ったが疲れていたのかすっと寝ることができた。


朝起きると既にミュードさんはいなかった。

すぐに仕事となって昨日と同じように、いや、二人増えたし柔らかいブラシで苔や汚れを落としてもらう。ローガンさんは身長もあって助かる。

「マーキアーさん、高く持ち上げてください」

「わかった」

「このあたりも汚れが取り切れてませんね、いきますよ」

「おう」

像をブラッシングするのは壊しそうで怖いとマーキアーさんが拒否したため、ローガンさんの代わりに私を持ち上げてもらった。

昨日の像のチェックだ。幼女ボディの私には像の上まで見ることはできない。タラリネの前でオルミユロイに頼むのも忍びなかったしね。

「その像は昨日していただろう？　なぜまた同じ像をする？」

家人の人が見に来た。昨日と同じ人だし私たちの管理を任せられているのかな？

「おはようございます。昨日は夕方でしたし、日の角度が違うので汚れを見逃していないか全体の検査と仕上げの汚れ落としもしています」

「なるほど……飯だ。食ったら皿は洗っておけ」

「わかりました。ありがとうございます」

この世界に来てからスラスラ出る言い訳。いや、言い分だな、これが言えないと殴られるかもしれないしね。

昨日と違ってご飯はちゃんと出た。硬いパンに、美味(おい)しそうなスープ、少量の肉にサラダ。

家人さんたちが持ってきてくれた遅めの朝食は、親分さんのところで出る基本的なご飯より幾分豪華だ。私は親分さんのところで食べているから、長持ちするようなものが多いだけあってスープは久しぶりだ。

「昨日は余りが出なかったからな。いつも出せると思うなよ」

「いえ、ありがたく頂戴します。バーサル様のご厚意に感謝を」

「……お前らは数日はいると聞いた。いつものいけすかんやつらとは違うな、調子が狂う」

それはそうとマーキアーさん、地面に下ろしてほしい。足プラーンとしたまま話すのはそれはそれで変な気分だ。

「まぁ、ちゃんと出せるようには調整してやる。励めよ」

「わかりました！　頑張ります！」

笑顔で伝えると家人さんは行ってしまった。

「さぁご飯食べましょうか！」

一つ一つ、全部注意して生きるのは……本当に息苦しいな。

――それでも、まだ路地裏で寝るよりかはマシか。

パキスのことは心配だが、そのまま仕事を続けた。

トイレやぬめる床も掃除すると貴族様はとんでもなく喜んだ。わかる、トイレは綺麗な方がいいし、ブラシで強く擦っても取りにくい汚れや臭いってあるよね。

ミュードさんはいつの間にかいなくなったが夜にはパンを届けに来てくれた。貴族様からもより良いご飯を出してくれるようになった。

「貴族様の屋敷だと飯が出ないことも普通だからなぁ」

「そうなんですね」

ミュードさんは奴隷には優しいのかもしれないな。

石像掃除は高圧洗浄にも限界があった。素材そのものが緑色になっているものもあったが、それでも初期よりかは大分マシになる。

謎に使えるオゾンや思いつきでアルカリ性や酸性を強くしてみた水も僅かではあるが効果があった……のかな？　高圧洗浄した段階でほとんど汚れが取れるし効果の程は定かではない。というよりアルカリ性や酸性にできているかがわからない。

掃除に使える薬品が欲しくなる。それか今はリトマス試験紙だけでもいい。肉眼では自分の魔法の変化がわからないのだ。オゾン水は生臭いからわかるけど。

「おぉ、この一番立派なのがこの国の初代王の像だ。気をつけてやれよ」

「はい」

3日目、貴族様が仕事を見に来た。

中央付近のひときわ大きな像は王様の像でその仕事を見守りに来たようだ。庭園の変な像の配置はこの国の領地の位置や貴族の開祖を表しているらしい。意味があったのか。

流石に王族の像と聞いて真剣に綺麗にした。他の像の5倍は時間をかけたと思う。王冠や装飾品、年月で欠けたり劣化している部分もあるが、補修された跡が見受けられる。

美丈夫な男性、顔もいい。像を見ただけで立派そうに見えるのは元の人物もカリスマがあったからだろうか？

　いくつかの像は指示付きで行われた。気合を入れる像や壊れそうだから気をつけろとか……そして、

「そっちの像はテキトーでいい」

「なんでですか？」

「うちとは仲が悪いんだ。石の攻撃魔法の家でな……うちとはくっそ仲が悪い！　何ならそれだけ掃除しなくてもいい。蹴り入れてもいいぞ」

　本当に掃除しなかった。バーサル様はみみっちいのかもしれない。

　他にもこの国の中で高名な貴族を教えてくれた。火の属性の魔法の大家や水の大家、風の大家など、属性ごとに有名だったり、金策や外交、内政に強い高名な騎士などに、稲穂や金袋、剣を持たせていたりと像一つ一つの装飾品にも意味があるそうだ。

　ドゥラッゲンの本家は土の系統の大家で西に領地を持っているが、何百年も前に王都に来て都市開発を担っているのだとか。ドゥラッゲン家の像がやけに新しいのは毎年更新されているかららしい。やはりみみっちい。

　このドゥラッゲン家では王家で行われる式典の後にパーティが開かれるのがお決まりらしい。

　まぁ元路地裏ぐらしのマフィア生活の自分には関係ない。ぼーっと高圧洗浄をかけ続けるのは結構楽しい。

　やっているうちに手の先からだけではなく、少し離れた位置からでも水流を数本同時に出せるよ

うになった。魔法の本で伝説の魔法使いが雷を落とす挿絵があったのを思い出した。

魔法は手の先からじゃなくても出せる。空から雷を落とすことができるなら魔法の発生源を１０
０キロ離れた位置にすることだってできるのかもしれない。

考えてみたら使っている水も皮膚が破れて血管から出ているわけではない。手のひらの先から出ていた。試しにやってみたら30センチほどしかずらすことはできないが、ちゃんと出せた。

体の中の何かはぐっと減るし、まっすぐ飛ばすのも圧を調整するのも難しいがそれでも練習になる。今は両手の前と胸の前の３本同時が限界だ。

「……器用なもんだな。お前もどっかの貴族の血が濃く出たのかもしれないな」

「私は路地裏出身ですよ、捨てられましたから」

口から出てしまった言葉に少し驚くと同時に納得している自分がいる。

なんで捨てられたんだっけ？

集中と操作が切れて、高圧洗浄が止まった。後ろから頭を撫(な)でられた。親分さんより下手(へた)で、体ごと動く。首が痛い。

「お前も苦労したんだな。そうだ、水の魔法だとこいつらだ。刺すなら顔を覚えておいた方がいいぞ」

「う、あ、はい」

酷(ひど)い教育である。それでも見に行くとなんか見覚えがあるような……この人たちも髪が不自然なぐらい青かったのだろうか？

「刺した後はナイフをグリッとしろ、グリッだ」

「……はい」

気に入られたのか、なぜかナイフで刺した後の動作まで教えてくれる……駄目な大人だ。前世で機嫌の良くなった上司に、興味もないゴルフの話や趣味の話を延々と語られたことを思い出す。機嫌良く話しているし邪魔をする気はないが話は転々とし、親分さんの話になった。バーサル様もドゥッガ様も、父親とはすごく仲が悪いらしい。

バーサル様とは殺し合ったこともあるそうだ。見かけたら魔法でぶっ飛ばしてやれと言われた。絶対無理でしょ、やったらクビになってしまう。

……いや、暗殺に成功したら褒められるのかなこれ？　だめだな、マフィア暮らしに慣れて思考が結構危なくなってる。

まぁそれはそれとして魔法に集中する。ただでさえ表面が欠けたりするのにうっかり砕いたりしたら怖い。


大半の像の清掃が終わった3日目、トイレ掃除の仕事なんかも増えたが概ねうまくいっている。

「今日はお前をねぎらうことにした！　良い飯食っていけ！」

貴族様はご機嫌のようだ。美味しいご飯は大歓迎である。

「ありがとうございます」

「それと水はまだ出せるか？　飲みたい」

「わかりました、水瓶(みずがめ)か何かありますか？」

「おい、持ってこい！」

家人の人が持ってきてくれたので満タンに入れた。微妙にガソリンスタンドの店員のような気分だ。フリム水入りまーす。

「かぁっ！　これだこれ！　やっぱ美味(うま)い水出すなぁお前はっ‼　もう一杯！」

「ありがとうございます」

ガソリンではなくビールかもしれない。いや、ある意味ガソリンか。

ビールはきっと酒飲みのガソリンだ。これは水だけど。

「きっとこめられてる魔力が違うんだな、やっぱお前いいとこの生まれとかかもしれないな……」

じっと見られ、それが親分さんと同じ視線であると気がついた。

——……もしかしたら親分さんがこの家から捨てられたのと同じように、私もなにかのタブーに触れて捨てられたとでも思っているのかな？

「まぁ食え食え！　子供は食った分だけデカくなるもんだ！」

「ありがとうございます」

大きな魚にフレッシュなサラダ、パンではなく煮豆のようなものも出されたがきちんと食べる。

——やっぱり、美味しい。

焼き魚は塩が利いていて、脂のたっぷりのったサバのような暴力的な旨味がする。

サラダや煮豆の味は日本で食べていたものの方が好みの味付けだが、栄養を体が求めているのかとてつもなく美味しく感じる。

「ほぅ」

「とても美味しいです。ありがとうございます」

「うむ」

子供が食べるところがそんなに珍しいのだろうか？　じっと見られて食べにくい気もするが、気にしても仕方ないしお腹いっぱい食べた。

❖❖❖

仕事を開始して数日、私の高圧洗浄魔法は役に立てたようである。

普通のブラシでは取れない汚れも取れたしトイレやお風呂（ふろ）、階段や炊事場までと仕事は増えたが全てピカピカになった。仕事が終わって貴族様もご機嫌に見送ってくれようとしている。

「よくやったな！　これは報酬だ！」

「ありがとうございます」

ご機嫌な貴族様とミュードの報酬の受け渡しを眺めている。

あれ？　おかしいな？　ミュードが前に出てうやうやしく貴族様から小袋を受け取っているが、そういう役目は自分がすることではないだろうか？

パキスやミュードが親分さんからのお目付け役と考えるなら正しいんだけどさ。

「それとフリム、お前にはこいつもやろう」

「なんでしょうか？」

「水の魔導書だ。倉庫を整理してたら同じ写本が出てきたからな、一冊やろう」

「ありがとうございます!!」

親分さんから貰ったものとは別の魔導書だ。

これは素直に嬉しいが一度は「そんなそんな受け取れません」と謙遜して返した方が良かったかもしれない。

「これで自分を磨くといい。切れるかどうかはともかく錆びた剣などみっともないからな」

「これからも親分さんやバーサル様のお役に立てるように頑張ります！」

「うむ、励めよ」

なにかの表現だろうけど、なんとなく意味はわかる。

マフィアとズブズブの公務員の兄弟なんてどうかとも思うが、この仕事は私の生存のためにはとても良かったんじゃなかろうか？

貴族様の屋敷を出て賭場に戻るべく移動する。先導するミュード兄貴さんが何を考えているかわからないが、おそらく貰った金は大金だろうし、自分が持っていればそれはそれで精神的に不安だからいいのだ。落としたりぶちまけたり盗まれたりしたらと考えると震えそうである。いくら入ってるかはわからないけど。

「フリムちゃん、その魔導書渡してくれるかな？」

「え？　はい」

「ごめんねー、これも運が悪かったと思ってくれ。親父には何も言うんじゃないよ？」

やられた、報酬全部奪うつもりだこの兄貴さん⁉

ちらりと腰のナイフを見せつけられて――――脅されている。

「私は聞かれれば話すことしかできませんよ？」

「まぁそうだよね？　後で怒られるのはわかってるけど、言うこと聞いてよ」

「ミュードのあんちゃん、これはどういったことで？」

マーキアーさんが私の前に出てくれた。ローガンさんは異常事態だというのになぜか動かない。

兄妹は一歩後ろに下がっている。

「〈動かず、口も開くな。これは命令だ〉」

全員が動けなくなった。私は奴隷ではないが、奴隷がピタリと動けなくなった以上――――……

もう守ってくれる人はいない。

「〈そのままそこの家に入って家から出ることを禁じる。声も出してはならない〉」

「っ……！！？」

マーキアーさんは抵抗しようとしているのか首が絞まって、そのまま倒れてしまった。

「無駄なことを……。ごめんねフリムちゃん」

路地裏の家、誰の家なのか、入っていいのかはわからないがそのまま押し込まれる。

マーキアーさんもローガンさんに家の中に担いで入れられ……ドアは閉められた。

しかも、何か木を打ちつけるような音がする。閂(かんぬき)か何かで閉じ込められてしまったようだ。

誘拐？　誘拐か⁉

というかローガンさんが素直に従ったっていうことは、この人もしかしてミュードさんの仲間？

ローガンさんとは私の足で一歩の距離。

ローガンさんからすればその剛腕で私を殴り殺せる距離。

「ヒッ⁉」

暗い部屋で、何を考えているかわからない。

怖くなって手で頭を覆うようにしてしゃがみ込むと、後ろから覆いかぶさるように抱きしめられた。動けるようになったタラリネだ。そしてその前には兄であるオルミュロイがローガンさんに向かっていった。

「…………」

「…………」

何が起きているのかわからなくて、肉を打つ音が一度だけ響き、静かになった。


——心臓が嫌に脈打つ。


どうなって、何が起きているのだろうか？

肩を揺さぶられて顔を上げると無表情のオルミュロイが目の前にいて……ローガンさんは頬を殴

られて赤くはなっているが直立不動でピンピンしていた。

これは一体どういうことだろうか？

私に向かって、すぐに頭を下げるローガンさんだけど……。

「い、意味がわからないんですけど⁉」

声が大きくなってしまった。

全然、全く、全部意味がわからない。報酬を奪われたことも、ローガンさんがそれを知っていたかのように動いていることも、この家に監禁されたことも。

信頼していたローガンさんにこんなことをされて、少し泣きそうだ。

「…………」

それでも何も言わないローガンさん、いや、喋れないのか？

「喋ってください、命令です」

「…………」

頭を上げて首輪を指さしてくるローガンさん。私の命令では喋れないのか……。

とても苦い顔をしているローガンさんだが、そのまま立ってこちらへどうぞとボディ・ランゲージしてくれる。

明かりは窓枠から僅かに差す光しかないし、暗くていまいちわからない。

机にはパンやスープもあるが、気密性の悪そうな窓には鉄の枠がはめられていて、この家自体が人を逃がさないような作りになっている。

叫べばきっと外の誰かには聞こえるだろうけど。それはローガンさんにとってよろしくはないだろうし、聞こえたところでここから解放されるとは限らない。

食べ物はあるし、ローガンさんには私に危害を加える気はないようだが……とにかく、閉じ込められたことだけは理解した。

ローガンさんが申し訳なさそうにしていて、何かを命じられたことだけはわかる。

本人の意志ではないのなら……。

「ローガンさんは私がここを出ようとすれば危害を加えますか？」

「………………」

オルミュロイが私の前に出た。固まって動けないタラリネ、気絶したままのマーキアーさん、私の前で私を守ってくれるような素振りをしてくれているオルミュロイ……少なくとも三人には特殊な命令は出ていないようだ。

しかし、ローガンさんは首を横に振るだけである。なにか事情があるのか？

流石に叫んだりして外にいるかもしれないミュードの部下に見つかるのはマズいが……ドアや窓を開けようとしてもローガンさんは邪魔しなかった。

「えっと、私を殺すためにここに連れてきたんですか？」

「………………」

これも違うようだ。ミュードが私を殺したかったのなら、ミュードとローガンさんで一瞬でできていたはずだ。

ミュードも少し苦い顔をしていたし……なんだろう、他の兄貴さんに命令でもされて、私の安全のために匿っている………とかかな？

パキスにも恨まれていたのなら他の人に恨まれていてもおかしくはない。なにせフリムちゃんは親分さんに気に入られてものすごい出世している。

心配だと思いながらもご飯はあるし、緊張感を持ちながらマーキアーさんの看病をしていると……半日ほどで解放された。

「悪かったな、ガキどもが」

親分さんが家に入ってきて……謝られた？

「すいません」

「…………」

ミュードにも謝られるが、パキスはうつむいたまま話そうとはしない。薄暗い部屋で長い時間を過ごしたせいで眩しくてよく見えない。

「どういうことですか？」

部屋からもほとんど出ない、賭場からはほぼ絶対に出ない親分さんが直接来たことに驚く暇もなく、私は事情を聞いた。

ミュードは殴られたのか頬になにか貼ってあるし、パキスはなんか痩せた？

聞いてみるとミュードとパキスは仲が良く、ミュードはパキスの母親、ラキスのことも慕っていた。

ラキスの病は高額な薬があれば治るものだが、ラキスと親分さんは昔喧嘩したとかで確執があってラキスは治療費を出してもらうのも言い出しづらく、親分さんは親分さんで金は用意していても本人が来るまでは手助けしないようにしていた。

そしてパキスがやらかし、折檻の後、あろうことかパキスは親分さんの金を勝手に使おうとしたが……それはマズい。マズすぎる。部下の手前それは許されない。子供だからって許されることではない。仕置を受けてボロボロのパキスが行動に移そうとしていたところをミュードが知って阻止。そこでミュードはこれまで貯めていた自分の金と貴族様から私への報酬を合わせて薬代にしてきたそうだ。魔導書は薬代に足りなかったときの保険。

それで、まぁ帰ってこなかった私を……いや私の水を待っていた親分さんがミュードを呼びつけてこんなことになったと………。

組織的に下の者の報酬をちょっとくすねるぐらいは普通にありだが、親分さんに忠実な私はきっと全部親分さんに渡してしまう。パキスとは揉めていたから何を言っても金を渡さない可能性があった。

ローガンさんもパキスと私の関係は知っていたため、これ以上こじれる前にここらで和解した方がいいと考えてミュードに加担したようだ。

「いつ刺されるかわからないのはとても危険だから、フリムちゃんのためでもあったんだよ？」

事の主犯であるミュードに申し訳なさそうに言われるが……。

「それでも言ってほしかったです」

「すいません」

どうやら薬は魔導書を売るほど高いものではなかったらしく、その場で返してもらった。まだ中身を読む前だったからホッとした。

「ほら、パキスも謝っとけ」

「………」

「元部下だからって刺そうとしたのはいくらなんでもやりすぎだ。フリムの魔法がなきゃラキスさんの薬代は稼げなかったろ？」

「…………悪かったよ」

うつむいたままのパキスは渋々謝罪してきた。謝っているとはとても言えないが彼的には謝っているのだろう。

「もう刺そうとしないでくださいね」

「チッ」

パキスがちゃんと反省しているのかどうかはわからない。

ラキスという母親のことは初耳だし、追い詰められていたとしても私に向かって逆恨みする精神もわからない……。水売りしてるときに１００枚以上稼いでいた銅貨を理由をつけて全部持っていってていたけど、私が親分さんのところに行ったからそれで稼ぎがなくなって焦ったのかな？

ただドゥッガ親分は勝手なことをする部下を死ぬほど殴ることもよくあるが、今回はなんとも言えない渋い表情である。

「好きなもの買ってやる。それで許せ……何かあるか？」

「じゃあ杖が欲しいです！」

一冊目の本に書いてあった杖。魔法使いはみんな持っていて魔法を操作しやすくしたり威力を上げるものである。

少なくとも挿絵に載っていた高名な魔法使いはみんな杖を持っていた。

「杖か、またたっけぇもんをねだりやがる」

杖の相場については書いていなかったが、もしかしてものすごく高価なものだったのだろうか？

今からでも謝って取り消すべきかな？

「まぁいい、それで役に立ちやがれ」

「はいっ」

それと、多分貴族様の報酬以上に親分さんからお金も貰った。

金貨3枚。掃除では貴族様が大盤振る舞いで銀貨が入っていたらしいが、きっとそれよりも多い。

ラキスさんの薬代に用意していたやつだと思う。

「これまでの働きもあるし、賭場も上々、まぁなんだ？　褒美だ」

「ありがとうございますっ‼」

これまで金勘定という性質上、私がお金を持っていたら盗んだとか言われてしまえば証明のしようもなかったし給料はゼロだった。衣食住は無料だから良かったが、それでも貰った何枚かの下着や服だけではそろそろ限界だったしこれで新しい服が買える！　……と内心考えていたのだが、その心配はなかった。

「フリムちゃんこれあげる！　いつもありがとね！」
「フリムちゃん来たの！！？　これ！　これ持っていきな‼」
「お姉さん方から預かってきました！」

賭場に戻っていつも通りの仕事をこなす。金を数えて、親分さん用と賭場と外に売りに出す水を入れて、次は普通の売られていく奴隷の檻を掃除しようとしたら娼館とオークション会場まで掃除することに。更にたった数日でなんでか既に汚くなってる賭場のトイレの掃除をしていたら、従業員や働くお姉さん方から服の生地や小さなドレス、装飾品や化粧品、様々な日用品まで貰えるようになった。

娼館もオークション会場も賭場も、良い思いもすれば悪い思いもする場所で……賭けで負ければトイレをわざと汚していくような輩はよくいるらしい。

それにまともな洗剤なしでの掃除には限界がある。高圧洗浄魔法は一時的なものかもしれないが、それでも普通にやって取れない汚れが取れるからかものすごく喜ばれた。

こっちのトイレは基本ボットン式だし長年使ってるからか入った瞬間に目にしみるぐらい臭い。普通の清掃直後ですらそれなのだから、一度リセットできる魔法はよりありがたいのだと思う。

しかも私の仕事は金勘定と水売りが基本であって、掃除は親分さんの命令ではない。だから「またやってほしい」という期待と感謝を込めてかお礼やお願いのためのプレゼントが止まらない。うむ、今のうちにできるだけ稼いでおきたいな。

にしても私の頭が入るサイズの胸当てとかどう使えというのだろうか……？　不用品も交じっているし、そろそろ部屋が埋まりそう……どうにかしないといけないな。

親分さんは杖をくれると言っていたが高価なものみたいだし、伝手であるっぽいバーサル様は式典がどうとかで忙しいようで時間がかかりそうだ。

式典とやらの影響か王都は人も増えてドゥッガ一味は大繁盛である。

第4章　プレゼントは必ずしも喜ばれるとは限らない

全てのトイレとぬめる石床の掃除が終わるとまた別の問題が見えてくるようになった。

「臭い……眠れない」

そもそもこの国ではお風呂（ふろ）は入らず基本が手ぬぐいであるし、服も着っぱなしが普通で、洗濯よりも香水でごまかす。

贈られたものは日本では考えられないが新品の衣類ではなく、汗と香水の嫌な臭いのする中古である。大人気なフリムちゃんにはいっぱい贈られてきて、そろそろ部屋が埋まりそうなのだがそろそろ鼻が死んでしまう。

——……衣食住の住居が衣服に敗北しそうである。

流石に良くない。

自室から親分さんのもとに向かい、ドアを開けると……いつも護衛たちが酒盛りをしているこの部屋はいつものように酒臭く、男臭い。この部屋に安心するなど大分自分で疲れ切っていることを感じる。

「フリム、大丈夫か？」

親分さんに心配された。

「いえ、ちょっと倒れそうです」

「どうかしたのか？」

「ちょっと直したい部分がありまして、いくつか改善案を出してもいいでしょうか？」

「お、おう？」

睡眠不足は思考力を奪うというがそれは確かなようで……考えていた改善案を親分さんにぶつけていた。

この金の計算、基本的に銅貨で地獄を見る。いくつかの種類の銅貨に割れた銅貨に錆びて真っ黒な銅貨、そして磨かれた銅貨。

いくつかの使われていない割れたり欠けたりした瓶にポイポイ突っ込んでいって重さでだいたい計れば良いのではないか？　もう銅貨で手を切るのも指先が真っ黒になるのも嫌である。たまにねちゃりと謎の液体もつくし。

賭場も賭場らしく清潔な服装で従業員であるという統一感があれば良いのではないか？　賭場と言えばなぜかバニーガールが思いつくが、そういうのではなく統一された制服があればそれでいい。

賭け事も人間が殴り合うよりもペットに競走させれば面白いのではないかと、持ち込みで楽しむ人や可愛い動物で女性客も増えれば男共ももうちょっと品よくするだろうし賭場の格式が上がる。

そして！　なによりも！　大切なのが奴隷の死亡率が減ったのだから余った奴隷でクリーニング事業をしないかと‼

――睡眠不足の私は拳を振り上げて力説した。

「そ、そこまで賭場のことを考えてくれているとは……やっぱわけぇと違うな。俺はこれで充分だと思ってたが」

「人が少ないとできることも少ないですが、親分さんは今では何百人も率いる大親分さんですからね。できることはできる人間に任せればいいんですよ。金の仕分けだって最後に数えるのは親分さんでも仕分けるぐらいなら奴隷でもできます」

「だが盗まねぇか？　それと大丈夫か？」

「隠す場所がないように裸にするなり持っていかれないように檻の中で作業させて、見張りと出入りで金を隠さないように調べるといいです」

「なるほどな……じゃあその洗濯業ってのはなんだ？　もう寝たほうがよくないか？」

「洗濯をうちで行うことで客は『一泊ぐらい泊まっていくか』って気になるかなと、ほとんど使ってませんが寝て帰る人は多いですし宿屋も正式にするとか」

「わかった。わかったから一度寝ろ」

「……ここで寝てもいいですか？」

「まぁいいが、ここはうるさくて眠れねぇかもしれないぞ？」

「楽勝です」

今も親分さんの部屋には酒盛りして高笑いしている汗臭いゴリラ共がいる。

でもこいつらも親分さんもちょっと汗臭くて酒臭いぐらいで、プレゼント攻撃によって蓄積された衣類から発せられる汗と香水を凝縮して何年も寝かせたような地獄の臭いはしない。ここで寝てもきっとふとした呼吸で背筋が凍るほどの吐き気はしないだろう。

すぐに余って使われていないソファーで寝た。

「おやすみなさい、親分さん」

「お、おう」

起きると静かだった。なんか護衛の人たちが静かに賭けをしていた。

起きた私を見てなんか恨めしそうにしている。……なにかしたかな私？

「おはようございます、私ここで寝てましたっけ？」

「疲れてたんだろ、まだちっけぇもんな」

「仕事中にすいません！」

「ガキは寝て食って育つもんだ。好きに食え、食ったら寝る前に言ってた改善案について説明しろ」

「はい？　………はい」

――……どうやら寝る前の私はやらかしていたようだ。

というわけで洗濯部門を立ち上げることにした。

顔を知っているオルミュロイとタラリネとマーキアーさんに来てもらう。

「よろしくお願いします」

「洗濯っていうと何すればいいんだ？　したことねぇぞ？」

「マーキアーさんは獣人の血が濃いということなので鼻が利くと思います。最終的に臭いがマシになったかのチェックと働いてもらう奴隷たちの締め付けをしてもらいます」

やはり強制的に働けと言っても働かない人はいる。締め付けなんて厳しいかもしれないが仕方ないのだ。

「わぁった」

「オルミュロイさんは奴隷に基本的な洗濯をさせてください、サボったり適当な仕事をするやつらを働かせる仕事です」

「……」

コクリと頷いたオルミュロイ、この人無愛想で無表情だけど妹は大事にしてるっぽいし、ローガンさんから私をかばってくれた態度からも多分嫌われていない。

「タラリネさんは洗濯をする一般の奴隷に指示してください」

「わかりました」

「これで兄妹一緒ですね！」

お兄さんが妹を気遣っているのはわかるし、これでいつの間にか売られるということもないだろう。ローガンさんのように裏で働く奴隷もいるし。

「ありがとうございます、そこまで私たちのことを気遣ってくださって……!!」

「……感謝する」

膝を落として私に視線を下げるオルミュロイ。表情は変わらないが言葉通り感謝してくれているのだろう。

一般的な奴隷の選別はあとで行うが基本的に任せる。これまでは適当な下働きに命令して任せるだけだった洗濯をもっと組織的に人を集めて行うのだ。

まぁその前にちょっと練習。どこでやるか何人ぐらいでやるか、道具は何を使うか、誰を選ぶかなどにも時間もかかる。

「まずちゃんとした洗濯ができるか、生地の性質もあるので試しにこれらを使ってみましょう」

部屋を開けるのも困難となった私の部屋から持ってきた贈り物の数々、もしかしたら洗えないようなものもあるかもしれない。三人で濡らしたり擦ったりして確かめていく。

公私混同かつ職権乱用な気がしないでもないが、こっちではふつーふつー……悪い女になったもんだぜフリムちゃんは。

それと収穫もあった。

使う水は私が賭場で出した水の余りと井戸水、基本洗濯は水をいっぱい使うし私が不在で水を出せないときなんかも業務が続けられるようにしないといけない。

「〈水よ、動け〉」

自分が出す水はある程度出すときにコントロールできる。高圧洗浄で散々練習してわかった。

しかし井戸水や既に出した水はどうか？　やってみるとできた。

「〈水よ、叩け〉」

クリーニング店では確か加湿器のような超音波振動のようなもので生地を叩くことでシミ取りをしているとテレビでやっていた。

叩き洗いのイメージから「叩け」と唱えたが普通に洗っても出てくる汚れよりも更にブワリと多くの汚れが出てくる。微細な振動は魔力の操作がものすごい負担だけどやっていくうちに慣れていくだろう。

どうせなのでもう一つ試す。H_2O（水）からO_3（オゾン）やO（酸素）の抽出はやってみればできた。

オゾンは空気の洗浄や野菜を洗うのに使える。生臭いし高濃度では毒性があるが、そこまでの毒性のものを密閉した空間で出してそこに人が居続けるのは難しいし、使うならその部屋を出ればいい。自分がどんな濃度のものを出せているかはわからないがオゾンは時間の経過で無害となる。

そしてそれに近いH_2O_2（過酸化水素）もほっておけば普通の水に戻ろうとする作用で漂白や殺菌ができる。

生地によっては使えないが……それでも水で洗うだけで生まれる臭いのクリーチャーよりは大分マシになったので効果はあるのだろう。汚れが落ちすぎて……いや、生地自体の色も少し落ちてちょっとシミもできるか……まぁ臭いよりはマシか………市販の洗剤とも合わせて使ってみると結構マシになる。

過酸化水素で汚れは結構取れるし、乾燥した衣類を集めた部屋に人を入れずにオゾンを使えば更に臭いはしなくなると思う。オゾンの消臭効果は使い方を間違えなければ強力だから。

「結構色が変わるね」

「まぁクリーニングはそんなもんです」

普通の水で踏み洗い、超音波かわからないけど超音波水洗い、過酸化水素洗いをしてみてどの工程でもかなり色が変わる。過酸化水素は入れてその辺の棒でかき混ぜているが濃度がちょっと濃かったか？　漂白しすぎだ。

「くりーにんぐ？」

「あ、洗濯のことで別の国での呼び方です」

生地によっては染めてから一度も洗えないものもあるのは普通だとか……。普通に洗うだけではドス黒い汚れが出るだけで駄目になる生地もあるが、それでも人も多いし衛生面を考えるならやる価値のある事業だろう。現代日本で売られていた衣類と洗剤がどれだけ優秀だったのかよくわかる。

プレゼントで貰った衣類の何枚かはマーキアーさんたちにあげた。使い切れないし、減らしたい。

私のつるぺったんボデーからボンキュッボンになる頃にはこの胸当ても生地が傷んでしまうだろうし勿体ない。タラリネは私よりも大きいし着れそうな可愛い服をあげた。オルミュロイ、ごめんね。君には服がなかったから腰に巻く帯みたいなものなんだ……でもそれ頭や顔に巻くやつじゃないんだ……まぁ気に入ってくれているならいいけど。

何にせよ、私の部屋の地獄は解消された。……いや、やっぱりもう一回部屋にオゾン出しておくかな。

洗濯はすぐにはうまくいかなかった。

お客にサービスを開始する前にお店の人に試してもらうと問題が出まくった。確かに洗濯は汚れを落として衛生状態を良くはできる。だが生地自体を痛めるしほつれや破れ、色落ちも出てくる。
　現代の完成された衣類のように何十回と洗濯してもヘタレない品質とは全く違う。天然素材の生地で、紡ぐのも縫うのも全部人の手だ。化学繊維もなければ大きな機械も工場もない。
　客にとっても「洗う必要すらない服」をわざわざ洗って破れたりするのはよろしくないだろう。このあたりは事前にこれらの可能性を書いた紙に署名してもらおう。お客さんには貴族もいるし。

「どうせならもっと大きくやれ」

「というと、どういうことです？」

「今やってる王都の祭りが終われば服を下げ渡すなり売るやつは結構いる。なら安いうちに買うのはありだろう。賭場も儲(もう)かってるしな」

　というわけで洗濯部門のみならず裁縫部門に中古売買の部門も立ち上げることになった。オルミユロイとマーキアーさんのような武力を持った人間に監督してもらうのは決まっていたが、タラリネにもお針子をしてもらうこととなった。
　使えない服は一度洗って使える部分だけ切ったり貼ったりして新たに服を作るのだ。リメイク！ＳＤＧｓ‼　……とはちょっと違うか？　前世でもこういうのが得意な友達がいた。日本では衣類は安価で仕事にならないと趣味の範囲だったが、こちらでは一着がそれなりにするし商売になる。
　娼館でもお針子はいるし、こういうのも奴隷を助けられる……かもしれない。
　新規事業に開業届が必要ということはないし、親分さんがやれと言えばやるのだ。

「この前言ってた『何百人も束ねる大親分』『できることはできる人間に任せればいい』ってのは

俺の胸に響いた」

頭をグシグシ撫でられる。ちょっと痛いし相変わらず下手だがそれでも親分さんなりの優しさなのだろう。

「若い頃には失敗することも多かったし、今成功してて皆食ってくことができてるんだからそれでいいじゃねえかって思ってたんだが……今でも人は増えてる。息子共だけで金を奪い合ってるのは気分がいいもんじゃねえな」

「親分さん……」

この強面の暴力親父、人を殺すこともありなこの人のことを前世基準では完全にクズだと思っていた。でもこの世界ではよくあることなのだ。

彼の部下たちは教育を受けていないから本当にやって良いことと悪いことがわかっていないし、上下関係を物理的に叩き込んでいる。……言いたいことはあるがそれでもそれで規律ができているし、他のマフィアから襲われることもあるから武力も必要。奴隷同士が殺し合うのだってこの国では当たり前。

パキスは理不尽に殴ってきたが、親分さんはこの怖い外見でも理不尽に殴ってくることはない。むしろ私や他の部下にもちゃんと食べているかと心配するような素振りもあった。酒や女や暴力にのめり込んで楽しむような性質でもない。

それでも……私はここに居続けるのはやはり少し怖い。出世する私をよく思ってない人もいる。それに裏稼業はいつ警察機関に摘発されるかもわからないし、ショバ代だけではなく私の知らないところでもっと悪いこともしているかもしれない。

色々考えてもここにいるのが今のところベターと理解はしている。

ベストなのは清廉潔白な性格の良い貴族様に引き取られたりすることだけど、そんなのはなかなかない。それにここには私を心配してくれるローガンさんやマーキアーさん、タラリネもいる。

「私頑張りますね！」

「おう」

仕事は簡単だが、そのための設備や流れはしっかり作らないといけない。服を洗ってほしい人には同意書にサインしてもらって破れても文句を言わない条件で水洗いや市販の洗剤を使って汚れを落とし、屋上で洗濯物を干す。
破れやほつれはできる限りうちで補修するサービスも行う。
フリムちゃんも手伝うがそれは水を出す、過酸化水素で漂白する、超音波叩き洗いをする……叩き洗いってなんだったかな？　まぁいいや。それで乾燥した衣類を部屋に集めてオゾンで更に消臭する。私がやるのは特別コースだ。
そこについでに中古服の売買やリメイクなんかもしたい。染色剤も欲しいし針もいっぱい用意しないといけない。もう全部黒の染色剤でよくないかな？

石鹸も欲しいけど石鹸とか作り方をよく覚えてない。なんか油にか……カレイソーダ？　とか水酸化ナトリウムとかいう劇薬がどーのとか入れて作るんだったかな？　オゾンや過酸化水素は普通に身の回りで使っている人がいたが石鹸作りはテレビでちょこっと見たぐらいだ……こっちの薬局で売ってる？　劇物だし印鑑ないけど売ってくれる？

化学の知識もうろ覚えだが魔法に使えているし、商売や博打なんかは全てが手探りではなく、ある程度の正解を知っているからこそできることだ。それに人の立場や行動……様々な部分を読み取って推察し行動している。

洗濯はこの国に完璧にマッチしているかというとそうではないかもしれないが、暴力的な仕事ではないのがいい。仕事があればそれで収入が増えて食べていける人も増える。

針なんて100均で何本でも売っていた前世と違って1本で銅貨22枚もする……手作業で穴を開けるのが難しいとかかな？　地下で武器の整備をしていた人に頼んでみよう。

賭場でもなんか変なレースができていた。こちらの世界にもいる犬。路地裏で一人でいると犬も強敵らしいが、私の場合はパキスが追っ払ってくれていたし一人で寝ることはなかった。

ルールは簡単。一番早くゴールに着く犬を予想する。当然動かない犬もいるし、迷う犬もいる。

初めはわかりやすく単勝システムでいいと思うが複勝や三連単システムも導入しよう。

可愛い犬種が来ればそれを見に女の子も来ると思う。となれば男どもがパンツ一丁で倒れていたりといった粗野な振る舞いも減るだろう。ここで働いているうちの男どもも美人がいれば少しは身綺麗にしたり働く意欲も湧くというものだ……前世でもそうだった。男ってやつは……。

番犬を導入するためにもゴツいのも既に捕まえてきているが、可愛らしいサイズの犬も用意してもらおう。

「やはりその魔法は汚れがよく落ちますね」

「ありがと、でも私は繕いものはできないからね。タラリネさんには期待してるよ」

「そんなぁ」

褒めるとくねくねしているタラリネとはすごく打ち解けた。

タラリネは針仕事がとてもうまい。皮膚の下が硬いとかで針が刺さらず、手先が器用でずっと服を繕う仕事をしていたそうな。

「でも無理はしなくていいからね、お水も好きに飲んでよ？」

タラリネとマーキアーさん、オルミュロイに水を出してあげる。

「ありがたいねぇ」

「……」

マーキアーさんも……ただオルミュロイとは打ち解けられないでいる。目が合っても何も言わず表情も変わらない。

「兄さんも嬉しそうです。喉が渇くと私たちリザードマンは辛いですから」

「え、これで喜んでるの？」

「兄さんはとてもわかりにくいですから、ほらこの辺り、喜んでいるように見えません？」

立ち上がったタラリネは椅子に座っているオルミュロイのほっぺを指でぶすりと突き刺した。結構な力なのか首ごと傾くオルミュロイだが表情に変化はない……ように見える。

　タラリネは笑ってると言いたいのかもしれないが全く変わっているようには見えない。

「「見えない」」

「そういえば三人はどうして奴隷になったの？　言いたくなかったらいいけど、できれば聞いておきたい」

　仲良くなったとはいえマーキアーさんとオルミュロイのいた剣闘奴隷は犯罪奴隷が多い。敵国の兵士だったとか、大きな犯罪をしたとか。望んでなるものもいるがそれでも、一緒に仕事をしていくなら聞いておくべきだ。

　椅子に座ったマーキアーさん。こちらをちらりと見て大きく息を吐き――まっすぐこちらを見て話し始めた。

「あたしゃ魔物狩りの冒険者やってたんだけどさ……仲間が借金こさえてとんずら、娼館で働くよかマシだし武器持って戦ってたわけさ」

　聞きにくい話だったがマーキアーさんは少し笑って普通に答えてくれた。

「オルミュロイさんとタラリネさんは？」

「……私たちは住んでいた湿地が日照りで干上がって食べ物がなくて、人の血が濃い私たちは村から売られて、えーと、その」

　言いにくそうにしているタラリネ、今の段階で村から売られたとか重すぎる話だが更に重い話なのか？

「────俺が主人を殺した。タラリネは悪くない」

聞きたくないような話だった。ただその理由も聞いておくべきだ。

「なんでさ？　話が繋がってないよ？」

どう声をかければいいか困っているとマーキアー姐さんが言ってくれた。

私はタラリネに無体なことをする気はないが、オルミュロイが何をしたかは知っておく必要がある。魔法で縛られた奴隷は主人を害することはできないはずだが何か抜け道があったのか？

「兄さんは話も下手なんです……。その、私たちを買った奴隷商人がもっとリザードマンらしい強そうなのを想像していたらしくて、この外見を見て『騙されたー』って怒り出しまして、そのまま酔って私を殴って兄さんが事故でご主人を殺しちゃいました。……その商人はドゥッガ様に借金をしていてここに来ました」

「事故というのは？」

「隣の部屋にいた兄さんが鍵のかけられたドアを破ろうとして小屋ごと倒れました」

「お、おう？」

意味がわからない、ドアを開けようとして小屋が倒れた？

「小さな小屋だったんですが梁が大きくて商人さんに当たっちゃったんですよね、私も危なかったです」

「……事故だ」

故意ではない、が、そういった方法で主人を殺すことができるのか。覚えておこう。

オルミュロイは私に敵意はないように思うが、それでも他の奴隷はわからないしね。これから彼らにはそれぞれ他の奴隷やお針子が部下としてつく。となれば当然私もその彼らと関わり合うこともあるだろう。

「これ多すぎませんか?」

私の部屋何個分だろうか?

「今は国中から人が王都に集まってきてるからなぁ……王都で新しい服は売れるし着ていた服は持って帰るには邪魔だし売っちまうんだ。これが国の流行(はや)りってわけだな」

「なるほど、それはそれとして……多すぎません?」

「安かったんだわ、もう元は取ってるから気にすんな」

貴族は王都に来て祭りや式典に参加するのに服を新調する。それらの服は部下に下げ渡したり売ったりする。それらが少し上の階級の商人や従士の階級の手に渡り、それがまたまた平民へと上から下に服が流れるのだ。

親分さんはどこからか捨て値になっている服を集めまくった。

何やら事情があるのか、宝石などの飾りがついている貴族の服もあるとかで、それらを先に回収して売ったら仕入れ値を上回って既に利益は出たと……ウハウハだな。

　つまりここに集まる服は親分さんからすると好きにしてもいいもので、更に流行が何世代も前のものであると……。どうりで触れるだけで粉になるような脆すぎるものも交じっているわけだ。

　うん、なんか染め直そう。

　超簡単なのは知ってるのでやってみよう。錆びた鉄釘と酢と水だけでできる。錆びた鉄なんてその辺にあるし、服を集める前に作っていた実験用の鉄液に漬け込んでいた生地を出してみる。

「なんか汚い色ですね」

「それは……悪くなってないかい？」

「実験失敗ですね、染まりはしましたが……」

　黄ばんだ生地が更に濃くなった。古風な茶色さ、枯れ草と土の色の間のような微妙な色。美しさは全くない。友人のやってたリメイクでは取れないシミなんかがついた生地を綺麗にしたりもできていたが「ぶっちゃけ市販の染め剤が簡単で手っ取り早いよ。発色もいいしね」なんて言っていた。こういう作り方もありますよってのは教わったからやってみたけど……駄目だな。

　まぁそれでも茶色が出せるようになったわけだし、この実験は成功といえば成功だろう。

　花や草木で染める方法もあるし……そうだ。

「〈鉄液よ、服に染み込め〉」

　………無理だな。一応ほんの僅かには操作できるが私は純粋な水であるほど簡単に操作ができる。だが、一度他の物質と混ざった液体は全然使えない。逆に自分が出した水やオゾンはある程度操作ができるがやはり水が簡単だ。練習すれば上達するかもしれないが……。

「鉄や銅、それにミョウバンでやるんだったかな……ミョウバンってなんだろ？」

「染め剤は染師の秘伝なのによく知ってますね」

「そうなの？」

「そうですよ！　染師さんや薬師様……それと村長とかも知ってるかもです！　フリム様は物知りですね！」

そうだよね、この雑に作った鉄液ですら色はちゃんと付いたけど、本来こういった技術は何年も試行錯誤を繰り返して完成させていくもので、その技術一つで一生食べていけるものだ。

テレビやネットの普及で誰でも気軽に情報にアクセスできる時代だったから触り程度に知ってはいるが、元来こういったものは一族だけが知っていたり、何年も何十年も働いてようやく得られる知識である。

花やコーヒー、ワインなんかでもできたような……？　いや絵の具なんかではラピスラズリが高価ってテレビでやっていた。ということは鉱物を何かしらの化学処理をして出せる色もあるはず。江戸時代の着物なんかはとても色とりどりだし、いろんな柄が楽しめていた。ということは染めるものは自然に……いや江戸時代の職人は超高度な技術もあったと聞くし。

「むむむ……」

「フリム様はなにかお考えのようだ。さぁ休憩もここまで。洗濯洗濯！」

柿渋なんかがあったら紙を撥水(はっすい)加工できて傘になるはず。家の壁なんかも防水処理できるし染めることもできる……いや柿自体見てないんだってば、染める染める……炭、炭と膠でインク作ってたんだっけ？　いや油、油と混ぜて油絵の具、だけどその前に抽出方法、知らない。蝋引きとかって紙に蝋燭を染み込ませて撥水加工を……違う違う染めるの！　いや、テレビの伝統工芸特集でやってた気がする。蝋燭は油だから蝋燭のついた場所は水が染み込まない。だから染料が蝋を塗ってない場所に色が定着するからそれを利用して……違う違う違う！　染料！　そもそも染料がないの！！！

「うあー」

ちょっと気分転換しよう。何も考えずに水を出しまくって賭場で飲まれる水を入れていく。最近では皆私の水を飲むし使うから人も余裕で入る水瓶いくつかに入れておいて勝手に持っていくようになった。フリムちゃん一人では全部の水を注ぎに行くだけでも時間が足りないの。

……どんどん考えは巡るがそれでも答えが出ない。記憶力は昔から良い方だけど化学は専門的に習ったわけじゃない。もっと勉強しておくべきだった。

それによく考えたら現代ではあまり言われなかったが服は染料や素材によっては化学物質や発ガン性物質がどうの健康被害がどうのというのも昔はあったとおばあちゃんが言っていた。ということは……ということは？　ということは…………現代の服ってすごかったんだなぁ。

考えに考え抜いて頭が馬鹿になってる気がする。悩んだり困ったりしたときには「答えは自分の中にある」とか「原点回帰」とかの言葉が頭をよぎるが、そもそも自分の中にない答えをどうやって導き出すのか？

服の山を見て……その日は終わった。

一晩寝て閃いた。

「というわけなんで親分さん、傷んだ生地や服の価値を上げるのに染色の知識のある奴隷がいれば欲しいです」

「なるほどな、ウンウン唸ってたのはそういうことか……わかった」

何も自分のしょぼい知識からだけの答えを出さなければいけないわけじゃなかった。

ボロくとも色とりどりの洋服があるということは、それだけの色を染める技術や素材が既にあるということである。つまり職人も必ずいるはずだ。

そもそも染めるまではしなくてもいいかもしれないが、水に漬けただけでまだらに色落ちするような生地があるし、色のくすんだ微妙なものはやはり使いにくい。より価値を高めるためになにかできる方法があるならやるべきだ。

どうしようもないものは縫い合わせて奴隷の服に、指で擦るだけで崩れるようなものや小さな端切れはクッションや寝具に入れるなりすればいい。

思い切って衣類にこだわらずに小物を作ってもいい。フリムちゃんは針も糸も家庭科の授業でしか触ったことがないからタラリネ任せである。

洗濯は現在内部の人間のためにやっているし、金銭が発生しない以上ゆっくりやればいい。タラリネが代表となっているお針子集団も中古の服を洗って使えなさそうなものは使えそうな部分だけでも切り取って集めている。状態の良いものは洗って乾燥させただけで売れそうだし、少しぐらいの破れであれば補修する。

だいたいやりたいことは決まっているし、道筋も見えている。後はうまくいくように少しずつ改善していくだけだ。

「フリム様、お姉様方から贈り物が届いております」

「フリムちゃん、これあげるー！　きっと似合うと思うんだぁ」

「これ食べて！　お客様にもらったお菓子！　美味しかったわ！」

「……ふぐぅ」

親分さんに言ってビジネスホテルのシングルとカプセルホテルの間ぐらいの小さな部屋からもう少し大きな部屋に移してもらおう。せっかく洗ったものを畳んでサイズ別に箱詰めしていったのに、また足の踏み場もないほどのプレゼント……服と強烈な香水の臭いにやられてしまいそうだ。

お菓子はマーキアーさんたちと食べて、時間ができたらでいいからとこの贈り物共を洗濯の練習台として持っていってもらうことにしよう。じゃなかったら親分さんの大部屋で寝ることになる。

「そういやフリムよ。水浴び場と湯屋はやる意味あんのか？」

体を洗う場所やお風呂も事業としてできるかどうか検討している。場所の問題があるのでうまくいくかはわからないが、やれるのなら衛生問題は一気に改善すると思う。

「洗濯する人間も服を取り扱う人間も汚れてたら結局服が汚れますし……清潔にしてたら病気にかかりにくいですから」

「そうなのか？」

あっやばい、そんな知識どこで手に入れたのかって聞かれても答えようがない。

「ほら、奴隷や路地裏の人間は病気で死にやすいですけど、貴族様は病気になりにくいでしょう？ってことはそうなんじゃないかなと、なにかの本で読んだ気がしますし」

「……そうか？　いや、そうかもしれねぇな」

「それに病気は人から人に感染ります。だとしたら病気になる人が減ったら親分さんも病気になりにくくなりますよね？」

「お前はよく気がつくなぁ……結構な水を使ってるはずだが魔力は足りてんのか？」

結構無理やり話を持っていったし媚びすぎたかと思ったが、親分さんは親分さんに利のあることをする人間には寛容だ。嘘をついたり言うことを聞かない人間には容赦がないが……。

「まだまだいっぱい出せます！」

「良い拾い物だったよお前は……。外の祭りが終われば杖も探してやろう。良いのがあればいいが、そんなに期待すんなよ？　あぁいうのは値段じゃなくて合うもんがねぇとどうしようもねぇからな」

「そうなんですか？」

「あぁ——親父も俺に合うもんがねぇか探したが全然でな……。チッ、余計なこと話した。忘れろ」

なにか嫌な思い出でもあったのか、しばらく親分さんは不機嫌であった。

豪華な料理、盛大な歓待、美男美女を侍らせたパーティが続く。

――毎年この行事は嫌になるな。

先祖の頃からの伝統だかなんだか知らないが、いくつかの家を回って挨拶をしないといけない。

面倒だがこれで大家と呼ばれる王都の貴族たちの地位は保たれているし支持にも繋がる。

火の大家では火でできた上等な武具をかけて武闘会が開かれる。これは兵士の質の向上にも繋がるし見ごたえがあるのは良いが……石の椅子が硬すぎる。

風の大家は世界中の魔導具や薬、珍獣を連れてきてくれる。空を飛んで様々なものを取ってくるだけあって何が見られるかと楽しみであるが、会場が同じで座るのが辛い。

水の大家では酒を王都で振る舞う。酒はそれがあるだけで明るい気分になる。

土の大家では王都を作っただけあって様々な芸術品を新たな道や新たな建物に飾るがそもそも自分の像とか見たくもない。恥ずかしくて破壊したくなる。

その後は家に顔を出すが……子供の頃は庭園を王都の地形になぞらえて作られた貴族像も物珍しかったが長い年月で石像は劣化し、汚れている。貴族の領地も当時と違って今ではバラバラで転封や貴族の恥部や歴史を知るようになった身からすると億劫にもなろう……地方から来る子息は皆ここに来るし彼らには面白いかもしれないが、むしろそれで混乱させてるようで苦情も来ている。

いつものように闘技場や四大属性の大家や主要な家々を回るがいつもと違う点があった。

ドゥラッゲン家の像のほとんどがものすごく綺麗(きれい)になっている……！　一部の壁や階段、手摺(てす)りまで!?　見てて気持ちがいいほどに……作り直した部分もあるだろうがドゥラッゲン家にそんな余裕はないはずだ。

話を聞くと伝手(つて)のある商人の子飼いの魔法使いが特殊な魔法で行ったのだとか……。

「――――面白そうだな」

第5章　王宮からの仕事が舞い込んだ

「ドゥッガ！　わりぃ、フリムを借りることになった！」

「貸さねーよ？　どうしたバーサー」

売上の銀貨と銅貨を重さで計算していると貴族様が来た。急いでいたのかノックもなしだ。

「一杯貰うぞ？」

「あぁ」

そんな慌てるようなことなのだろうか？　何が起こっているのかはわからないが、私の胸の内は穏やかではない。だって私のことっぽい。

「美味い！　もう一杯‼」

結局四杯も飲んでから貴族様は教えてくれた。聞くところによると貴族様のところの仕事が気に入った人がいたようで、貴族様の家の本家の上司の上司の上司？　的な人が命じてきたそうだ。拒否権はない。

「つまり、どうしようもないやつだな？」

「あぁ……元々断れないし、この件でクソ親父がいきなりここに来る可能性だってあった。だから仕事抜けて急いできた」

それは最悪だ。バーサル様と一卵性双生児の親分さんは父親に捨てられたということを聞いていた。

兄弟仲は良さそうだが親とは最悪の関係らしいので殺し合いに発展するかもしれない。

「あぁん⁇　バーサー、てめぇうちのフリムを売ったのか？」

キレた親分さんが貴族様に詰め寄った。父親のことだけでも禁句なのに最悪の状況だ。

「ちげぇよ、商家の子飼いの魔法使いにやらせたって言ったらこうだよ……俺だってまさか本家の方から、しかも更に上の方から命じられるなんてわかるわけねーだろ⁉」

「オラ‼　厄ネタ持ち込みやがって」

「おぐ⁉」

ぶっとい、その剛腕で貴族様の腹に一発入れた親分さん。膝(ひざ)をついた貴族様を放置して親分さんはこちらに来た。

「どうする？　逃げるか？」

「え、えぇ⁇」

「逃げればドゥッガ、お前もこの店も危ないってわかってんだろ⁉」

「もう契約が切れてどっかに旅立ったことにも今ならできるだろ」

「まぁ、そうだが」

ちらりとこちらを見る貴族様だが、そんなこと言われても……。いきなり逃亡するか、貴族様よりも偉い、親分さんも焦るような貴族のもとに働きに行くことになるのか……ん？

「親分さん親分さん」

「何だフリム」

「そもそも仕事ってどんなことするんでしょうか？」

「わからんが、そうだな、聞いた上では絶対に断れないぞ？　今なら逃げられるとは思うが」

もしも私が逃げればこの賭場も危ないかもしれない。嘘をついて隠してることだって何かしらあるだろうから。強制捜査だな。

　バーサル様のように貴族が全員優しいとは限らない。拳闘場で賭けに負けた貴族がいきなり人を殺したというような話も聞いたことがある。この暴力で成り上がったらしい親分さんでも騎士団には太刀打ちできないし、私のことを「あーあ、あいつ死んだわ」と見てくる筋肉マッチョのモルガさんだってお上には敵わない。

　ここにいれば仕事を命じられ、その如何によっては理不尽にもクビとされるかもしれない。逃げても、知った上で逃げたと見られればどっちにしても物理的に首を落とされるかもしれない。いくらフリムちゃんが可愛くても首だけで飾られるものではないというのに。

　どちらを選んでも、命の危険があるのはわかったけど……。

「像を見て仕事に呼ばれたのなら、いい仕事をすればなんとかなるのでは？」

「は？」

「だって親分さんやバーサル様が私の掃除を他にはできないって喜んでくれたのなら仕事を頼んだ人だってそういうのを求めているわけで……私は親分さんの目が間違ってなくて、ちゃんと私に仕事を頼んだ貴族の人にも通じるって信じることにします」

どんなクレーマー気質の客だって最高の仕事をすれば文句を言わない、と言っていたのは前世の上司だったかな？　残念ながら初めから難癖をつけるつもりならどうしようもないが、それでもその理屈はわかる。最高の仕事で文句も言わせずに黙らせる。

私の魔法で驚く人がいて仕事を頼みたいのならそれは他にはない価値のあるものなのだ。

初めから難癖をつけに来ているなら逃げても意味がなくて、貴族様も賭場も私も危ない。この世界の賭場の周りぐらいしか知らない私には旅をするのも難しい。逃げた方が良いのかもしれないが、それでも逃げるよりも最高の仕事で文句の一つも言わさないことができるかもしれない。

ここまでの仕事で良い仕事をすると定評のあるフリムちゃんなら、多分これが一番良い判断だと思う。

「わかった。気をつけるんだぞ？」

「はい！　気をつけて頑張って働いてきます‼」

「殴られた俺って……」

「厄ネタ持ち込んだバーサーは働いて帰れ」

「そもそも俺に掃除人としてフリム紹介したのはドゥッガじゃないか⁉　まぁいいけどよ」

親分さんは土の魔法で洗濯場の改良や水瓶を作るようにバーサル様に言って、私は賭場の水をどこも満タンにしていった。掃除で強制ということはわかったが期間も場所もわからない。できれば通いで仕事をしたいが。

タラリネに作ってもらっていた掃除用の服も用意する。高圧洗浄は汚れが飛び散るし、いつか汚れが酷く飛び散るような泥が相手になるかもしれなかったから、体を覆い隠す防護服のようなものを作ってもらっていた。眼鏡はないがオゾンや過酸化水素の毒性が不明だから口元は覆っておいた方がいい……かもしれない。

道具があるかもわからないし掃除道具を集めていく。

像が相手なら筆の形のブラシがあれば便利だろう。たわしのように針金と繊維で作られたものも……地下にいた武器整備の人に伝えてすぐに作ってもらう。

護身用にナイフ持っていくかと聞かれるが、持っていってボディチェックで見つかってテロリスト扱いされるかもしれないと思えば持っていけない。

地下から戻る途中でローガンさんに会った。

「これを持っていくといいでしょう」

「これは？」

「木でできたお椀と匙です。身分の低いものはこれを持っていないと食事も満足に与えられないかもしれません」

「ありがとうございます！」

「お気をつけて」

「はいっ！」

ローガンさんはいつの間にか木でできた食器を作ってくれていた。あの一件で微妙に距離感ができてしまった気がしていたが、気にかけてくれていたようだ。

できるだけの準備をして、もしかしたらオルミュロイやマーキアーさんにも来てもらうかもしれないなんて伝えて部屋に戻ると、親分さんに部屋の奥に連れていかれた。

極稀に大量の金貨を親分さんが運ぶ、誰も入れない部屋。このときだけは同じ部屋で酒盛りしている護衛たちも、金勘定係の私も部屋から追い出される。

「ここは俺の秘密の場所だ。特別だからな」

腕まくりする親分さん。真っ黒な変なドアらしき場所の穴に両手を突っ込んだ。

「〈ふぅんっ‼‼〉」

ゴゴゴゴゴと音がしてドアをずらした親分さん、開けゴマとかで開くタイプのとても人が一人で動かせないような超重量音がした。単純すぎるが金属製らしいドアの幅を見るに他の誰にも真似できないセキュリティである。

部屋の中にはいつもの硬貨の詰まった袋だけではなく、宝石や装飾品の付いた武器や防具、よくわからないものなどがあった。

「王宮には相応の服を着ていかないとな。これ着てみろ」

「はい」

言われた通り、ワンピース型のドレスを着てみる。装飾もしっかりしているし高価なものだろう。胸元に縫い付けられているのはなにかの宝石だ。

白く清潔感のあるドレスに胸元の黄色い宝石が一見して高いとわかる。汚れもないし……『誰の

目から見てもちゃんとした身分の人間』とわかればそれでいいのだ。少し大きめの上着の青色のコートも羽織ってみる。私にはやはり大きめだった。袖はまくっても余るがベルトも付いていて便利そうだし、生地も裁縫もしっかりしてるから汚れにも強そうだ。ワンピース型のドレスを着たまま掃除させられるかは分からないが、コートがあれば便利かもしれない。

「これとこれと……金も持ってけ」

「返せるかわかりませんよ？」

「かまわん、ここにあるものはいざというときのためのもんだ。使わねぇよりも使った方がいい」

女児向けの服なんてどんないざというときだろうとも思ったが、周りをよく見れば親分さんにもサイズが合わなそうなものもある。多分美術品とかを売買するような感覚なのだろう。

少しスカートが長めでピアノの発表会とかで気合い入りすぎというか前世の価値観ではお上品すぎる気がしないでもないが、今まで貰った服の中でも最高級のものだ。

「商人の子飼いの魔法使いなんてのは詐欺師から賢者みたいなのまでいる。舐められたら負けだ。それをやるからきっちりしなきゃならんときはきっちりしろ………微妙な品だがお前なら大丈夫だろうしな」

「ありがとうございます！」

なんか最後に不吉なことを呟かれた気もするがそれでもひと目で高価とわかる品を貰えた。下着や靴なんかは娼館のおねーさま方からの贈り物でなんとかなるだろう。ファンデーションとかリップは部屋にいっぱい転がってる。……フリムちゃんは清掃員のおばちゃんをやりに行くのに必要なのだろうか？

「ガキ用はそれしかないが似合ってんじゃねーか。後はナイフと杖だが……ここの杖は前から集めてたもんでお前に合いそうなもんはない。あんま期待すんな」

これでもないこれでもないと小箱から杖を出して選んでいる親分さん。渡されるとすぐに魔力を通していくがどれも全然だ。水道の蛇口とホースが合っていないように魔力を出した途端に詰まる感じがする。

「いいか、杖と人には相性がある。なくても使えるもんはいるが合うものがあったら段違いだ。どれか魔力を通して使えそうなのがあればいいんだが……」

「これは？」

細い杖や1メートルはありそうな金色の杖、ボロな杖、先端に石の付いた杖。血痕付きで折れてる杖……どれもピンとこなかったが1本だけ箱に入れられたままの杖があった。

「ん？　それは……闇属性の杖だな」

開けてみると真っ黒な杖。小さくて細くて、持ちやすい。

「これだけほんの少し通りが良い気がします」

「……それは、暗殺者のやつだな。微妙すぎるが……いや、むしろ持ってない方が………。しかし何も持ってないのは流石に侮られるし……まぁいい。持ってろ、曰く付きだがないよりはいいだろ」

「え、あ、はい」

微妙すぎる。色々渡されて部屋を出たがこの杖は暗殺者が隠し持っていたという謂れのある杖らしい。しかも特殊な属性である闇属性である。フリムちゃんは水しか出せないんだが杖を持っているというのは一応ありであるらしい。

「師から受け継いだ杖とでも言っておけ、杖を持ってる魔法使いと持っていない魔法使いじゃ扱いが全然違うからな」

「わかりました」

「ちなみに水の出はどうだ？　あと闇も試してみろ」

「〈水よ、出ろ〉」

杖に魔力を通すというのは難しいが、他の杖であれば多分全く出なかったと思う。それだけ抵抗があった。

この杖も使いやすいかというと……、

「こめた力の半分ぐらいしか出ませんね」

「闇は？」

「〈闇よ、出ろ〉」

「出た!?　……ちょっとだが」

「いえ、なんか杖に残ってただけみたいです」

水の質は悪化した。闇はなんか出たが私の力というよりも杖に残ってた力な気がする。

出たなにかが当たった壁を触ってみるが何も変わってない。煤のように壁になにか残ってるかと思ったが、何も付着していないのは不思議である。水と違って何も残らないのか。

それにしても闇ってなんだろ？　照らされた光が遮蔽物によって生まれる影？　光が照らされていない暗い状態？


――……見せかけだけだがフリムちゃんは杖を手に入れた！


貴族様が夜に蹴り出されるように帰っていった。いつどこでどうするかなどを今度会ったときに聞いておこう。その間にも色々対策していく。

私が入りそうなぐらいの背負い鞄に掃除道具がいっぱい。貴族が地下で喧嘩したときに忘れ去られた魔法使いっぽいローブ、雨でも掃除するためのつばの広いとんがり帽子……フリムちゃんはちょっとは高貴そうに見られるワンピースに体全体を水ハネから防ぐ掃除用の服、そしてエセ魔法使いっぽい服装を手に入れた。新調された大きな箒で空は飛べなかった。

準備するにしても今更礼儀作法とか言われても無理だな。虫になる選択肢は残ったままだ。

その日、水の魔導書を二冊とも読み耽って少し練習し、そのまま寝落ちした。


「今回はほんとに悪いな」

「事情はわかったが無事に連れて帰れよ」

「すまんが約束はできねぇよ」

「そこは必ず帰すって気概だけでも見せるところだろうがクソ兄貴がっ！」

「いてぇ！！？」

「ドゥッガ親分、着替えさせるので出ていってくだ――」


なんか夢の中でも親分さんたちが喧嘩してる気がした。濃い顔で暑苦しいぞおっさん共……気がつけば荷物ごと馬車に乗っていた。

「あれ!? 誘拐！？？ 親分さん！」

「起きたか？ 俺はバーサルでドゥッガではない……今回の件はすまんな。なにせ仕事先は――……こういうことだ」

寝ている間に運ばれたようで、馬車のカーテンが開けられると王都のどこからでも見えていた立派な建物がすごく近くに見えていた。大阪城の6倍ぐらい大きいかな？

目の前に広がるのは城だった。この国を象徴する大きくきらびやかな建物は私にとって「どうしようもなくなったら逃げ込めるんじゃないか？」と考えていた場所だ。なにせこの国の中心で治安を守る騎士様や衛兵のような警察組織の本部もここにあるはず。だから助けを求めたら保護してくれるかもしれないと思ったのだ。

しかし、親分さんのもとで働くうちに衛兵らしき人物が賄賂(わいろ)を受け取っているシーンも多々見かけたし、路地には倒れた人がいるなんて当たり前。現代日本の基準であれば大問題なのにそれを見逃しているのだから……ここに逃げ込んだからといって身の安全が保障される可能性は不明だ。低いと見ていいだろう。むしろ王宮にいる貴族たちの方が親分さんよりもっと危険な可能性もある。

「ここで私は掃除をするのですか?」

「そうだ。お上からの命令だからな、どうしようもねぇよ」

うわー……嫌だなぁ。平民を遊びで殺すと噂されていた貴族が大量にいるであろう城、そんな場所で自分が働くとか……。

「ここで何をどうすればいいんですか?」

「お声がかかるまで待つだけだ」

……とにかく指示に従おう。何をするのが正しいのかはわからないが下手なことはしないようにしなければならない。ここではきっと「クビ」が解雇という意味ではなく物理的に落ちてしまうことだろう。


バーサル様のお屋敷でもいっぱいいっぱいだったのに、まさか王宮に私が入ることになるなんて……。


国の機関だけあって当たり前だが景色も人も何もかも違う。そもそも私の生活水準が低かったのもあるかもしれないが、皆賭場の人間と比較して汗臭くもないし、服がどことなく清潔だ。

前世の現代日本の方が汗の臭いはしなかったが、それでもここは髪や服、肌に気を使っている人種がいる。髪になにか光沢がある人もいるし、生活サイクルは職業からか肌に出る。文官の人なら上着やズボンの裾のあたりが汚れている人が多いし、何より肌艶が違う。下町の人間と違って皮脂の汚れが体に残っていないのが目で見てわかるのだ…………私も石鹸欲しい。

私の働く新たな職場は貴族様ばかりがいるわけではなく、王宮の下働きの集まる場所だった。

会社だったら専門で書類仕事をする人だけではなく電球を替えたり、トイレ掃除をしたり料理を作ったりする人がいたりするが……そんな人たちが集まるエリアのようだ。彼らはこの場に住んでいるのか大部屋で寝食を共にしているようだ。

服も綺麗で下町とは格が違う。ここの人間は誰も食べ物を見てギラついた目をしないし、荒んでいない。身分を保証されているような人ばかりで……軽食用にと果物がテーブルにおいてあったり
………少しカルチャーギャップに見舞われている。

そんな下町とのカルチャーギャップに驚いていると滞在用の個室に通された。

一応私はバーサル様、ドゥラッゲンという由緒正しい貴族様からのお仕事でここに来ているし、特別に個室を私とバーサル様のそれぞれに与えられた。ふかふかのベッド、絨毯も敷いてあるしクローゼットもある。花瓶には花なんか活けられなんかしちゃって………怖いよっ！！？　何ここ場違い‼　賭場の人間がいていい場所じゃない‼　っていうか掃除しに来ただけなのにこれってどういうことよ‼

「このあたりのことを教えるからついてこい」

「はい」

バーサル様に私の不安が伝わったのか、王宮での生活について教えてくれた。

なにせ仕事が何で、何日ここにいるかもわからないらしい。

そもそも私のような下町の人間がいること自体おかしいと思う。歩き方一つすらも気をつけないといけない。だってフッカフカの絨毯は刺繍が入っているし、私が踏んでもいいのか？　花瓶やそのあたりにおいてある調度品。壊さないように遠目に回避しているが、近づいたタイミングで地震とかで割れて私のせいにされたらたまらない。

バーサル様は、というか周りの大人たちは私を面白がって見ている気がするが私はヒヤヒヤだ。下働きをするだけなのにバーサル様のように貴族様がいたり、ど派手な家紋を刺繍しているレースたっぷりな服の貴族様や、髪型にも気を使っているような『身分の違う方々』がふらっと現れることもある。だから廊下の曲がり角では減速しないといけないし、偉い人が来たら道を譲って頭を下げないといけない。

「ニーク、こいつのことを見てやってくれ」

「バーサル様、この御令嬢は？」

一応魔法使いっぽいまともな服を着ている。結構上等な服だし、彼には私が御令嬢に見えたのかもしれない。

「俺の弟が子飼いにしている魔法使いのフリムだ。世話を頼みたい」

お金を差し出したバーサル様に、それを受け取った身なりのキッチリした男性ニークさん。今までこの世界では手袋を使う人は全然いなかったが、この人は両手に黒い手袋をしていて少し変わっているように見える。やや疲れているようだが、こういうことはよくあることなのか動じていない。

「わかりました。私はニーク・レソンです。よろしくお願いします」

「よろしくお願いします」

そこからは二人に案内された。トイレの場所や従者や下働きの人たちがいつでも食事ができる食堂、お針子さんの集まる場所、外から入ってくる物品の検査場所……ん？　今、賄賂渡してたよね？　見なかったことにしろ？　はい。

従者が少しのんびりしてもいい空きスペース。従者には若い貴族もいるから舐めた態度を取ってはいけないこととか、貴族の子弟や従士の家系の人間は魔法や剣を練習することもあるのでやるのならそこで行うこととか。別の場所でやったら問答無用でクビらしい。解雇じゃなく物理で。

……はーい。

ニークさんはここでの過ごし方を教えてくれた。バーサル様は土の魔法で王宮の補修仕事をよくしているらしく、二人は顔を合わす機会も多く、何度か助けられたこともあるらしい。

「わかってるとは思いますがここにいる以上、教えたことを守っても理不尽な仕打ちを受けるかもしれません。気をつけてくださいませ」

「はい、気をつけます」

王城の出入り口に近いし、大商人や……一目でこの人半端ないとわかる大貴族様もたまに来る。

彼らの不興を買ってしまえばどうしようもないからとあしらい方や見分け方も教えてくれた。

高圧洗浄での掃除は汚れがすごく飛ぶから気をつけないといけないな。

待つのも仕事らしくもう4日も待っている。前世でこんなに別の会社の人間を強制的に待たせるなんてあり得ないが、貴族社会だなぁ。

そうだよね、私は外注業者で優先順位は低い。警備の問題もあるだろうし、私のような吹けば飛ぶ木っ端の予定なんかよりもお上のご予定の方が大事のはずだ。

でもまぁいきなり偉い人に会わされるよりかはフリムちゃん的には良かった。同じように仕事で待たされている私より身なりの良い末端貴族の人たちも同じような扱いを受けていたから、仕方ないのだろう。私もここの礼儀に合っているかはわからないが、少しは淑女なりの礼はとれていることからか、不審者としては見られてはいない……と思いたい。

「フリム、水」

「はい」

バーサル様はつきっきりで一緒にいてくれるわけではない。バーサル様はバーサル様の仕事があるようだ。でも必ず日に一度は様子を見に来る……水を飲みに来ているだけかもしれないが。

「そういやお前はどこで行儀作法を身につけたんだ?」

「わかりません、いつの間にかです」

「……やはり良いところの出なのかもしれねぇな。髪の色も魔力もそうだ」

「どうしてそう思ったんですか？」

毛先にかけて青くなっている白髪に触れながらそう聞いてみる。確かに髪の色は魔法使いを見分ける一つの指標だ。明らかに目立つ髪色の人間は何らかの魔法を使える可能性が高いという。そういえば、鮮やかなオレンジ色の髪だったパキスも少し他の人とは違っていたのかもしれないように思う。

しかし、私が良いところの出と言われるのは不思議だ。行儀作法なんてものは大して学んでいない。経済産業を膨大なデータから研究して報告書を提出していただけで基本的にマナーなんてなっちゃいない。

なにか特別目立つことはあったか？……いや、幼女がまともに受け答えするだけでも目立つか。

「見ててわかるだろ？　路地裏出のやつは手づかみが当たり前だが、お前屋敷で魚を丁寧に食ってただろ？　あんなに綺麗に食えるやつは貴族でもなかなか見ない」

そこ⁉　いや、食べ物は残したくないし不味くても食べきらないと勿体ないというか。魚を綺麗に食べるって楽しいから……逆に汚く食べるなんて無意識にでもできないわ。それも手づかみとか皿から直食いとかムリムリムリ！

「そ、そうなんですかね」

「まぁ出身を偽るやつなんて珍しくはないが、やべーことになるなら言えよ」

ジロリと睨まれた……多分何かを疑われている。きっと親分さんのように良家から追い出されたとでも思っているのだろうか？　もしもそうだとすればこの城のどこかにその厄介ごとの種が、私にとって危険な相手がいると懸念しているのだろう。

「……私は」

フリムちゃんの頭の中にも確かにまともな生活をしていたという記憶はうっすらある。けど……、

「私は気がついたら路地裏で寝てて、いつの間にか親分さんのところでお世話になってました。それ以前のことはほとんど覚えてないです」

嘘は言っていない。以前の住所も名前も知らない。電話番号は……こっちに電話ないか。そもそも幼稚園児ぐらいの年齢って幼児期健忘がどうとかってのであまり覚えられないんじゃなかったかな？

「……そうか」

渋い顔のバーサル様だが逆の立場ならどう考えたって怪しいよね、フリムちゃんは。

更に待機すること数日。別室のバーサル様が見に来てくれるが未だに呼び出しはかからない。ご飯はちゃんと数皿出てくるし美味しいが帰りたい。タラリネたちどうしてるかな？　皆で一緒に仕事できればよかったのに。


待たされるストレスもあってか、自由に行動してもいい中庭のような場所で魔導書を読むか魔法の練習をするのは楽しい。上役のバーサル様は元々城内で働いていて、私よりも先にそちらに連絡が入り、その後にバーサル様から連絡が来ることになっている。人によってはいつ来るかわからない連絡のために、トイレや食事も最低限で我慢しているところを見るにそういう部分では恵まれて

いる。

食事も個室でとってもいいし、大部屋で他の人ととってもいい。料理は一応いつでも食べられるが、美味しい食材が届くタイミングがあるようだ。それに周りの人の反応を見られて、情報も聞ける。できるだけ大部屋でとるようにしているが……やはり何を食べても賭場に比べると桁違い(けたちが)に美味しく感じる。

パンは酸っぱくも渋くもないし、スープも臭くない。お肉や魚なんかも食べたことがない味で、癖はあるもののスパイシーな香辛料のおかげで涙が出てくるほど美味しい。

お水を出して気に入られたからか、ご飯のグレードがほんのり他の人よりも上がってる気がする。……いや確実に良い部分をより分けてくれているし、何ならお菓子付きで盛り付けもなんとなく綺麗だ。お水でご飯の質が上がるなんていいのかとも思うが、美味しいご飯は素晴らしいしお水なんていくらでも出しますよ！

そうして、魔法の練習をしたり、美味しいものを食べたりしながら時間は過ぎていく。

私も大人、理不尽なことを言われたり出くわすのも当たり前だと理解している。大事なのはそこからどうその問題に対処するかだ。

別の会社に行って重役と会うのに何時間も待たされているようなもので……微動だにせずにいるのも正解かもしれないし、自己啓発本でも読んで待つのが正しいかもしれない。でもこちらでは私以外にも呼び出しを待つ人は多くいて、それぞれ何かで時間を潰(つぶ)しているようだし同じように有意義に時間を使うことにした。

「〈水刃！〉」

掃除でもしたいところだが、勝手なことをするなと言われるのはよろしくない。そんなわけで新しい魔法を練習する。

水刃の魔法は触媒も魔法陣も、読めない詠唱も精霊もなしに使う攻撃魔法。ただ勢いも切れ味もない魔法で、多分当たっても水風船ぐらいの威力しかない。杖を使うと効果は半減だけどむしろ操作の訓練になる。

「〈水球よ我を囲め！〉」

暇潰しに練習していたがそれでも周りの目が変わってきたように思う。

「でかい掃除道具を背負わされている幼女の下民」から「どこの魔法使い様だ⁉」ぐらいにはなってると思う。

今はワンピースに魔法使いのローブで練習しているしね。

私の寝泊まりする個室に入るとき、流石に貴族であるバーサル様に荷物を持たせるわけにもいかなくて、全身の筋肉をプルプルさせながら歩いたもんな……。

同時に出せる水の量を増やし、一個ずつ無意識にでも動くようにする。フヨフヨと浮く水球は結構綺麗で面白い。体の周りに10ほどの水球を作り出し、一つ消し一つ増やし、ゆっくり動かしたり速く動かしたり……楽しいは楽しいがかなり操作が難しい。出すだけの高圧洗浄よりも難しいなこれ。

「フリムちゃーん、水ちょーだーい」

「はーい！」

「おー！」

「ありがとー！」

「器用だな」

「いつもありがとう、美味しいよ！」

　待機している場所とはいえ、何日も過ごしているとそれなりに交友関係もできてきた。子供の私が珍しいのか気にかけてくれる人はいるし、迷子かと声をかけてくる人もいる。そんな人たちの視線は「面倒事」ではなく、「心配」だ。だからそんな人たちになら少しぐらいサービスしてもいいかなと笑顔を振りまき、水を出してあげている。

　ここの人たちにも私の水は特別美味しく感じるみたいだし、なにかあった少しぐらい守ってくれるかもしれない。

❖❖❖

「君はなんでここで魔法の練習してるの？　見たところ良い家の方に見えるけど」

「……返答してもよろしいでしょうか？」

　空いた時間に魔法の練習をしていると変な人が来た。

黒目黒髪のスラッとしたイケメン、古そうで薄汚れた衣類。

「え？　もちろんだよ！　僕は従者見習いだからね！」

絶対に嘘だ。怪しい、怪しすぎる。最終形態である虫になるところだったもん。

従者は貴族の付き人であるが基本的に下働きである。貴族の子弟も従者として働くから清潔な肌艶(つや)は理解できる。

——だが仕事は服や体に現れてくるものだ。

肉体労働であれば汗臭くて当たり前だし、文官であれば袖(そで)がインクでたいてい汚れている。下働きであれば汚れきっているなんて普通だ。服に洗っても落としきれない汚れが残るように体にも汚れの痕跡(こんせき)は残る。

風呂上(ふろあ)がりであっても洗剤の力が不十分なこの世界で、髪がツヤツヤで首元や爪の先までピカピカな人間がいるわけがない。それも肉体労働で今まさに汚れましたといった衣類を着ているのにだ。

「商人に雇われているこの身はこの国において平民扱いされると聞き及んでおります。商会を代表して来ている以上、礼をもって接するのは当然ではないでしょうか？」

「君は面白いね……僕も貴族とはいえ平民と変わらないようなもんだから好きに話してくれていいよ」

「……わかりました」

「そうだ！　ちょっと待っててね！」

一瞬何も知らない子供ムーブでもしようかと思ったが、この人があまりにも異質で過剰に対応してしまったかもしれない。しかし直感は結構ビジネスの場においても大事なスキルだ。

パタパタと離れていった男性、歳は20ぐらいか？　いなくなったと思ったらすぐになにか持ってきた。

「これもらったお菓子！　一緒に食べようよ」

「ありがとうございます。先程食事を終えましたので後ほどいただきますね」

「え？」

アウトっ‼　こいつアウトォォオオオ！！！？？

菓子が何かわからないが包んでいるハンカチの生地は高級に見える。

従者の食事は基本的に一斉に行われるものだから本当に従者なら皆さっき食べたって知ってるはずだ。しかも作りすぎたとかで豪華な材料で食べきれないほどの量だった。お肉もたっぷりで皆今日はお腹いっぱい食べた。

なんだコイツ？　人さらいとかかな？

海外では女性の旅行客にイケメンが声をかけて連れ去るという事件があるらしい。そういう役の人間か？　こいつ顔は良いし。

この菓子食べたら眠ってどっかに連れていかれるかもしれない。奴隷制度のある国、価値ある魔法使い、お菓子で釣れそうな幼女……。しかし残念だったな、このフリムちゃんはそこまで警戒心がないわけじゃないんだぞ！

「すごく美味しいのに」

……ちょっとクラッと来たが我慢だ！

この国で美味しい甘味はなかなかない。チョコ食べたい。どこでも売ってる板チョコでいいからっ！　今なら金貨出すよ！！？

「いえ、大丈夫です。ありがたく頂戴しますね」

笑顔に力を入れて対応する。いつでもこの不審者に水魔法をぶっ放せるように。

「ふぅん、ホント変わってるね君、で？　なんでこんなところにいるの？」

「職務上詳しくは言えませんが、私の魔法による清掃を依頼されたのにもう10日も閉じ込められています。家に帰りたいです」

「そうなの⁉　酷いね！　ちょっと詳しく聞きたいから向こうの個室で教えてもらってもいいかな？」

「いえ、私は行動に制限がかかっております。上役の士爵様に許可を取らなければ決められた範囲から出ることはできません」

こいつ、何する気だ？　この辺りの個室を使えるのなんてここの責任者ぐらいだが、こんなイケメンではない。まさか幼女趣味の変態……？　いやフリムちゃんがいくら魅力的でもこの寸胴ツルペタボデーに欲情する輩はいないだろう。ぽっこりお腹やぞ。

しかし、なんだ？　これはやっぱり売ろうとしているのか？

「フリム！　今、大丈夫かー？　いつもの水頼むわ！」

「あ、はーい！　行ってもよろしいでしょうか？」

「あぁ、またね？」

「…………」

なにかよくわからない視線を感じるがそのまま立ち去る。しばらく魔法の練習はお預けかな。

つい「またなんてないクソがっ」と言いたかったがお口にチャックする。男の不審すぎる言動に背筋がゾッとしたが、ここの厨房で働く男性のスタッフさんのもとに走る。美味しい水を出してからここの人には目をかけられているのだ。

「ありがとうございます……あの人見たことありますか？」

「いや、見たことないが？　どうかしたのか？」

「自分で従者見習いって言ってて『お菓子食べるか』とか『あっちの個室で話を』なんて言われました」

「食べたのか？」

「いえ、毒が怖かったので」

「そんな菓子捨てちまえ、危ないところだったな」

変態の出現に警戒し、すぐにバーサル様に報連相したらなにやら慌ただしくなった。

――……しかし、黒目黒髪のイケメンの従者は見つからなかった。

騒ぎになっちゃったとは思うが、これで二度と顔を合わさずに済みそうだ。もうこんな場所じゃなくて賭場に帰りたい。そう思っていたがついにお声がかかった。

バーサル様に連れられて仕事場に向かう。いつもの人の出入りの多い待機場所と違って枯れ葉や泥が目に見えて溜まっていて汚い。手入れが全くされていない庭園だ。噴水なんて何年も使われていないのか……黒くドロドロである。湿気のせいか石畳自体がヌルヌルとして歩きにくい。

まずはここの掃除から始めることになったそうだ。

「あの、バーサル様。像の材質次第で壊れたりする可能性もあるというのは伝えましたか？」

「もちろんだ、俺だってクビになりたくはない……ここの道具は好きに使っていいとさ」

長い間使われていない、誰も来ない庭園らしい。石畳は元の色もわからないし、像も日当たりが悪いのか苔で全て覆われていて人相がわからない。もはやクリーチャーである。

「俺も仕事がある。俺がいない間は待機部屋に戻っていいことになったが……すまんな」

「いえ、バーサル様ではなく不審者が悪いんです。この小屋使ってもいいんですかね？」

「いいはずだが？」

建物と植物の陰にある小さな掃除小屋。掃除道具だけではなくなぜかベッドもある。住み込みで働いていた人がいたのかな？

鍵がしっかりついているし、悪くないんじゃないだろうか？

「ここに住むのはどうでしょう？　鍵もついてますし」

「何？　……ありかもしれんな。窓もないしドアもがっしりしてる……しかしな」

木製のドアや壁を殴って確認するバーサル様。確かにここにやつが来たらそれはそれで危ない。

「ここには人は来ないそうですし、ここでの仕事を知っているのは上役とバーサル様だけです。不審者は来ないのでは？」

「もしも来たら攻撃魔法の使用を許可する。気をつけるんだぞ？」

「はい」

人の動線から完全に外れた庭園、噴水か周りのなにかから腐ったような嫌な臭いがする。誰も近づかなくて当然の場所だ。

ドアや鍵が丈夫でもあの不審者なら従者の待機個室の鍵を開けられるかもしれない……というか鍵は一応ついているが超単純な仕組みで一見して多分自分でも開けられると思ったぐらいだ。セキュリティはよろしくない。

「〈水よ、出ろ！〉」

重たい荷物をおいて防護服で掃除を始める。体の近くから5本ほどの高圧洗浄ビームを出して歩き回る。

久しぶりの掃除は面白い。鍛えた結果、水魔法の本数も増えた。コントロールは難しいがさっさと帰りたいし張り切って行う。

流石にこの広い庭園を綺麗にするには数日かかるだろうけど、できる限りさっさと終わらせたい。

誰もいないし、好き放題できるのはいいね。……よし他の魔法も使ってみるかな。

広い場所で魔法が好き放題使えるというのは気分がいい。制御の甘い5本の高圧洗浄ビームよりも3本まで減らして自分の近くに水の膜を張った方が良いことに気がついた。高圧洗浄で弾けた汚れが水の膜に当たって服が汚れにくくなる。あと石のかけら、極稀に砕けたものが当たって微妙に痛かった。

ぶっ壊れてもいいということなので過酸化水素やアルカリ水、酸性水、オゾン水をかけてみたりもした。過酸化水素は汚れに有効な気もするが、やはり高圧洗浄で根こそぎ汚れを吹き飛ばした方が手っ取り早い。

墓石の汚れには消毒液が良いって聞いたことがあるが、多分高圧洗浄できない環境下だろうし、そもそもこんなに土が堆積していたら効果もないんじゃないかな。

魔法で水が操作できるし高圧洗浄以外にも色々試してみた。

「〈水よ、出ろ〉」

大きく水を作り出して操作していく。ぐるぐると回す。表面は波打っているが見た目では透明だからわかりにくい。

「〈水よ、回って汚れを削り取れ〉」

高圧洗浄では苔や土も飛ぶので自分がめちゃくちゃ汚れる。

水のバリアだけでは練習が足りないのか多少マシになったとはいえ結構汚れが飛んでくる。まだ防護服から魔法使いっぽい服と貴族っぽい服には着替えられないな。

渦巻き魔法でも汚れは取れるがやはり高圧洗浄魔法の方が汚れは落ちる。ただ水を出し続けるわけじゃないから魔力の消費は抑えられる。

でも操作に手間取るのと汚れが落ちにくいからトントンな気もする。汚れきってドロドロの水は操作しにくくなるし。

「フリム、飯だぞー」

「はーい」

バーサル様は1日に二度はこちらに来て食事を届けてくれる。3食食べさせてくれと言いたいところだけど、こっちでは食事の回数は結構雑い。2食が普通なのか3食が普通なのかは多分身分で違う。身分が低ければ「余分が出なかったらお前らの分はなしな」なんてことも結構あるみたいだ。

それでもお腹が空くことはない。いつでも間食できるようにとパンや果物も過剰なぐらいおいていってくれるし、私がお菓子に釣られないようにするためか街で売ってるお菓子も持ってきてくれる。

蔦でできたバスケットに可愛らしい布地で包まれたお菓子。

可愛い女の子が持ってきてくれたら様になるかもしれないが、ムキムキで顔がマフィアのバーサル様が持つとなんか危ないブツでも入ってそうだと思ったのは内緒だ。

「そういえばドゥラッゲンの家の当主様をお見かけしていませんが大丈夫なのでしょうか？」

「忙しくてな、ちょっと前まで王城は戦場だったから修復がな」

「そこのところ詳しくおねがいします」

「誰でも知ってる話だろ……いや、数年前だしお前が生まれる前かもな」

数年前、ここでは王位継承権の問題が発生して国中が大混乱になったらしい。

対立貴族に毒を盛るのは当たり前で最終的に城の中で戦いが発生、攻撃魔法が飛び交い城内にもかなりの被害があったそうだ。

「誰が直すと思ってんだあのクソどもは……」

怨嗟の声が漏れ出たがドゥラッゲン家は城や各地の修復でこの数年大忙しだそうだ。バーサル様が私のそばにいられないのは修復作業が忙しいからだ。

「今の王様はどんな王様なんですか？」

「ん？　この間の祭りで披露したんだがいい出来だったろ？」

何かを披露したようだが像とかかな？

「賭場が忙しくて足を運べませんでした」

「じゃあ仕方ねぇな」

数少ない街のお菓子をバリバリ食べているバーサル様、この人甘党なのかな？

甘くないクッキーに溶かした砂糖をかけたようなお菓子。甘味が疲れた体に染みるが激甘部分が分厚くて噛み砕けない。仕方なく口に入れているけどかなり癖のある角砂糖を舐めてる気分だ。

「まだ若いが悪くない王だ。世の中の理をよくわかっておられる」

最終的に死者も多く出た王位継承の争いは新たな王様の言葉で収まった。

「各々の信ずるものもあるだろうが覇権を握ってどうなる！　他者を追いやり、潰し合い！　その後この国に何が残る‼　どの属性だろうとこの国には必要なものなのに、どの家の人間も減ってしまった！　最後に自分の家だけ残ったとしてもそれは今までの国とはならない！　その頃には各々の家のものが減り！　最後には隣国に食い荒らされて終わるだろう‼　そこまでわかっているのか！！！」

鼻をふくらませて王様のマネをしてくれるバーサル様。もしかしたらファン……いや信奉者なのかもしれない。珍しい闇属性の精霊と契約しているとか顔立ちも良いとか剣技が冴え渡るとか。早口で熱弁された。

「おぉ～」

「そう言って戦争は終結。その頃、いくつかの国境が襲われていてどの家の人間も目を覚ましたんだろうな。まぁ後始末には俺ら土と石の家であるドゥラッゲンが駆り出されてるわけだが……」

そういえば聞きたいことがあった。魔導書で勉強した内容でこの国では多分大事なことだ。

「四大属性の大家っていくつあるんですか？　四つじゃありませんよね？」

魔導書に出てくる家の名前の数が明らかに多い。もっと読み進めれば答えが書いてあるかもしれないが、働いてるここでは必要になってくるかもしれない。

「よく勉強してるな。『大家』と呼ばれる貴族は各属性につき一つだけだ。そして大家の座を狙っている『名家』と呼ばれる貴族がいる。今は火が三つ、風が四つ、水が一つ……土が二つだ。わかるか？　土の名家は今二つ、ドゥラッゲンとタロースだが土の大家は今はドゥラッゲンだ」

魔導書で勉強した。どこの国でも差異はあるが基本の属性は似たようなものである。国同士の最高戦力を見せ合うような風習があり、各属性の代表を選ぶのに必要なのだとか。

ドゥラッゲン家の庭園で洗わなくてもいいという説明のあった像は、別の土属性の家だったらしい。やはりみみっちいというかなんというか……。

大家になればそれだけ栄誉なことであり、国から金も出るからどの家もその座を目指す。

「水は一つなんですか？」

「元は四つあったんだが一つは内乱、一つは国境での戦争で減って、二つは火の奴らが暴れすぎて家の人間が減ったから婚姻、一つになった」

「へー、魔導書の説明とは結構違いますね」

「最近の話だからなぁ」

それにしても貴族社会やべー……政権が代わるだけで戦争とか内乱とか嫌だわ。

フリムちゃんの元々の出自が旅の魔法使いだったのか平民だったのか、それともそれらの家の出なのかはわからないが、聞いておいて損のない話だった。

魔導書には属性による性能の違いがよく書かれていた。

火は火炎放射ができるし、風は自身の高速移動が可能。だから戦場では恐ろしく力を発揮するし術者は死ににくい。

土は壁を作れるし長期戦になれば誰もその壁を突き破れない。魔導書によるとドゥラッゲン本家は山の上で要塞(ようさい)を作っているそうな……。

そして水は戦闘向きではない。火や風よりも射程距離がないし射出速度も遅いと書いてある。それに水を出すのには魔力も土ほどではないが多く必要で戦闘になったら弱い。

あれかな？　風は気体だし、火はプラズマ、水は液体で土は固体、魔力の使用量にはそういう部分も関わっているのかもしれない。

火は効果範囲も殺傷能力も抜群で戦闘では太刀打ちできない。風は直接的な殺傷能力はあまりないらしいが目の前にいれば立っていることもできないらしい。土属性は岩とか飛ばせるらしい……水では防げないな。

じゃあ水の属性の人は争いに関わらなきゃいいんじゃないかと思うのだが、そうもいかなかったそうだ。

この国ではペットボトルや缶詰を見ない。ということは飲み物の保管が難しいのだと思う。井戸だって戦争があれば毒を投げ入れられれば終わりだ。

風の魔法使いが空を飛んで一気に水を断つことができればそれだけで戦況は傾く。戦闘面で弱い水魔法使いと井戸を狙えば勝敗に大きく左右する。それに戦闘といえば火の魔法使いと相場が決まっているし。消火活動できる存在は嫌だろうなぁ……。

水属性の魔法使いは人の生活に欠かせない飲み水を出せるし、高位貴族には必ずついて回る必要があって……毒とか敵からの攻撃の巻き添えでいっぱい死んで？　しかも内戦で火がよくついたから水魔法使いは駆り出されたり、流れ弾で死にまくった？　だから水の魔法使いは戦闘しなくても数が減ったと。バーサル様言いにくそうだな。

今では……他の属性から優しく扱われているらしい…………さもありなん。

…………ん？　これって国に保護される可能性ワンチャンあり？

いや、ないわ。そんな政争ドロドロの国。命の保証がないし後ろ盾もない自分では使い潰されてコロリよ。

「おぉ、すごいな！　こんなにも綺麗になるなんてな」

「どうもです」

「こりゃいい。いくら人の手で掃除したって限界があるから、俺ら土魔法使いが作り直すもんだが……見違えたな」

　実際かなりやれた方だと思う。途中蔦の塊のようななにかに違和感を覚えて水を当てたら像だったし、石床も土や苔で見えなかっただけで高圧洗浄を当てればみるみる汚れが落ちた。もはや別の庭園である。

　庭園の床や像の掃除が終わったがまだお仕事は続いた。

「終わりじゃないんですか？」

「王宮は広いからな、滑る石畳や汚れた像はまだまだあるぞ」

「えぇ……一度賭場に顔を出したいのですが」

「上役から連絡があってな、仕事ぶりが評価されたらしい……すまんな」

　仕事は継続――……帰れないようだ。

高圧洗浄魔法は結構な音がするし、私も私で色々練習をするのに結構激しく魔法を使った。だからか見に来る人もいたように思うが……いつの間にか上役に見られていたのかもしれない。

防護服と水の膜は見た目が明らかに不審者だったかもしれない。球体状の膜の中にいると外の音が聞こえにくいし、飛んでくる汚れで視界も悪くなるから全く気がつかなかった。

しかし問題もある。

「汚れが飛び散るので人が来る場所では一人ではできません」

「確かにな、偉いさんに飛沫一つ当たればコレもんだ……雨の日にやるか俺がついてるときにしかやれないが、今こっちも仕事が立て込んでる」

首をトントンと叩くジェスチャーをするバーサル様。やめて、一気にストレスが来るから。

「賭場から人は呼べないんですか？」

「無理だな」

そんなわけで誰もいないような場所を優先して地道に作業を続けている。

偉そうな人が来たと気がついたら虫の構えだ。箒や見せかけだけの杖を目の前において足音がなくなるまで待つ。

ストレスもあるが小屋に戻れば大きな桶があるからお風呂に入れるし、汚れまくった防護服は水で洗って汚れをしっかり落としてから私の水だけに浸せば、水操作でほとんど水を服から引き離して乾かすこともできる。

自由にできる分、賭場よりもこの小屋の方が快適かもしれない。水球を回転させて汚れを取る魔法で室内掃除もバッチリだ！

　バーサル様の発案で作業する場所には「この先清掃作業中」と書かれた看板を毎日立ててもらえるようになった。看板は石でできていて重量から動かすことができないので、その時間は基本的にそこにいる必要があるが、何もせずに近くに寄ってきた貴族に水がかかるよりかはマシである。


「あぁ、いたいた！　この間はごめんよ！」

「げっ⁉」

　掃除しているとやつが来た。この間の黒目黒髪の青年……私にとって最大限警戒すべき不審者だ。

　しかも前回「怪しい」と思った印象が間違いではないと確証ができた。

　整った容姿はどうでもいいが衣類が不自然なほど汚れている。その割に肌が綺麗なのだ。まるで映画俳優がゴミの中に捨てられていた服を今着ましたとでも言わんばかりである。……一度だけなら事故や急な仕事であまりにも忙しくてそういうこともあるかもしれないが、そう何度もあるものではないはずだ。

「大丈夫！　怖くない怖くない！　あのあとすごい怒られたんだよ。『完全に人さらいじゃないか』って」

　まずいな、逃げ場がない。大声を出せば誰かに届くかもしれないが確実に大事になる。見せかけだけ所持している杖を……向けたかったけど、やめた。

　もしもこの黒髪のイケメンが本当に不審者じゃなかったらかなりマズい、どこかの貴族の関係者でもあるなら穏便に事を収める必要がある。

「君とちょっと話したいんだ。そっちに行ってもいいかな？」

「ダメです。それ以上近づかないでください」

――……数歩分ある今の距離でも危険だ。殴られでもすれば幼女の私は青年の力に到底敵わない。

だけどもしもこの男に偉い人のコネクションでもあったらと考えれば……穏便に済ませたい。もちろん無理なら高圧洗浄魔法の出番だが。

「じゃあここからならどうかな？」

「それなら……まぁ」

この無駄イケメンも一応気を遣ってくれているみたいだし……そもそも何が知りたいのだ？

しかも前回と同じく、肌艶はピカピカ、服はボロボロ。……たまたまお風呂に入って高級な石鹸でも使って綺麗になったとかでは言い訳にならない。不審すぎる。

「君の名前は？」

「フリムです」

「フリム……フリムか、家名は？」

「ありません、それよりも人に名乗らせる前に自分が名乗るのが礼儀ってもんじゃないですか？」

無礼だろうか？　でもこの人が人売りやロリコンという可能性も捨てきれない。

しかし、敵意はなさそうに見えるし、もしかしたら考えすぎか？

「そ、そうだよねごめんごめん」

「お名前は？」

「…………コ、コムだよ？」

「……ご家名は？」

「レージリア、です」

怪しい。もう水魔法ぶっ放しても許されるんじゃないだろうか？　自分の名前をなんで噛むんだ？　自分の名前なのに……コム・レージリアね。あとでバーサル様に確認しよう。

自分で名乗って気まずそうに、いかにも嘘をつきましたというような態度を取っていて――やはり完全に不審者である。警戒は緩めない。いつでも魔法が放てるようにする。

「君は水魔法が得意みたいだけど貴族の出身ではないのかい？」

「違います。もしかしたらそうだったかもしれませんが、幼い頃から城下で暮らしていました」

本当ならこんな不審者に答えたくはないが、万が一にも誰かの使いだったらと考えると答えないといけない。路地裏で生きていたなんて答えたら後ろ盾がないと思われて襲ってくるかもしれないが。

「大変だったたね」

心底心配そうな表情の男だが、ここまで怪しいとそれが本心だとしても演技に見えて仕方ない。

「いえ、良い出会いに恵まれましたから」

嘘ではない。それでちゃんと生きてこられたのだから……いや、やっぱり嘘だな。ホントはもっと良い人に拾われたかったけど生きてるだけ良かったと思わないといけない。

それにしてもこの不審者は何がしたいのだろうか？　誰かに言われて秘密裏に内部の調査でもしてるのか？　フリムちゃんも不審な格好で掃除してるし……まだそうだったら危害は加えられることはなさそうである。

「その杖は君の？」

「はい、師から受け継ぎました」

「そのお師匠の名前は？」

そこまで考えていない。ここは日本人なら誰しも引き下がる必殺の断り文句を使うか。

「すいません。仕事があるのでそろそろよろしいでしょうか？　仕事しなければ主人に叱られてしまいます」

「そ、そうかい？　ごめんね？　邪魔をして」

「いえ」

男から数歩離れ、背を向けて高圧洗浄を開始する。

襲いかかってくるなら即魔法を使えるようにと待ち構えたが、しばらくすると男はいなくなっていた。何だったのだろうか？

「コム・レージリア？　レージリアは宰相の家名だが孫の名前までは知らないな」

「どう見ても怪しいんですよ」

「どんな具合に怪しいんだ？　家紋は？　服にあったろ？」

「家紋？」

高位貴族の役職持ちともなれば服の至るところに家紋が見て取れるそうだ。宰相はこの国一番の貴族とも言えるし、その家系の人間が家紋の入っていない服を着ているわけがないと……。

目の前のバーサル様の服にもよく見れば家紋らしき刺繍が入っている。

「いや入ってなかったです。平民よりも汚い服着てました」

「それは完全に不審者だ。次会ったらすぐに大声を上げるか攻撃魔法を使え」

「いいんですか？」

「宰相の家名を名乗っておきながら、宰相の家紋を持ってないどころか平民以下の衣を纏っているなどありえない」

「調査とかの可能性はないでしょうか？」

「それなら――……いや、ありうるか？　宰相閣下は腹黒いからなぁ、大声も攻撃魔法もなしだ。だが緊急だと思えば使ってもいい。それだけの材料はある」

「わかりました」

「ただし殺すな。殺さなければ俺がどうにかする……これも持っとけ」

「はい、いいんですか？」

「いざというときのためにな……刺した後にこう、ぐいっとするんだ」

渡されたのは家紋付きのナイフだ。小ぶりだが家紋付き、私の筋力が足りないからかずっしり重たい。いいのだろうか？　親分さんのナイフは持ってこられなかったが……。流石一卵性双生児の兄弟、同じ思考で……同じく物騒な説明をされた。

だけど、いい上司だな。こういう微妙な案件なら「そういうことは君なりに対処するのがいいんじゃないかな？　任せるよ」なんて言って後から全責任を被せてくるクソ上司もいる。バーサル様ももしかしたら後で私を切り捨てるかもしれないけど、それでも明確に指示してくれる。

まだ上司としてのバーサル様は信頼できるほどではないが信用はできると思う。それはそれとしてナイフを使うときのレクチャー、まだ終わらないかなぁ。

「うまくいかなかったらこうバッとしろ。それか足だけでもこうグッとしてだな、それから全力で――」

❖❖❖

「不審者について詳しく聞かせてもらってもいいかな？」

「はい」

バーサル様の知り合いの騎士にバーサル様立ち会いのもとで事情聴取を受け……その後、城が慌ただしくなった。理由は事情聴取でのやり取りで察しがつく。

「なに？　宰相閣下の家名を名乗っただと？」

「はい」

「その黒目黒髪の男がか？」

「はい」

「ありえない、宰相閣下の係累には黒目黒髪のものはいない……他国の人間かもしれないな。――……舐めよってっ‼　おい！　近衛に通達！」

「「はっ‼」」

そんなわけで城は「不審者絶対ぶっ殺す」と肩を怒らせた騎士が歩き回っている。

掃除は進んでいるが私も他では見たことのないであろう不審な姿だからか、何度も職質を受けている。防護服を着て水の球に入って高圧洗浄をし続ける幼女。不審すぎるからかもう五度目の職務質問である。今では騎士が一人遠くで見守ってくれている。

バーサル様も自分の作業ではなく近くにいるが……。

「もう三人目だぞ⁉　どうなってやがる‼」

「各自持ち場について侵入者を見逃すな！」

「――黒目黒髪の男ってのも他国からの間者だったのかもしれないな。まぁた面通しか……」

ローラー作戦。王城内のすべての人間に総当たりで何度も声をかけているようで……不審人物は一人ではなかったようだ。既に何人も不審者は捕まっていて面通しに協力することとなった。

そういえばこの国の王位継承の内乱は激しいもので当時は外国からの侵略もあった。

「この人は違いますね」

不審者がこんなにいたのかとげんなりするが条件に合う人は一人もいない。

「なにか特徴はないのか？」

若い、黒目黒髪、肌艶は良い、衣類は汚い。何度も話した。

「紙とインクがある。少しでいいから特徴を描いてみてくれないか？」

「はい」

渡されたのは羽根ペン……。ボールペンはないのか？　持ち手の部分になにか巻いてある。親分さんも使っていたが使いにくいんだよなこれ。――なんとかマシなものを描けたと思う。

「おぉ、助かる！」

絵を見ながら杖を取り出して騎士様が熱で絵を描き始めた。黒、焦げ茶、茶色でうまく人相が描かれた。それをなにかの箱に詰めて……箱の上から火が出た。

なんだろうと見ていると、箱の中から火で描かれたと思われる同じ絵が何枚も出てきた。火を使ったコピー機、かな。

「おぉ」

「ん？　まだいたのか、持ち場に戻っていいぞ」

追加でなにか聞かれるかもと思って待っていたが単純にこの人が指示を忘れていただけのようだ。

面白いものが見れたし手配書によって不審者に近づかれる危険度が下がると考えれば悪くない。

頭を下げて持ち場に戻ってお掃除再開。……いやもう帰らせてほしいんだけど。

もはや戦争始まるんじゃないかというぐらい兵士や騎士が城のどこにでもいる。

もう両手の指の数よりも多くの不審者が捕らえられたらしい。だめだなこの国、セキュリティガバガバじゃん。

帰らせてくれよと切に願ったが城の門は閉鎖されて帰れない。

……そして私はいつもの小屋で寝る。

「絶対に俺以外の誰が来ても開けるんじゃないぞ」

「はい」

「三回叩いた後に足元で二回だからな」

「はい」

不審者狩りから厳戒態勢となった王城は戦場に近い。戦闘があったらしく、どこからか爆発音も聞こえた。「また直さなきゃならんのか」なんて口から漏れ出たバーサル様は慣れているのかもしれない。

城から出られない私はどこで寝ようか迷ったが、従者の待機所に比べれば鍵が付いていて頑丈そうなこの小屋の方がまだマシだと思う。

それから次の日には宰相閣下が毒で倒れたそうで厳戒態勢、いや、開戦手前だという話も聞こえてくる。

「ケディ将軍が国境に向かって兵を動かしたそうだぞ」

「魔法省のラズリー様が捕まった」

「この国は一体どうなるんだ⁉」

「やつならいつかやると思ってた」

「リーナ様の部屋でご禁制の品が見つかったそうな」

「陛下は無事なのか⁉」

「ルース伯爵が倒れたそうだぞ、やはり貴族派の仕業ではないか？」

戦々恐々としながらも仕事は続く。そこかしこで人が集まって立ち話をしているのを見かけるようになった。私が発端でどえらいことになっている。

暗殺者仕様の闇属性の杖（つえ）やナイフを装備していることでフリムちゃんも不審者扱いされている気がしないでもないが、身元引受人が国で要職についているドゥラッゲン家でさらに水属性の魔法使いで可愛（かわい）い幼女である。不審者を通り越してマスコット、いや、珍獣扱いされている。

私が有用な水魔法使いということが認知されたのは良いことだが、それからこれまでにないお客さんが私のもとを訪れるようになった。

水魔法が重宝されているというのは事実らしく、取り調べした貴族様や職質してきた貴族様も悪かったなと謝罪の言葉とお菓子や花、ハンカチやアクセサリーを持ってきたりもした。

「我が家に仕えるがよい。待遇は保証しよう」

「あ、俺が目をつけていたんだぞ⁉　貴様どこの家のものだ‼」

「ロート家だ。貴殿に我が家以上の条件を出せるとは思えないが？」

「ノルク様から贈り物です」

ヘッドハンティングである。どこから漏れたのか主人がドゥラッゲンという情報以外に商人に仕えているという情報も知られている。贈り物とともにうちでも仕事をしてほしいだの働いてほしいだのとくる。私は見た目も完全に幼女だし簡単に釣れると思われているのかもしれない。

「――すいません。私は今の主を裏切る気はありません」

これはお断り案件だ。少し前の自分なら貴族に保護されるのは理想だと思ったかもしれない。でも今はそうではない。

「は？　商家に仕えるよりも貴族に仕えたほうがいいだろう？」

「なぜだ？　この馬鹿の家に仕えるのに比べれば今の主のままのほうがいいのかもしれないが」

「馬鹿にしてるのか？　ログノア家の次男坊、喧嘩なら杖を出せよ？」

「フォかね、で！　……ごほん」

久しぶりに噛んだ。貴族に囲まれて思ったよりも緊張しているのかもしれない。

バーサル様は不審者だったら対処すると約束してくれているが、貴族たちからの貢物合戦の防波堤にはなってくれなそうだ。むしろドゥッガを裏切るのかという目で見ているかもしれない。

「お金で主君を裏切るような人間は信用できないでしょう。私は今の主を裏切るつもりはありません。お引き取りくださいませ」

「……」

「ほう」

「頂いたものもそういうつもりならお返しいたします」

これが正しい回答かはわからない。贈り物や仕事のオファーはおそらくこの世界ではとてもありがたいことで……大企業からのヘッドハンティング、いや宝くじに当たったようなものかもしれない。

だが、一時の好待遇に騙(だま)されてはならない。

水魔法を使える人間がいれば貴族の生存率は上がる。だから平民の私に目をつけたのだ。使い勝手の良い給水器兼目の保養となるマスコット……それに肉の盾も兼任させられるかもしれない。

争いがなければ貴族のもとで生きるのも良かっただろうが、この城の状況を見るにその道は危険すぎる。

頭を下げたままでいるが誰も何も言わない。怒ったか？　流石にバーサル様や騎士様の前で凶行は行われないと信じたいがどうだろうか？　無礼討ちくる？　今すぐ虫形態に移行すべきか？

「――……いや、いい、それは君のものだ。無理を言ったね」

「うむ、平民にしては忠義をわかっているじゃないか、励みなさい」

「贈り物はお収めくださいませ。受け取っていただけなければ叱られてしまいます」

「主君への忠義は大切にしなさい」

あれ？　思ってた反応と違う。……後でバーサル様に聞くと先の王位継承の争いでは裏切りは当たり前だったそうだし。金で安全が買えるならと誰でもやったんだとか。

「だから、贈り物だけ受け取って裏切るなんて当たり前だった。だから平民なのにそれも返そうとしたから感心されたんだと思うぞ」

「そういうものなんですかね」

護衛に派遣してもらった騎士様と食事しながら話をした。

「うむ！　ドゥッガは良い部下を持ったのだな！」

バーサル様の知り合いの騎士であるフォーブリン様。

フォーブリン様はバーサル様と親分さん、どちらとも面識のある騎士様で不審者狩りが始まってから私のもとに警護に来てくれた。多分バーサル様がいないタイミングもあるし、バーサル様が口を利いてくれたのだと思う。

いかつい顔でこの人も騎士というよりもマフィアの人間という方がしっくりくる。禿げ上がった頭に大きな傷痕、何よりも顔が濃くて眼力がすごい。そして腕の筋肉とか私の胴ぐらいありそう。声も大きい。

「もっと食え、ガキは食うだけデカくなるからな！」

どう見ても裏社会の住人で「金返せよゴルァ」とか玄関先で言ってそうだが、赤竜騎士団にちゃんと所属している偉い人らしい。城で働く女の子に「ヒッ！　誰か!?　騎士様呼んで！！？」って声を上げられてた。赤を基調とした騎士とわかる服や鎧を着ていて、竜のようなマークがかっこいい騎士様なのに……。

ドゥラッゲンの家と仲が良く、よく三人で遊んでいたのだとか…………何回通報されたのかな？

――……しばらくして、私にとって良いニュースであり、同時に最悪の知らせが届いた。

不審者たちは処刑された。私に話しかけてきたあの青年も見つかって……一緒に処刑されたそうだ。

確かにあの青年は不審者だった。それでもきっと20歳ほどの未来ある若者で――……私は胃袋がひっくり返るほど吐いた。

もしかしたら私の証言のせい？　もしも勘違いだったら？　でも、もしかしたら本当に不審者だった？

私がやったわけじゃない。それでももしかしたら私が過剰に反応してしまったから、それともこんな世界だから彼は死んでしまった？

気分が悪くて、その日は何をしたのか覚えていない。

――……私のせいじゃない。だって、私は他の人が聞いても不審だって言う人を通報しただけで。捕まえてもいないし、取り調べをしたわけでもなく、裁判したわけでもない。……ましてや刑を執行したわけでもない。

だけど後味が悪い。

あの青年は本当にまともな取り調べや裁判を受けたのか？

苦しんだだろうか？　やはり私が原因だったんじゃないか？　冤罪だったんじゃないか？

大人の私の精神が嫌な考察をしてしまう。答えが出ないとわかっているのに、もしかしたらもしかしたらと……。

「大丈夫なのか？　この子」

「腹でも痛いのかもしれないいな」

「それは辛かろう」

気がつけば泥だらけで仕事していた。

像だけではなく変色してヌルヌルの取れない外階段に手すりなど、掃除が必要な場所もまだ多い。王宮は広くてこんなの何ヶ月仕事しても終わらないと思う。

ブラシでよく手入れされている場所でも高圧洗浄によってさらに汚れは落ちる。一人でじっとしていると嫌な妄想が膨らんで自分でも嫌になるし、無心で仕事していく。

「フリム、手を止めろ」

「はい」

いつの間にか高そうな服を着た貴族様が近くに来ていたようだ。バーサル様もフォーブリン様も手伝ってくれる。看板の設置がされているがそれでも通る人はいる。

頭を下げて通り過ぎるのを待つ。

「もう少し気を張ったほうがいい。間者は大分減ったがそれでもまだいないとは限らんのだからな」

「っはい」

確かにそうだ。十人以上の不審者が捕まったのだ。台所の黒い悪魔と同じでもっといるかもしれない。それももしかしたら仲間が捕まったことへの恨みを私に向けている人がいるかも……。

そう思うと急に怖くなった。できるだけ二人の巨体に隠れるようにしよう。

もっと目立たないようにしたいが贈り物を持ってくる貴族はいるし、お茶会とかにも誘われてものすごく目立っている。お茶会はそんな身分でもなく、主の許可がないと無理と答えるとたいてい引き下がってくれる。強引な相手には顔の怖い騎士様と監督者が対処してくれる。

更に数日、目立つとわかっているけどトイレや炊事場の掃除を申し出たことによって更に気にかけてくれる人も増えた。

やはり人間、清潔な方がいい。メイドや侍従たちはトイレが綺麗になって私のことを役に立つ妖精(ようせい)とでも思ってくれているようで、賭場(とば)のお姉様方と同じくいろんなお菓子やプレゼントをくれる。

そんな作業をする時間があるなら上から続けるように言われている仕事を終わらせたいところだが、終わればまた次の仕事が入って際限がない。バーサル様がいいかげんにしろとキレて仕事を監督者指示で中止したのだけど、あの小屋の中に閉じこもっているのは気が滅入って仕方なくて率先して作業している。

人の目が多ければ流石(さすが)に変な人も来ないし、恩を売ることでやはり安全度は上がる。

今では防護服も王宮の様々な端材から生まれたバージョン2を作ってもらえたし、王宮料理長特製のステーキを食べることが許されているほどだ。

「美味しいですか？」

「はいっ‼」

料理長のおじさんは貴族だけど料理大好きという変わった人であった。厨房の足場というのは結構お湯が捨てられたりして汚れるとかで両足とも滑って転んだ。その際に腰と肘をやったらしい。見習いのお兄さんに「ここも掃除してくれ」と頼まれて高圧洗浄していると確認で現れて喜ばれた。肉ウマーである。

多くの食材を見る機会というのはなかったけど、この国の食材は自分の思っているものとは全然違っている。

葉っぱのサイズが私よりも大きなほうれん草らしき野菜や焦げ茶色の人参っぽいもの、サイみたいな動物の解体……。ちょっと文化が違いすぎて面食らうがそれでもわかるものもあってなんだか落ち着く。卵はやはり同じ形で、パンも麦の粒が3倍ぐらい大きいが同じようなものに思う。

「どうかしましたか？」

「料理って楽しいのかなって」

「やってみますか？」

「いいんですか？」

「もちろんです。この厨房にいるのは私だけですし、貴女を見ているように言われたので……材料は何を使いますか？」

料理長さんはまだ腰の療養で辛いらしいが専用の厨房でノロノロ新作の料理を試作していた。バーサル様に「こいつを頼みます」と料理長に預けられたフリムちゃんである。

たくさんの材料があって目移りしてしまうが……どうしようかな。

これでも自炊していたし大抵のものは作れる。が、ここはそもそも食材が違う。犬がいて人もいる以上、地球と同じような生物はいると思うが、この厨房に見知ったものはほとんどない。

「パンとさっきのお肉と野菜をいくつかいいですか？」

「どうぞ、ここにある食材であればお好きにしてください。私はそこで寝ているので厨房からは出ないように」

「はい」

幼女が料理するというのに刃物の扱いや火への注意もない。やはり変な人だ。

……イメージに一味足りない。サイのような動物のお肉はA5ランクのビーフのように素晴らしい味である。みずみずしい葉野菜も自己主張は弱いが歯ごたえがいい。チーズはそのままだとちょっと味は薄いがちゃんとチーズ。

パンは基本硬いがそれでも外に比べれば内側までガチガチというわけではない。包丁で何種類かのパンを切って柔らかめの白い部分と既に焼かれている肉を薄めに切る。今までこちらで食べたことのある野菜に、味も見た目もチーズらしきものを挟む……なにかソースが欲しいな。

少しソースを入れることでまとまりが生まれると思うが良さげなものはない。最悪ほんの少しの塩をかければいいかと思ったが、塩は岩塩で重かったし削るのに結構力もいる。

酒があるし酢もある。前世の卵よりも小ぶりで種類が違うであろう卵を割って容器に入れて、塩少しと酢も加える。これを混ぜながら少しずつ油を入れてマヨネーズの完成……なんだけどフリムちゃんにはそんな腕力も持久力もない。

「〈水よ、掴んで回れ〉」

気密性の高いシェイカーがあればいいのだけどそんな便利そうなものはない。大きなボウルに大きな匙を使い、匙を水球に浮かせて持たせ、高速回転させる。

水球は思ったように操作ができる。浮かせたまま、水を動かし、水をまとめたままいればそれだけで面白いが、活用法はないかと色々試してみた。

今ではちょっと離れた箒だって水で取れる。操作に失敗すると箒が壊れるかフリムちゃんが箒の柄につつかれるか水が自分にかかることもあるが結構慣れた。

水の操作は高圧洗浄で放つだけよりも難しいが便利である。連日の掃除でこの幼児ボデーは疲れていたが魔法であればまだまだ使える。

何度も試作していい加減疲れてきたところで料理長さんが起きてきた。

「なんですかそれは？」

「マヨネーズです」

工場見学で見た知識で作ったマヨネーズ。他にも謎の調味料もあったのだけど問題があった。ここに既にある調味料が「加熱しないと食べてはいけないようなものもあった場合」致命的なのだ。お腹を痛めてると思われているが本当に痛めてしまう。だって魚を漬けているような調味料あったもん。

「随分たくさんありますがそんなに多く使う料理なのですか？」

「どうせなら皆さんに食べてもらいたいと……駄目でしたか？」

大量にできたマヨネーズ。卵の味、酢の味、塩の味、油の味……どれも少し癖があって分量の調整をするうちに結構な量になったのだ。

卵は小さいのに黄身の味がすごく濃いし、酢は米酢よりも癖がある。油はサラダ油のような味も癖も控えられたものではなく、アマニ油とオリーブオイルを混ぜたような美味しいけど癖の強めのもの。塩も岩塩で砕いて溶かすのが大変だった。

最終的に全部混ぜて調整を重ね、知っているマヨネーズよりもやけに美味しいものができたが……怖い部分もある。卵は全部水で洗ってから割ったがサルモネラのような菌が繁殖している可能性もある。そして酢の殺菌力が弱かった場合だ。

だからフレッシュなマヨネーズの自作は危険だと海外のニュースで見たと思う。生卵が気軽に食べられる日本とは違うのだ……食べたくて作って味見もしまくったけどうーん、やばいな食中毒のリスクもあるな。しかも他の人にも食べてもらうなら集団食中毒もありえる？　酢の殺菌力が効果を発揮するまで数日寝かした方がいいかもしれない。

でも卵がいっぱいあったし使いたかったのだ！

「いえいえ、そういうことなら、味見しても？」

「んー、お腹壊す可能性があるので数日後に食べるのがおすすめです」

「一体何使って作ったのですか？」

説明するとなんとなくわかってくれた。

「つまり酢の腐らせにくい効果を使って卵をこう、卵？　でこうなったと……？　すみません、もう一度聞きます。なんですかこれは？」

酢漬けはこちらにもあるし、なんとなくわかってくれたようだが、よく考えたらこれを考えて作った人ってすごいな。なんで卵と酢と塩を混ぜてそこに油を足して根気よく乳化させたんだろう？　食に対するこだわりというか探究心がなせる業だったのかもしれないな。

「マヨネーズです。できたてはできたてで美味しいですが酢の力が行き渡って安定した頃に食べたほうがいいかもしれません」

「なるほど、いただきますね」

忠告などお構いなしに一口食べた途端、柔和そうな顔から眉間にしわを寄せて固まってしまった料理長さん。食べ物は人によっては飲み込むことも難しい好みがある。酢の酸味がどうしてもだめな人もいるし、マヨネーズなんてこちらにはないものだから食べ慣れてなくて当たり前だ。

「料理長！！？」

パクリと食べてしまった料理長さんは渋い顔だったが咀嚼して……再び固まり、しばらくしてほわっと表情が解けた。美味しいときに出る笑みだとすぐにわかった。よほど美味しかったのか料理用に多めに小分けしたものを勢いよく全て食べきってしまった。

「こ、これはとんでもない料理ですね」

「違います調味料です」

震えるようにマヨネーズを見つめる料理長さん。

「調味料……つまりこれはなにかに使うためのもので完成形ではない、と？」

「野菜や、パン、お肉にかけて使うものです。あの、お腹壊すかもしれませんよ」

「構いません。どうせ腰の痛みで1日の大半は寝ていますし……美味い。こんなにもまろやかでコクがあり、酸味が心地よい。これだけでも美味しいのに野菜にも、肉にも、パンにも合う……こんなに美味いものがこの世にあったとは………」

泣いた。そのへんの野菜や肉やパンに付けてもしゃもしゃと食べながら大の大人が泣いた。

いや、料理を褒められるのは嬉しい。けどこれはドン引きだわ。

「これは？」

目指したのはサンドイッチだが、おかれていたパンは種類があってすんなりうまくはいかなかったのだ。

目星をつけた大きなパンは表面が硬くて無理だった。一番柔らかかった丸くて大きなパンを水平に切ってハンバーガーの形状にしてみたものとで二種類試作している途中だった。

包丁が重たくて、パンが硬い、フリムちゃんが非力の三点セットによってうまくいかずにちょっと硬いパンのバゲットサンドイッチとハンバーガーに近いものが出来上がった。水で作った腕では繊細な操作がまだ危ういし、包丁で力いっぱい食材ごとまな板を多々食いつけるようなことになりかねないから自重した。包丁は料理人の魂って聞くしね。

「サンドイッチとハンバーガーです。組み合わせたら美味しいって思ったんです」

本当はふんわり柔らかい白いサンドイッチが作りたかったけど理想と現実は程遠い。ハンバーガーもサンドイッチもパンの硬さで美味しさが決まると思う。まだまだ改良の余地がある。

「サンドイッチ……一つ頂いても？」

「もちろんです！　まだ未完成ですよ？」

「っ！？　こ、この味で未完成⁉　馬鹿なっ！！！？？」

マヨネーズ信者が一人生まれた。大きく切ったパンにマヨネーズをもっさり載せて食べる姿は恐ろしい。既にお椀(わん)に一杯はマヨネーズを食べてるんじゃないだろうか？


異様なほど美味しくできたマヨネーズだったが料理長は死ぬほど食べていた。チューブ二つ分ぐらいは飲んだだろうか？　やばい気がしないでもなかったが偉い人に気に入られてよかった。

香辛料や野菜についてマヨネーズと合いそうなものが知りたいと言えば何でも教えてくれた。

食材の見た目はかなり独特で面白い。食べ方さえわかればこっちのもんよ！　てやんでい！　ちくしょーめ！　とフリムちゃんは少し調子に乗っていたがすぐに敗北した。食材の方向性がかなり違っていたからだ。

オーストラリアのフィンガーライムそのままのような「単体でも美味しくて組み合わせるのも楽しそうなもの」はまだいいが、サボテンのようなマスタード、ヘビ、コウモリ、人間よりも大きなサンショウウオらしきもの……水苔(みずごけ)？　どうやって食べるんですか？

調理法の最低ラインは「洗えばそのまま食べられる」ことだと思う。そうできるのかもわからないものが多数というのは現代知識で即解決とはいかなかった。こういうのは安全だとわかるものを煮たり焼いたり工夫して食材の特性を知っていくしかない。

それでも知識を蓄えられたので良しとしよう。

三日後にはマヨネーズは城中に侵攻を開始した。マヨネーズ信者となった料理長の強権によって城中で広まったのだ。好みもあるし全員に受け入れられたわけではないようだが、これまでにない斬新なソースとして大好評である。マヨネーズバーガー大人気。

一応興味深そうに見てくるバーサル様とフォーブリン様にも出してみる。

「もったりしてていけるな」

「ドゥッガも好きかもな」

「ありがとうございます」

私的には一体感を考えるともう一味足りない気もするけど、これはこれで美味しい。

二人ともがっついて食べておかわりもしているしお世辞ではないだろう。

バーサル様は次から次に舞い込む終わらない仕事量の交渉に勝利してきた。上役の人がフリムちゃんの掃除が評価されたことによって褒められ、調子に乗ってあっちもこっちもと指示してきていたらしい。

にこやかに「本家のカスは拳(こぶし)で制裁してきた」と言うバーサル様に抱えきれないほどの金貨を渡

された。尻餅をついてしまってお尻が痛い。

報酬を受け取って一度帰ることが決まったが、最後に中途半端なままの場所だけは最後まで掃除していくことが決まった。

ここでの仕事は良いことばかりではなかったが、それなりに過ごせたと思う。清廉潔白で人のことを水魔法装置として使わない貴族が保護してくれればその方が良かったが、それは高望みだった。

料理長はロライという名前らしく、私を引き取ろうとしたけど食の追求者というか変態というかマヨネーズ食べさせてから様子がおかしいしマヨネーズ製造装置の人生もちょっとな……。

「多分またすぐ仕事を言い渡されるだろうな」

「仕方ないですよ。偉い人の言うことですから」

背負い鞄に一杯に詰めてきた掃除道具、持ち上げるのも精一杯だったが今では更に荷物も増えて持ちきれない。大量の貢物と金貨の袋……来たときよりも荷物が3倍以上に増えている。

賭場の皆は元気かな？　もう水はなくなっているだろう。トイレも掃除だな。……なんて、もうすぐ帰れるというのにもう帰ってから何をするかまで考えてしまっている。ここの方が美味しい料理も食べられて好きにしてもいい小屋があって……石鹸なんかも使えたというのに。

明日最後の掃除をして一旦帰るわけだが、また呼び出されるということはわかっている。荷物の整理をしてここにおいていくものと持って帰るものを決めよう。この小屋の鍵は持ってるし閉めていけばいいだろう。何年も使ってなさそうだったし許可は貰っている。

次の日は防護服ではなく魔法使いっぽい服装で高圧洗浄をかけた。帰り支度もあるし水のバリアを二重に展開してその先で高圧洗浄をかければ汚れることはない。

　仕事も終わって帰ろうとするとずらりと貢物が届いた……。家紋入りのハンカチ？　なんかこう、怖くて使えないんですがなにか意味があるって？　ヤダー。

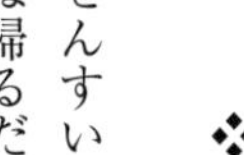

「すいませんすいませんすいません。最後にどうしても西の通路だけ、そこだけお願いします」

　もう後は帰るだけという場面で貴族の少年が現れた。バーサル様の腰に掴まって引きずられていく。

「ええ……」

「フリム、行くぞ」

「バーサル殿、父がすいません。しかし、しがらみも、ありますし、この案件は、上の、ちょっと、止まって、くださいい、ませんか？　最後に、西の通路、だけ」

「知るか！　ふん！」

　しがみついた少年はバーサル様となにか関係があるようで、仕事の追加を言ってきている。蹴り飛ばしはしないまでも帰ろうとするバーサル様。子供が必死にお願いしてきているのはわかるが、仕事の追加をしているのだと考えると同情の余地はないな。

「国の威信がかかっておりますし！　ほら赤竜騎士団の前の通路で！」

「そうなのか、クライグ……。バーサル、なんとかならんか？」

クライグと呼ばれた少年も期待に満ちた眼差しでバーサル様を見上げる。

横を歩いていたフォーブリン様に一言言われてバーサル様が立ち止まったので私も歩みを止める。

「卑怯だぞクライグ⁉　……フリム、もう1日頼めるか？」

クライグと呼ばれた少年はフォーブリン様ともバーサル様とも仲が良いみたいで……終わりと思っていた仕事がさらに追加された。

「私はバーサル様に従うしかありませんがそれで大丈夫ですか？」

「ドゥッガにどやされるのは目に見えているな。今日送り届けるって先触れ出したのに……」

仕事の場所が所属元の騎士関係であればフォーブリン様が立場上口添えするのは仕方ないし、親分さんとバーサル様の兄貴分であるフォーブリン様の言うことならバーサル様も考慮する必要がある。


――そんなわけで仕事は延長された。

なんでも赤竜騎士団を中心とした地方の部隊がここに集まってきているのだとか。

不審者騒動で戦争寸前、数人いる将軍様が兵を動かしたから再編のために各地から騎士がこの王都へ集められている。そして王宮のいくつかの部分が明らかに綺麗になっているのにこの区画だけ汚いままで何も変わっていないともなれば、赤竜騎士団の予算不足や冷遇などの誤解が生まれるかもしれないから政治的配慮も考えて掃除してほしいと……。このあたりの掃除はしてなかったけどそこまで気を使う必要があるのかな？

まぁ事情はなんとなくわかったので、監督者がやるなと言うならやらないし、やれと言うのならやるだけだ。着替えに戻るのも手間だしそのまま掃除を始める。

大きな石畳の道と道の横に並ぶ偉そうな人の像の掃除だ。やはり高圧洗浄で目に見えて汚れが落ちていくのは楽しい。

ガンガン掃除していくと周りに騎士様が集まっていたが何も言われないので続ける。

途中で「訓練に戻れ」とか言われていなくなっていた。やっぱり珍しいんだな高圧洗浄魔法。

仕事を終わらす気でいたのだけど汚れてもいい服でもなくて、そもそも範囲が広くて時間が足りなかったので更にもう一泊。

きっとまたすぐにここに戻ってくるとわかっているが、それでも名残惜しいような早く戻りたいような……。

お風呂に入って石鹸で体を洗って明日に備える。一人でいるとあの青年のことが頭をよぎるがマーキアーさんやタラリネにマヨネーズ食べさせたらどうなるかな？　なんて少し楽しみにしつつベッドで眠る。ちゃんと働いて疲れているし今日もよく眠れそうだ。

――深夜、変な音がした気がして、目が覚める。

鍵はかけたし窓はない。気のせいだと思ったがやはり音がする。

それもこの小屋の中から。

ゆっくりと目を開けると深夜なのか真っ暗闇の中に人がいた。

「ギャアアアアア！！！？？」

反射的に大声が出てしまった。――――……鍵は閉めたはずなのに、何人か人がいる⁉　こんな小さな小屋の中にいつの間にか三人？　ほどいて、なにやらもみ合っている。

「――っ！！？」

「なんだっ⁉　おぐぁっ！！？」

「バーディ‼　どこに⁉　うぐっ！」

ほぼ真っ暗だけど目が慣れてきたから少しは見える。

どこにでもいそうなおっさんとメイドの服を着ている痩せた男というやばいタイプの変態と……首だけで浮かんでいる処刑されたはずの青年がいた。

「誰だ！！？」

「生首ぃ！！！？？？」

「お前はっ⁉　なんでここに！」

死んだはずの浮かぶ生首に、喉から血を噴き出している変態と、今まさに胸に短剣が突き刺さったおっさん。そしてきな臭い……木の焼ける嫌な臭い。

「――――あっ、これ夢だわ」

だって、意味がわからなすぎるし、私はちゃんと鍵をかけたのだから……きっとこれは悪い夢だ。

第6章　王位を得た不審者には気になる少女がいる

――王位を巡る争いは様々なものを奪い去った。

そもそも王位継承権に臣下が口出しすることが間違っているのだが、父上の病に伯父上の暴走、権力を求めた貴族共の欲望、他国からの干渉……果ては精霊、竜まで関与して因果が複雑に絡み合ってあらゆる人が不幸となった。

今でもなんで俺が王なのかさっぱりわからん。


この国は精霊と人が共に歩むことで発展してきた。強い魔法を使えるものは精霊の加護を授かり崇拝されている。誰もがそうありたいと望む。

この国の王はその最たるものだ。王家に生まれた者の中から、人格も、魔力の量も関係なく、突然高位精霊と呼ばれる特別な精霊の加護を授かることによって王は決まる。

王家には王家の役割がある。王となればこの国でただ一人、人と精霊の契りを結ばせることができる祭司のような存在となる。

だから王は臣下に対して区別なく精霊と縁を結ぶ機会を与えるが、なぜか「王を支持した家は格別に精霊の寵愛(ちょうあい)を受ける」などという言葉が広まっている。

それは違う。臣下の中に精霊の寵愛を受けるものが出てくるのは忠義などとは関係ない。そんな彼らを重要な要職につけるかどうかという問題で王の派閥にいるものが優遇されやすいから目立ちやすいだけだ。

……しかし、貴族にとっては入る派閥を決めることで家を存続し、より良い婚姻や爵位を得やすくなるから必死だ。貴族はそれまでの繋がりから派閥を決めるものもいるし、ただただ直感で王となるであろうものを選ぶものもいる。

彼らがどこまで詳しく王位継承の儀を理解しているかはわからないが……本当に反吐が出る。

王家の全ての人間が王位を与えられてもいいように教育を受ける。大人でも子供でも、男でも女でも関係ない。だが全員が王とはなれない、玉座に座れるものは一人だ。王になれなかったものの中には後援者の意向や自身の王になりたいという欲望のもと、王を殺そうとするものもいる……今代の王が死ねば、高位精霊は生き残った王族から次代の王を選ぶからだ。

予め競争相手を減らそうとするかもしれない。しかし、誰が次代の王となるのかは誰にもわからない。この仕組みは王家の秘密となっているが大家ともなれば知っているものもいるだろう。

父上が病に倒れたことで完全に歯止めが利かなくなってしまった。

精霊はこの起こるべくして起こる争いを一体どう思っているのだろうか？

次代の王となる資格を持つ王家の人間は俺一人を除いて皆優秀で支持が割れてしまった。

自分は産まれてすぐ適性がないと言われていたが兄様たちは適性がありすぎた。昔からかっこよくて、何でもわかってるという……どこか浮世離れしていた兄様たち。完璧な彼らと比べてなんと平凡かと周りの貴族も自分も思っていた。

俺はずっと王位なんて嫌だと公言して派閥も持たなかったから兄様たちからも可愛がられていて……なぜか地獄のような権力闘争の末に生き残ってしまった。

最低限つけられた護衛たちと毎日入る訃報に心を痛め、戦いをやめるように訴え続けた。

しかし、それは無駄で、貴族の悪意はこの身を穿った。

大好きな兄様や姉様たちも恨み合って殺し合ったのではなく、当然のことだと胸を張って散っていった。

俺は、僕は、兄様たちがなんとか生きさせようとしてくれて、王宮の地下迷宮の奥、精霊も寄り付かない錆びた鉄の茨で囲まれた闇の中に放り込まれた。誰かが王位を授かったら出てくるように言われ、何ヶ月も光の入らないそこにいた。

魔法に縛られた奴隷が世話をしてくれて……ある日、闇の中で王位を授かった。授かってしまった。

すぐさま地上に出て、争いを止めようとしたが兄様たちは既に死んでいた。

兄様たちは『こんな人が王になれば全てうまくいくだろう』と一目でわかる、そんな人たちだった。

後に兄様たちが残した謝罪の手紙が届いたのだが、何を謝ることがあったのだろうか？

精霊は大嫌いで、兄様たちも大嫌いだ。


闇の高位精霊の加護を授かって国王となったが、貴族の支持がなかった自分がまともな王とはなれないことを彼らは理解していたのだろうか？　支持だけで言えばまだ父上に代わって国務を取り仕切っていた無欲な叔母上たちの方が多い。いや、王位を争っていた強欲な伯父上の方がまだ……。精霊も人間も滅んでしまえと心の底から思うと同時に……それでも優しさはどこにでもあると知っていて、兄様たちの望むままに王となった。俺の役割だったからだ。

ムカつく伯父上はきっと世の理(ことわり)や精霊の考えなんて何も知らずに生き残って攻撃してくる。俺も兄様たちがなんであんなことをしたのか今でも理解できない。

精霊の加護は才能のない自分では持て余すことも多いがそれでも生きてこられた。

立場も「出涸(でが)らしのパッとしない殿下」と「特別な闇の加護を授かった陛下」では大きく異なって、貴族たちも今のところ大人しく従ってくれている。


……ある日、やけに綺麗な掃除ができるものに城の清掃を頼んだ。汚れが面白いほど取れているのも興味深かったが、強い水の力の残滓(ざんし)が見て取れた。

いつものように政務をこなしていると王宮のどこかから水の魔力が騒いでいることに気がついた。

髪と目の色を変え、目立たぬ衣を着て見に行くと不思議と目を引く少女がいた。年齢からまだ契約はしていないはずだが、その強い力を肌で感じた。

とても興味が出てついつい話しかけてしまった。平民の子供なんて話したことがなかったのに。

彼女が特別な魔法を使っているとすぐにわかったが怪しかった。珍しい闇属性の杖を持って、持っているのにそれを使わずに水を操る少女。刺客にしてはあまりにも幼いがそういう種族か。遠方にはそういった特徴のものもいると聞く。


――人目のない今なら始末できるがまだ敵とは限らない。


友好的に接したはずだが邪魔が入って会話は打ち切られた。どうも危ない人に思われてしまったようで俺の化けた特徴と一致する不審者がいるとすぐに噂が広まった。

しかしそれでも彼女が気になり、再び見に行ったが明らかに警戒されていて……名前を聞かれて思いついた名前を答えてしまい、更に大騒ぎになってしまった。宰相には酷く説教を受けた後に「どうせなので間者を始末しましょう。最近ブンブンうるさいですし」なんていう一言で宰相は毒で倒れたということにして間者の掃除をすることになった。

思った以上に何人も見つかって、どうしようもないなこの国は、なんて考えていたのだけど自分の化けた姿絵が回ってきた。

このままではこの絵姿のものが見つかるまで猛った騎士共の捜査が終わらないとわかり、善良な似た人間がいたらと考えるとマズすぎて……ちょうど自分と背格好のよく似た敵の間者を精霊に探してもらって目と髪を少しの間変化させた。色は黒にしかできないがそれでもなんとかなった。あの少女、フリムには怖い思いをさせてしまったかもしれない。これで安心してくれるといいのだが……。

それにしても何かが引っかかる。あんな力を持つものが平民にいるわけがない。他国の人間？なぜかはわからないが心がざわついてならない。

「恋では？　おぉ陛下もついに色恋を知る歳に……‼」

不思議な感覚で愚痴ってしまうと、爺にいつものようにからかわれた。

女性のことを話題に出すとすぐこれだ。いや、宰相として王の世継ぎのための相手をしつこく薦めてくるのは仕事だとわかってはいるが、なにか勘違いしているようだ。彼女はまだ幼い少女だと宰相は知らない。

「馬鹿言うな、相手は幼女だ。……なんか引っかかるんだよな」

「それは精霊的な感覚ではないでしょうか？　精霊に聞いてみては？」

「〈ルーラ、どうなの？〉」

頭に記憶が、思い出の残像が奔る。

◇◇◇

水魔法を使える夫婦。地下に閉じ込められるよりも前からの俺の護衛である彼らは、加護を授か

ってしばらくして死んでしまっている。

王位を授かるよりもずっと前から俺と一緒にいてくれた血の繋がらない兄と姉のような二人、王位は自分のものにはならないだろうと俺も二人もそう思っていて、湖や城下へ遊びに連れていってくれたものだ。――――……いつの間にか忘れてしまっていた？

記憶を見せられるがなんの関係がある？　なんなんだ？

「よくわからない力ですか？」

……あぁ、これは……俺が精霊と契約してすぐ後のことだ。

過去の自分がそう彼女に聞かれて、自分の口から勝手に声が出ていた。

「あぁ、試そうにも何が起こるかわからん。闇だからな」

「なら私共の子に加護の魔法をお願いしてもよろしいでしょうか？」

過去の記憶だ。段々と思い出してきた。子供の頃からずっと知っていたあの二人はもういない。人間離れした兄様たちと違って温かみのある護衛であった。

毎日顔を合わせていたというのに……いや、だからこそ忘れようとしていたのかもしれない。

彼らの死に報いるだけの人間にならないと、思い返すだけでも罪な気がする。

「子？　子がいたのか？」

常に自分に付き従ってくれていて子供がいる様子もなかったが……自分につけられる前に産んだ子がいたのか？　なんて当時は少し不思議だった。

「今お腹の中にいまして」

「おめでとう?」

「ありがとうございます。それはそれとして子を授かってから一度毒で倒れたので、このままでは産まれてこないかもしれません。なのでお願いしたいのですが」

「しかし、いいのか？　何が起こるかわからんぞ?」

今でも何が起こるのかはわからない魔法だ。ルーラは饒舌(じょうぜつ)な精霊ではないし、いきなり使える魔法が増えても意味がわからなかった。でも、それを使いこなさないといざという場面もあるかもしれないと練習していた。

人と精霊を繋ぐ儀式と違って、何が起こるかよくわからない加護の魔法。

王家や大家の行う誰かへの加護は人を害することはない。しかし唯一謎の深い属性である闇だけはその効果が定かではない。火であれば火に強くなる。水であれば水の中で呼吸ができる。光であればその身から光を発するなど様々だが闇は効果がわからない。夜目が利くようになったというものもいれば、死者の声が聞けるようになったなどという不吉なものもいたはずだ。

四大属性の精霊の加護を授かった王による加護は特別なもので……。少し良い効果が出るだけならいいが「水を見る度にその水を通して加護を授けた彼らの姿を見られる」などの微妙な効果のものも記録には残っている。

それでも少しだけ魔力も増えて、毒に耐性もついて健康になるような効果もある。

「王家の加護で体が悪くなった事例はありませんし、このまま何もしないよりも殿下の加護があれば心強いです」

「責任は取れんぞ？」

「かまいません。我が子のためにできることをするのが親というものです……畏れ多くも陛下の加護を授かるのは不敬かもしれませんが」

子のため、か。病で逝った父上も元気な頃はよく可愛がってくれていたな。

それに何が起こるかわからない魔法などいざというときに困るし申し出てくれて助かる。ずっと護衛としてついていてくれている彼らは第二の家族と心の内で思っているし、使うのに躊躇いはない。

「――……そうか、名前はなんとする？」

「できれば名前をつけていただけますか？」

「ならば、――――」

記憶が終わる。これがルーラの答えということだろう。

◇◇◇

――あ、あのときの子か！！？　名が違っていたがまさか生きていたとは!?

王位継承の争いよりも以前から私のことを家族のように接してくれていた二人の子が生きていると知った。同時にその力にも納得した。きっとルーラの加護で元々素質のあった子が赤子からグンと魔力を成長させたのかもしれないな。

でも平民の魔法使いとはどういうことだ？　あれだけの素質がありながら――――素質があったからか？　それとも水の家はどこも酷いことになっているとは報告を受けているし……わからんが今度は王として呼びつけてみよう。驚く顔が楽しみだ。

「なにか答えは見つかったようですな？　……陛下、このような老骨のもとに出向くような真似をせず御身を大切にしなされ」

「わかっているだろう？　俺は暗い夜の方が調子がいいんだ」

「またそのようなことをおっしゃる。いいですか？　王たるもの威厳を持って――――……」

また始まった。長いお説教を聞いて部屋に戻り、大人しく今日はもう寝ることにした。

◇◇◇

〈…………！〉

焦るようなルーラの呼ぶ声で目が覚めてベッドから飛び退く。

「ぐっ！」

熱い痛みが足に奔るが無言で切り掛かってくるものの目に闇魔法を当てて距離を取る。

「なんだっ⁉」

周りが見えていない男は顔の闇を払おうともがいている。

「侵入者っ……だ？！！」

大声を出そうとしたがうまく出せない。頭がガンガンして吐き気がする。

この騒ぎに近衛が出てくるでもない。部屋の隅にいるはずの側近に目をやると床に倒れている。喉（のど）を押さえて動かない、無事かはわからないが……毒か。

「どこだっ⁉　どこにいやがる‼」

「何してる！　さっさと殺さないか！」

新手か！　いや、従者の待機する小部屋から誰か出てきた。姿を見るに女性、侍従のエールだが声を聞くに男のものだ。化けている⁉

「何も、見えねぇ！」

すぐ横にあった花瓶を男に投げつける。花瓶に向かって斬りかかる男。剣は棚に当たり、調度品が大きな音を立てて落ちた。

「おい！　陛下の寝室からなにかが聞こえたぞ！」

「ご無事ですか陛下！　入ります‼　開かないぞ⁉　誰か！！！」

エールに扮（ふん）した刺客が部屋に閂（かんぬき）をかけた。この部屋は頑丈に作られているし、毒に蝕（むしば）まれたこの身では二人を打倒して閂を開けることもできない。

すぐに隠し通路から逃げる。

「逃げたぞ！　何やってる！　俺は先に追うからな！」

状況は悪い。姿を変えるような国宝級の代物を出せる用意周到な敵。毒に耐性のある側近の意識を奪えるほどの毒を扱えるのであろう高位の風の術者。

――――さらに最悪なことに俺の闇には直接的な攻撃力はないし、効果範囲が狭い。

「見える！　見えるぞ!!」

後ろで闇が晴れた男の声が聞こえる。

真っ暗な地下を進む。切られた足の出血は止められない。痛みどころか感覚もない、かなり強い毒だな。

「向こうだ！　追うぞ!!」

闇で視覚は奪えても聴覚や嗅覚（きゅうかく）はごまかせない。追跡から逃れられない。

「〈精霊姫ルーラリマ・キス！　我を守護し！　我を助けよ!!〉」

これで自分で魔力を操作しなくてもできうる限りの妨害はしてくれるはずだ。

今ここに風で毒を撒（ま）き散（ち）らされれば終わりだが……なぜかそうはしない暗殺者共。

王宮の地下は迷宮となっているしこの中には更に隠し通路もある。どんどん逃げるが、通路に残る血の痕跡（こんせき）に探知の得意な風の術者が相手だ。おそらくルーラによって視界を奪われてはいるだろうし惑わされてもいるはずだが距離は取れても逃げ切れない。

今日は何となくいつもとは違う北の寝室を使ったが他の寝室にも敵がいたのか、それともあの寝室が使われるまで待ち構えていたのか。

こちらも敵に見つかりたくはないが、敵も兵が来ることを考えているのか音を抑えているようだ。

「はぁ……はぁっ！」

〈……！　………!!〉

逃げ切れたかと思ったがそう甘くなかった。闇の中の情報をルーラに見せられるとここ以外の隠し通路には別の刺客がいて、こちらに集まってきているようだ。

伯父上……！　そこまでして王位が欲しいかっ！！？

「うぉえ……」

胃の中のものをすべて吐き出し、休む暇もなく逃げる。斬られた片足の感覚はないが幸いちゃんと動かすことはできる。目眩も、頭の痛みも、寒気も酷い。もうここで足を止めて寝てしまいたくなる。

毒を撒き散らさないのは同士討ちを避けるためだろうか……くそっ‼

自分の使う闇では刺客の位置はわからないものの、ルーラの指示に従って逃げる。敵の位置が頭に直接伝わってくるがたったそれだけで意識が飛んでしまいそうだ。

敵は部屋に流した毒と剣に塗られた毒の効果を信じてか仲間を集めるように動いている。

「このままだとジリ貧だ。ルーラ、地上に出られる道を」

何を言っているのだろうか、道は自分が知っているし、ルーラはそんなこと知らない。

わずかに聞こえる後方の足音に焦燥してしまう。

地上への出口、僅かな目印。一度しか開けられない作りの出口を開けると地下から小屋の床に出た。

中は真っ暗だが暗闇でも俺の目は見える。出入り口の左右には掃除用具などの置かれた台や棚があることから、どうやら物置小屋のようだが……それにしてはやけに片付いている。この小屋はこんなところだっただろうか？　すぐに小屋の出入り口らしき扉を見つけ、鍵を開けて外に出ると……

「お命頂戴します」

体を黒い布で覆った暗殺者らしき人間がいた。すぐにこちらに向かって炎が迫ってきた。

「チィッ！！？」

すぐにドアを閉めて鍵をかける。炎はドア一枚で受け止めた。

地下から繋がる出入り口は閉めてはいない。一度地下に戻って他の出口から……！

「いないぞ？　どうなってやがる」

「静かに、一度ドアが開いた気配がした。外に出たのかもしれん」

小屋の奥、自分が逃げてきた通路から追手がすぐ側にまで迫ってきていた。

息を殺し、目の辺り以外の全身を闇で覆い隠す。このまますれ違って通路に戻りたいがこの狭い小屋でそれができるだろうか？

息を殺すのも大変で、視覚も闇で覆ってしまいたいが自ら出した闇のモヤは自らの視界も遮る。

彼らの目のすぐ前に闇が少しだけあるのがわかる。完全に見えなくすると風で知覚しようとするだろうし、ルーラはこのまま外に出そうとしているのだろうが、衝突は避けられそうにない。

このまま出て行って相打ちにでもなってくれればいいが、そううまくはいかないだろう。息を潜めて物陰で待つ。首よりも上の闇を減らし、一息で殺せるようにその機を待つ……。

「ギャアアアアアア！！！？？」

「――っ！！？」

掃除道具や荷物のおかれた台。いや、ベッドの上に誰かいて、驚いてか叫んだ。

「なんだっ⁉　おぐぁっ！！？」

「バーディ‼　どこに⁉　うぐっ！」

声に向かって剣を向けた一人の首を短刀で裂き、全体重で驚いた顔の男の胸のあたりに突き刺す。

震える指先、力が入らず短刀を手放した。

「誰だ！！？」

おそらく女の声だった、敵ではなさそうだが信用もできない。

「生首ぃ！！！？？？」

「お前はっ⁉　なんでここに！」

あの少女が、フリムがいた。

「――――あっ、これ夢だわ」

「こっちだ！　急げ‼」

「ちぃっ⁉」

床の下から複数の足音がして、すぐに出入り口を塞ぐ。

「フリ、ムだったな」

「あ、はい。恨んでますか生首さん」

寝ぼけているのだろうかこの娘は？　歪む視界に、場違いな少女と男たちの死骸を見た。

チリチリと小屋の外側が燃えている気配がする。退路はないがあれだけの叫び声に加えて今頃近衛は大騒ぎしているはずだ。ここが王宮のどの辺りかは知らないが、それでも外の術者を倒してくれればまだ望みがある。

第7章　私が決めたこと、決められること

「えっ？」

すごい音がして何かがきらめいたと思ったがこれ夢じゃない。

暗い。手探りで貰い物の魔導具で明かりをつけると嫌な光景が広がっている。飛び起きると床には男の死体が二つ。寝起きドッキリにしては残虐すぎる。放送事故もんだよこれ！！？

生首の人は座るように倒れた。ぼやりと黒いモヤが消えるとちゃんと頭と首より下が見えて……足に酷い傷を負っている。髪の色は不審者として見たときは黒目黒髪だったはずが、今は目も髪も金色になってる……そして生きてる！

「こ、ここはどこだ？　王宮の……どこ、だ？」

明らかに具合の悪そうな顔をしている。それに三人分の出血でとても血なまぐさい。

何が起こっているかはわからないが、命の危機であることはわかる。私も、この人も。

「わ、わかりません！　仕事で来ただけなので！　それよりも大丈夫ですか！！？」

「……毒、毒だ。こ………こは、人目はつく……しょか？」

「全然人目につかない小屋です！　じゃない！　毒って大丈夫なんですか!?　見ますね!?　水飲んでください!!」

現代のように観光マップがあるわけではないし、王宮の全容も知らないから位置なんてわからない。

すぐにコップに水を注ぐが倒れたままで飲めるわけがない。違う、やるべきことはそれではない！

膝の上が切れ血で真っ赤な足、毒なら血は流れた方がいい。応急処置なんかはテレビで見たことがある。あれ？　水勝手に出てる？　まぁいい、とにかくバーサル様の短刀で男の寝巻きの下を切り裂く。

「うっわ……」

結構な傷だ。水の操作で傷の周辺を見えるように洗うが次は……、

「痛みますよ！　これ噛んで！」

「おぐ……」

ハンカチを数枚噛ませて、震える手で両頬を叩いて気合を入れると……足の傷に対して水を回して傷の表面を削るように動かす。

「おうぐぅぅっ！！！？？」

「手で隠さないでください！　痛いですよね⁉　毒を減らしています‼」

いたぶってるわけではない。

幼い頃に錆びた古い釘で怪我をしたことがある。そんな雑菌の塊のようなもの、体に良いわけがない。病院で消毒液と歯ブラシでぐりぐりと洗われたのは忘れられない苦い思い出となった。毒が傷の表面に残っているのならできる限り減らさないと傷口から吸収されて悪化する。私もすごく痛

かったけど細菌感染や破傷風になれば〜〜なんて説明を受けて我慢したものだ。

悶える男には悪いがやらないといけない。――――……もう、私はこの男を助けると決めた。

医者を呼んでやりたいがこの不審者は誰かと争ってここに来た。しかも外からは火事の臭いがする。医者を呼んでもすぐに来るかはわからないし、この男と争っている人が更に来るかもしれない。この男に殺されたばかりの二人、片方は明らかに女物のキッチリしたメイド服のおっさん……とてもまともには見えない。

この死にかけて倒れた若者を助けない方がいいんじゃないかと頭をよぎる。処刑されたというのは人伝に聞いた話だったし、もしかしたらこの男は『刑の執行を逃れてきた悪人』なんて可能性もゼロじゃない。『…………見捨てたほうがいいんじゃないか？』そんな選択肢が脳裏に湧き出てきて――――……そんな自分が気持ち悪いがもう決めた。

私の使える過酸化水素は消毒も少しはできるはずだが……悩んだが濃度も効果もわからないものを死にかけてる人に人体実験のように使って悪化させるぐらいなら水でいい。

結構な水を使って傷口は洗った。足を持ち上げて膝を立てさせ、使う機会のなかった貴族用の衣を裂いて傷口に当てる。洗ってあるしここにある最も清潔な布だ。

「すま……ん」

「これで強く押さえてください。私の力ではうまくいきません。それと水を飲みまくってください」

一番高そうなここぞというときのための服だったが包帯に使う。ぐるぐると巻いて最後に彼の手で傷口の上から押さえさせる。真っ青な顔でノロノロと動く若者だが生きるためにはやってもらわないといけない。私がやりたいところだが私の力では圧迫での止血はできない。

　コップに水を入れて差し出す。

「……なぜだ？」

「毒を飲んだのなら胃の中も洗ったほうがいいです。飲んで吐いて、また飲んでください」

　スープ用の器にも水を出して、料理長に貰った美味しいらしい削ってある岩塩も少し入れる。

　傷んだものを食べたときは塩入りのお茶を飲んで吐いた方がいい。病院でも胃洗浄という処置がある。――……あれ？　毒というのは切られた部分についたのであってこの処置は無意味？

　それとも毒とはなにかを飲んだとかで足を水でグリグリ洗ったのは痛めつけただけ？　罪悪感が湧き上がってちょっと泣きそうだ。

　男は素直に飲んで――吐かずに動かなくなった。気絶したようだ。

　パニック気味の私ではこれ以上の処置はできない。

「人、人呼んできます！」

「…………」

　寝間着にマントを羽織って外に出る。ドアを開けると熱風がぶわりと頬を撫でた。

「あっつい！！？」

　燃えていたのは建物の前や城のどこかではなくこの小屋だった？？！

「子供？　中に入った男はどうした？」

「また変質者かっ！！？　いやそれよりも〈水よ、出ろ‼〉」

男は明らかに表の人間ではない。目以外は出ていない黒ずくめの男。

それよりもどれほどが燃えているのかはわからないが、小屋の内側からでも外の熱気を感じる。

「いやすいません！　もしかして王宮の人ですか⁉　掃除してるフリムです！　火消すの手伝ってお医者さん呼んでください‼」

もしかしたら国の……なんだ？　忍びの人かもしれない。それか消防とか警察組織の特殊部隊の人。だって口元までマスクしてるしちゃんと杖(つえ)を持っている。

杖は超高価だと親分さんが言っていた。大人であってもおいそれと買うことはできない。つまりこの人も貴族の可能性がある。

小屋の中に二歩ほど戻ってとにかくドバドバと水をかける。火は火そのものに触れても一瞬なら大丈夫と動画で見たりもしたが、空間ごと熱せられた場合は火そのものに触れなくても脅威だ。

中から入り口周辺に水をかけ、外に出て振り返ってみると――――小屋の大半が燃えている。

「私の小屋がっ！！！？？」

この小屋は私がこの世界で最も好き勝手できた楽園であったというのにっ！

「掃除人？　いや、貴族の門弟か……ここを立ち去れ」

「〈水よ！　出ろ‼〉――――……え？　きゃっ⁉」

バシャリと私の後ろで水が弾(はじ)けた。

男は両手に杖を持ち、その杖の先に火のムチを作り出してこちらに振るってきたようだ。

建物の中ではそこまで熱気を感じなかったが、外では熱気だけでも火傷(やけど)しそうだ。すぐに水のバリアを二重に展開して小屋に向かって放水しようとした瞬間だった。

振り返ってみるともう片方のムチが迫ってくる。

「〈水よっ！！？〉」

いつもの癖で高圧洗浄をビーム砲のように放つと火のムチとぶつかった。

この人がまともな人間かわからない。貴族か賊か……どちらにせよ今のは私を殺そうとしていた。

二重の水バリアがなければきっと私は大怪我をしていた。

「なんだ貴様は？　中の男を引き渡せば悪いようにはせん。さっさと立ち去れ」

「嘘だ！　〈水よっ‼　出ろ！！！〉」

高圧洗浄を男に向けて出す。向かってくる男と両手の炎のムチに対して。

「だっ⁉」

高圧洗浄が顔面に当たって倒れた男。首がブレるほどの威力で当たって……殺してしまったかと恐ろしくもあるが殺そうとしてきたのだから仕方ないよね。ほんの少し男を注視するがピクリとも動かない。

後ろの熱気とパキパキという木が焼ける嫌な音。すぐに消火しないと中の人が危ない。

「〈水よ！　出ろ！〉」

人よりも大きな水の球を生成してはよく燃えている部分に当てていく。建物の中も燃えてたらよくないし入り口から中にも数発放つ。火事はよくない、それも建物の中に生きている人がいるのならなおさら……！

「うぐっ！！？」

何かが足に当たった気がして、いきなり天地がひっくり返った。

目の前が光るようにチカチカする。石畳の地面に顔からぶつかった。

「――――子供を殺す気はなかったが……死ね」

「……あぁっ！」

男は死んでおらず、気絶もしていなかった。

とっさに出した水のバリアを貫通して追撃のムチが私の体を打った。泣くほどに痛いが泣いたところでなんにもならない。――――誰も助けてはくれないのだから。

思い切りとにかく前に向かって高圧洗浄を放つ。

ムチで打たれた体も痛いが一番先に当たった腕がとてつもなく痛い。だけど痛みは無視して戦わねばならない。手加減も何もなしに全力で放った水は制御が甘くて一点集中というよりも消防車の放水のようになってしまった。

「なんっ⁉　うぉばっ？？！」

「離してっ‼　いぃっ！！？」

自分の放水魔法で男を吹っ飛ばせたが私に巻き付いたムチによって私も引きずられて、地面を転がることになった。魔法のムチだけではなく普通のムチも持っていたようだ。

全身ぶつけて痛む。転がってるうちにムチは外れて……すぐに男を確認する。結構離れていたが油断はできない。

痛む体を無視して立ち上がって向かい合う。

「何なんだお前は！！！　もう充分だろう!?　大人しく中の男を引き渡せ！！！」

返答は高圧洗浄。だが……、

「これがお前の限界かっ!?　俺にもかつては娘がいた！　お前のようなものを痛めつけたくはないっ!!」

飛距離が足りない。高圧洗浄は勢いよく出すだけに遠距離で飛ばすことはできない。すぐに霧散してしまう。慣れている高圧洗浄と違って消防車のような放水であれば届くかもしれないが、そもそも人を倒すほどの威力がこの距離で出るかはわからない。

なんとなく練習した水刃も切れるどころか変な形の水風船が当たるぐらいの威力しかない。

「なぜだ、あの愚鈍な王のせいでこの国は多くのものを失った。王位を得たくないなどと抜かしていたのにやつのせいでどれだけの人が死んだと思っている！　水魔法の名家の者も何十も死んだだろう!?　なのになぜ加担する！！？」

激高する男だがそんな事情を私は知らない……。知らないけど私はもう決めたんだ。

「私は……私は王様が何をしたかは知りません！」

「ならば差し出せ！　あんな極悪人が生きていていいはずがない!!」

そうできる状況なら私だってそうするかもしれない。そうすれば楽かもしれない。だけど、この人がどんな人でも、私は可能な限り助けると……見捨てないと決めた。

「あの人が王だろうが罪人だろうが！　それを見捨てて生きて！　その生に何の価値があるんです

か！！？　罪があるなら生きて裁きを受ければいい‼　私はもう何かを見捨てて後悔したくはない！！！」

　この世界で私はいろんなものから目を背けてきた。『自分の安全のため』、そのために言いたいことも言えず、媚びて、騙し、嘘をつき、人が殴られているのを止めることもせず、暴力の関わった金銭で食べてきた。――それは私の身を守ったが心を大きく傷つけてきた。

　美味しいご飯を食べてもどこか罪悪感があって、悪いことばかり思い返してしまう。そんなのは嫌なのだ。

　不審者が殺されたとき、私はほんの少しの安心もあったが酷い後悔に苛まれた。彼がどんな人物でどんな人生を歩んできたかは知らない。もしかしたら極悪人で、この人の言うように死んだ方がいい人間かもしれない。それでも……この男が手を下すのを黙って見ているのも正しくはない。それをしてしまえば私はずっと後悔する。

　寝起きでこんな状況、悪夢であってほしい。

　全身の痛みも激しい。勝算もない。私ではこの男を倒すことはできないかもしれない。あっさり殺されて無駄死にするかもしれない。これはまともな判断じゃないかもしれない。それでもここで立ち向かわないと私は私じゃなくなる！！！

「私は、あの人がどんな人だろうと……私が見捨てることは絶対にありません‼」

　傷ついた人間を……死ぬとわかっていて放っておくことも、ましてや殺させるようなことも決してできない。

「そうか……幼くとも騎士か」

男は一瞬だけ目を伏せたが右手の杖をこちらにまっすぐ向けてきた。

「すまんが、死んでもらおう。俺にも背負うものがある」

彼にもなにか理由があるのだろう。諦めるでもなく、戦いをやめるでもなく、彼の手の先の火が膨らんだのがわかった。

相手はこちらを侮ることなくムチを振るってきた。水のバリアが二枚、それと高圧洗浄で迫るムチを切り裂き、向かってくる男に対して放水を当てる。

格闘では幼女の私は敵うわけがない。

火のムチは水のバリアによって直撃を防ぐことはできるが、大きな衝撃が襲ってくる。バリアの一層目で勢いが減って、二層目で防ぎきれなかった衝撃をもろに食らう。

既にボロボロの体にはその衝撃だけで痛すぎる。

放水の威力は至近距離で当たれば男も吹っ飛ぶほどだが……一度それで当たって吹っ飛ばしてからは警戒されているし大したダメージにはなっていない。

近づかせたくはない私、近づいて仕留めたい男。お互いに直撃させようと撃ち合うが分が悪い。どうしても焦ってしまう。

明らかに戦い慣れた動きで私の水の直撃を避けようとするし、彼の火と違ってこちらの水の方がどう考えても消耗が激しい。そして私の後ろでは消火しきれなかった小屋が燃え続けている。

「諦めろっ！」

「うぐっ……嫌だっ！」

水のバリア二層で声が聞こえにくいが、火のムチや火の玉が当たって弾けるとはっきり声が聞こえる。

放水は相手が近づけば近づくほど当てやすいし、当たれば体ごと吹っ飛ばせている。

――……一歩間違えればどちらも死んでしまうかもしれない危険な均衡状態。だけどこれでいい。時間が経てば誰か来るかもしれない。本当なら消火もしたいがそこまでは手が回らない。

しかし、これだけ大声も上げて、火事も起きているというのに、ここに人が来る気配はない。

どんどん減る魔力に、殺意を持って迫ってくる男に命の危機を感じる。

……もしも私に知識が全くなく、水の魔法も使えなかったら……それはもうどうしようない。きっと誰か人を呼びに行っていただろう。それが正しいはずだ。

何も私は博愛主義者で「全ての命は平等で助けるべきだ」なんて言うつもりはない。日本にいるときでも他所の国の戦争や紛争、自然災害に少し心を痛めることはあってもなにかしようとは思わなかった。

そんな薄情な私でもエスカレーターでボールが……子供が降ってきたとき、助けずにはいられなかった。

迷うばかりで、力も知識も足りてなかったかもしれなかったけど、それでも私が原因で人が死ぬのは嫌だった。

フリムになってからは苦しいことがいっぱいあった。

殴られて痛む体、どう動けばいいかわからない状況、奴隷や貴族、見知らぬ世界の常識、マフィアのもとで仕事して、自分の命が他人に脅かされる日常……。

それでも奴隷が殺し合っているのは辛かった。助けたかった。無理やり戦わされている人もいただろう。彼らがどれほど無念だったか。死体となって積み上げられていた彼らのためにも拳で戦う拳闘を提案したがそれでも誰かに傷ついてほしくはなかった。ドゥッガ一味は路地で寝る人たちからも金を巻き上げていて……本当に苦しかった。

彼らの命が消費されて食べるご飯は味気なく、これからもずっとこんな思いをしたくはない。

遠くの知らない人の命は私の手が届かないどこかでの話だ。しかし落ちてきた子供も小屋で倒れた青年も、私の手の届く範囲に来てしまった。

こんなのは偽善かもしれない。ちっぽけな自己満足かもしれない。

それでも、私が私であるために目の前の困っている人を助けるのにどこまでやるのかを決めるのは私自身だ。

今は水魔法も、それを活かす知識もあるのだから。


何度目かのムチの衝撃が私をたやすく転がす。

「とった‼」

「……てないです！！！」

「なんっ!?　うぉがっ！！？」

辺りの水は私の水だ。汚れと交わるほどに使いにくくなるが近くの水ぐらいなら操れるように準備していた。

足場の水をずらし、両足ごと巻き取って横に滑らせて体の中心にありったけの水を放水する。

これまでで一番吹っ飛んだ男。渾身の一撃だ。もう残りの魔力も半分を切った。

彼の方を見ながら片手で熱気を感じる後ろの小屋に向かって手探りで水を出す。……もうこれで、終わった？

「おいおい、ガキ相手に何やってんだ？」

「こっちに卑怯者はいたのか？」

「向こうは片付いたぞ」

「気をつけろ、小さいがとんでもない水を使うぞ」

「……最悪だ」

吹っ飛んだ男に別の男たちが近づく。刺客が……増えた。

「ここまでか…………もういいフリム、俺を差し出して生き残ればいい」

「不審者さん!?」

後ろから王様と言われていた不審者がその辺にあった木切れを杖に小屋から出てきた。

顔は真っ青だが出てきてくれてよかった。私の力では男の人を運ぶことはできない。小屋の裏側がどこまで燃えているかわからなかったし、下手すればもう死んでいる可能性だってあった。

「お前のせいでこの国はめちゃくちゃだ‼」

「王兄殿下万歳！　死ねっ！！！」

「なぜ優秀な兄たちが王になる邪魔をした⁉」

「近寄らないでください！　〈水よ！！！〉」

　両手を石畳について水に触れる。水の球を体の周りにいくつも浮かび上がらせて威嚇するが……残る魔力も心もとない。

　魔法は遠距離からは発生させづらく、自分の近くからの方が出しやすく操りやすい。——なら辺りの水に私から近づく。地面には私が出した水が溜(た)まっている。

　虫のポーズ、いや、カエルのポーズ。土下座のようなものだけどこれは降伏ではない。足をムチで巻き取られたときに痛めたし。立っていられないだけだ。

「ここまでだ。お前まで死ぬことはない。お前はよくやった」

　真っ青な顔でそんなこと言われたって……、殺されるとわかっているのに、見捨てられるわけがないだろう。

「そうだ！　諦めてさっさとこっちにそのクソ野郎を引き渡せ‼」

「今ならお前は殺さないっ！」

「その王を殺せば許してやる‼」

　嫌なことを言ってくれる。流石(さすが)の私だって、限界までやり尽くして、その上で無理なら諦めもつく。

「〈穿てぇぇ！！！〉」

私の変わらない回答。もはや前に放つだけの全力の攻撃だ。辺りの水を槍のようにいくつも固めて前に撃ち続ける。人に向ける攻撃の要領は掴んだ。少量の水は圧縮して前に放っても霧散するし、放水を当てても一瞬では人を倒すことはできない。塊にして圧縮し前に射出する。どんどん抜ける魔力だがまだ私はやり切ってはいない。

当たれば硬い木の幹だろうと抉って折れていく。人に当たればそれだけで大怪我をするだろうし、もしかしたら殺してしまうかもしれない。

「……すまない、しかしもう俺のことはいい」

「不審者さん、成功するかは、わかりませんが、最後に、足掻いて、いいですか？」

まだなお見える敵に向かって放ち続けるが、新たな敵が杖を振ると私の水のバリアのように見えない何かが水を逸らし、直撃しなかった。

「許す。どうせ何もしなければ死んでいた命だ」

最後の足掻きだ。これが成功しても失敗しても死ぬかもしれない。それでも……、

「私を――」

◇◇◇

目が覚めると外から小屋が燃える音と、水の激しい音が聞こえてきた。

フリムはいない。誰か人を呼びに行ったか？　………不味い！　外にはっ⁉

落ちていた木切れを杖にドアの方に向かう。外を覗くと――フリムが何度もムチで打たれていた。

それでもこの建物を……俺を守ろうとしていた。薄い衣は裂け、頭から血を流し、片足と片腕は動かせていない。

そんなになっても、俺を助けようとしてくれていて。……もういいと諦めもついた。

毒への耐性はつけてきたが、それでも何もしなくてももう死ぬかもしれないこの体を守るために、無駄に少女が命を散らすこともない。

隙を見て俺が逃げれば彼女も逃げられるかもしれないと考えもした。一対一で風の使い手でないのなら彼女だけでも逃がすことができるかもしれない。……しかし、敵の増援が来てしまった。

地面に這いつくばってでも魔法を使うフリムだが、もはや何もしないでも倒れて死んでしまいそうだ。鼻血が出て、片目も腫れていて、とても痛々しい。

息も絶え絶えに最後に足掻きたいというので許した。

「私を抱きしめて……座って私を抱きしめて動かないでください」

「………わかった」

意味がわからなかったが……それでもそれは意味があるかもしれない。風の騎士であればそうやって人を抱きかかえて飛ぶこともある。もしもこの子が二属性持ちなら悪くない賭けだ。

思った以上に小さな体をできるだけ優しく抱きしめ……無数にある傷を見て心が痛む。

「〈水よ！〉」

言われた通りにすると水の膜が三層、四層、五層と幾重にも張り巡らされた。

これは……味方の増援を待つまで防御魔法で耐え凌ぐ構えか？

水槍らしき魔法から生き残った刺客たちが水の膜にぼやけているが、こちらに向かってくるのがわかる。

「衝撃に備えてください」

「……なん――――」

意味がわからず、問いただそうとしたが――――その前に目の前の全てが吹っ飛んだ。

第8章　起きたフリムは色々と知った……が

いつもの食卓、普通の、一般的にどこにでもいる家族。

昆布のいい香りがする、今日は水炊きか。

父さんも母さんも妹と弟もいて、いつもの家。父さんは春菊を避けようとして母さんに怒られ、何にでもすりごまをかける弟はもっさりと自分の皿に盛っていて、妹はスマホから目を離さずにSNSをチェックしている。

いつの間にか食卓の周りが海の中でここが夢だとわかる。四角い頭の大きなマッコウクジラとシャチも泳いでいる。夢だからかやけに大きな気がする。

ゆっくり視界から離れていく食卓、家族に言わないといけない……声を出そうとしたが声は出ず、振り返ってこちらを見てきた母さんに微笑(ほほえ)まれた。


「母さっ、ごめっ……ぎっ！！？」

母さんに、先に死んでしまってごめんととにかく謝ろうとして痛みで起きた。

「起きられましたか？　すぐに誰か呼びますね」

「だれっ……すか？」

全身がひきつるように痛い。フッカフカのベッドに豪華な壁紙。美人なメイドさん。なんとか生き残ったようだ。

指先から喉まで全身まんべんなく痛いが……それはやはり生きてるって証かな。手と足の指、どちらも動く。片目が遮られて見えないのは包帯かなこれ。


――あぁ、むちゃくちゃしちゃったなぁ。


魔力が全然なくなってきて奥の手を使った。

高圧洗浄を5本出せるように同じ種類の魔法ならいくつか同時に使える。水の球、高圧洗浄、放水、バリア、水刃のすべてを同時に使えるが最近はバリアと高圧洗浄の二種類ばかりを使っていた。

単一の魔法の使い方であれば複数の魔法よりも操作により集中できる。使用する種類を減らせばそれだけリソースを割けるわけだが……全力で自分を中心に水のバリアを卵のように何重にも展開してしまえば後は維持するだけだったし、残った最後の力で外側の二層に酸素と水素を注ぎ込んだ。

酸素と水素は簡単に作れるのだがどれぐらい必要かがわからなかった。一度作ってしまったバリアは操作が簡単で過剰に作りすぎたのかもしれない……。

外側の層が爆発すれば相手も警戒するだろうし、相手を倒せないまでもまた外の層に酸素と水素を生成してバリアも増やし、それで耐久して時間を稼ぐつもりだった。時間の経過で魔力も回復するからそれで何度も爆発音が響けば流石に兵士さんも来るかと思ったんだけどな。思った以上に大爆発しちゃった。

そして気がつけばここにいる。――――……それよりも。

「気がついた……か？　何をやってる？」

「あいがつってぇ！！？　いだだだだ？？？！！」

足の指を動かすのと一緒に足がつった。美人なメイドさんに手伝ってもらってアキレス腱(けん)を伸ばしている。ただでさえ体が痛いのにこの痛みはヤバいィィいいい‼

――……逃げることもできなかったし一か八かの賭けだったけど……私も彼も生きてるのなら賭けには勝てたようだ。

あの不審者か王様か王子様かわからない人と偉そうな知らないおじいちゃんが部屋に入ってきてなんか微妙な空気が流れたが、お医者さんには診てもらえた。大きな傷は塞(ふさ)いだが気絶して体の奥まではわからなかったし、強い薬は体に良くないからとあまり使ってもらえなかったようだ。

ムチで引っ張られたからか、つらなかった方のふとももつけ根と足首も結構痛い。自力ではしばらく歩けないなこれは。

「フリムよ。俺の命を救ってくれたこと。本当にありがとうな」

「…………」

「……顔を上げて話してもいい。俺はお前と話がしたい」

ベッドに寝かされた私だがベッドの上ですぐに虫の構えとなった。いや、両足が痛くて足を畳めなかったから、土下座ならぬ土下寝の構えだ。腕立て伏せに近い。

もしもこの金髪イケメンさんが王様なら、フリムちゃんやばい……足を治療のためとはいえ拷問みたいなこととした。説明したって理解してもらえるかもわからないし無駄かもしれない。さらに変質者扱いして処刑されてた？　変質者扱いだけでもアウトかも？

「…………」

「…………」

会話ってなんだ⁉　貴族って言うと平民をおもちゃにして弄んで殺すこともある人間じゃない別の生き物でそのトップが王様だぞ？？！　時代劇の陳情みたく礼儀があるんじゃないか⁉　紙とペン、それと竹はないか！！？　いやこういうのって大名行列してるところに差し出して結局処刑されるんだっけ？？！！！

「俺はお前の全ての無礼を許す。気軽にしてもいい」

幼女の土下寝にいたたまれなくなったのか許してもらえた。

「すいませんでした……」

「何を謝っている？」

「変質者だって赤竜騎士団に通報して処刑されたって聞きました」

後で問題となるよりも先に謝っておく。許してもらえるタイミングで謝っておかないと後で怖いことになることもある。

「あれは俺が悪い。化けてたしな」

「———陛下？」

謝ったがこの人は理不尽に怒ったりしないようだ。途中メイドさんがなにか一言言って焦ったような声が聞こえたが誰にも言ってなかったのだろうか？

流石にもうここまで来たら王様と信じざるを得ない。しかし知らなかったと言った方がいいと思う。

「あ、貴方は一体どこの誰様なんでしょうか？」

「俺？　俺か――……俺は、お前の親？」

「「「は？」」」

私と、豪華な服を着たおじいさんと、メイドさんの声が一致した。何だこいつパパ上？

「いや、違う！　違うぞ！！？　兄か!?　いや、そうでもないな！！！？」

陛下に隠し子がと驚いてるおじいさん。

「俺には昔、気心の知れた護衛がいてな」

「陛下？」

「もしも子供が産まれたらどんな名前をつけるか。男なら女ならと名前をつけるのにも協力した。子供ができたということは知っていたが、産まれていたかまでは知らなかった」

こっちにも名付け親のような風習はあるのね。

「コホン、まぁいい。俺はシャルトル・ヴァイノア・リアー・ルーナ・オベイロス。この国の王で、お前に命を助けられたものだ」

「フリムです。人を間違ってませんでしょうか？」

うん、意味がわからん。この青年、もしや実のパパ上で娼婦相手にやっちゃったとかそういうあれか？　隠そうとしてる？　不審者のときに名前を聞いてなにか様子が変だったのもうなずける。もしも本人が言うように私の両親がこの人の護衛だったとしたら、貴族のはずだし自分の路地裏と繋がらないいんじゃないかな？　いや、フリムの記憶は殴られてゴミの山から始まっているが確かにキラキラしたお屋敷にいたような気がしないでもない。そんな記憶もフリムの元の体の奥底にある。

だけどこの名付け親の記憶は思い返そうとしても全くない。

昔の護衛の子が産まれたことも知らなかったし名前をつけてと頼まれてつけただけのようだが……。

「いや、その髪の色もそうだが、ちゃんと人物は確認した」

どうやって？　いや、もしかしたらＤＮＡ検査とかされたのかな？　もしかしてなにか身体的特徴とかあるのかな？　ほくろとか。

「じゃあ私の名前はなんですか？」

「フレーミス・タナナ・レーム・ルカリム。だからちょっと、話したいことがあってな」

「ルカリム!?　陛下、ちょっと儂も聞いてないのですがっ？　エール、少しの間ここは任せますからね！」

「はい」

首根っこをおじいさんに掴まれて出て行った自称王、名前なんだっけ？　シャしか覚えてない。

長くて覚えられなかった。フリムちゃんもフリムではないと……何だっけフレーミング・タナカーム・リム？

「病み上がりだし俺は王様だぞー？」

「いいですからさっさと来なさい！」

私の名前ワンモア！　なんて馬鹿なこと言いそうになったが、偉そうなおじいさんに王様は連れていかれた。どちらかと言うとおじいさんの方が王様に見える。総白髪でなんか風格がある。

「えっと、家に帰りたいんですが」

どちらが偉いかはわからないが二人はいなくなったし、メイドさんにそう伝える。

「……今はちょっと無理だと思います。失礼」

「うぷっ」

なんかメイドさんの胸に正面から抱きしめられた。幼女の体の私だが成人女性としての意識も持っている。これは気恥ずかしいし離してほしいのだが。

「……そっか生きていたんですね、フラーナ……」

髪を撫(な)でられている。泣いている彼女はパパ上だかママ上だかと交流のある人だったのかもしれない。流石に邪険にはできない。

しばらく経って戻ってきた二人。まだ目元の赤いエーさん。笑顔で戻ってきたシャなんとかさん。眉間にしわが寄っていて頭痛を耐えているようなおじいさん。

何やら私の取り扱いに困っているようだ。

「えーっと、私の実家ってどうなってるんですかね？」

これは聞いておくべきだろう。パパ上とママ上がとっくに他界していたとしてもおそらく正当な後見人だか身元引受人はいるはずだ。

「…………」

「…………」

「…………」

皆、渋い顔をしている。なにか言いにくそうなのには理由があるのだろうか？

そういえば水の家はいくつもあったが今は統合され一つになったんだったかな？　ということは私の実家はなくなったとかかな？

「私の実家ってどうなってるんですかね？」

「結論から言うと……お前の家はあるにはある」

「ルカリム家は現在の水の大家ですが……ライアーム前王兄殿下を支持していますね」

「付け加えるなら刺客を送り込んできたのはライアーム殿でしょうな」

「おっふ……」

最悪である。この王様と対立していた勢力を支持しているのがルカリム家。今回の暗殺騒動には表向きライなんとか殿下もルカリム家も関与していないが、明らかに首謀者は彼らである。暗殺成功ギリギリで邪魔をした私のことは相当に憎いだろう。

「今後どうする？」

「とにかく一度帰りたいです」

賭場も気になるし義理もある。そういえばバーサル様は大丈夫なのだろうか？　賭場や王都は大丈夫なのだろうか？

「その後は？」

「まだ全然考えていないです」

「傷が治るまでは何も考えずゆっくり休むといい。その間に考えておくことだ」

シャなんとか王様に頭を掴まれて首を横に動かされる……何だこれ？　撫でてるつもりか？

「おやすみ、エールに面倒を見てもらうといい」

まぁ、怪我してるし。良くしてくれる人もいるのなら甘えてもいいかな？

❖❖❖

エールさんの献身的な介護生活は続いた。

濃縮青汁のような青臭さのえげつない薬液の付いた包帯を嫌な顔一つせずに取り替えてくれるし、お風呂にも入れてくれる。料理も自分で食べられると言っているのに、切り分けて一口ずつ口に運んでくれる。飲み水だけは私が出すがなぜかそれが喜ばれる。

エールさんはずっとつきっきりでいてくれて、なんなら初日は添い寝までしてくれた。構いたくて仕方ないというか母性本能が全開となっている。

欲しいと言えば何でも手に入るし私の荷物も発掘してくれた。崩れ落ちた小屋から錆びきったドゥラッゲン家の短刀に金貨袋、折れた闇属性の杖、防護服、城で貰った贈り物。コップや贈り物はいくつかなくなっていたが金貨がちゃんとあってよかった。

素晴らしい対応だ。だが、問題もある。

この国基準でだが貴族の使うおまる……。まさかメイドさんたちに見守られながらするなんていう成人女性にあるまじき事態となるなんて夢にも思わなかった。最悪だ。

いや、うん。重病人がそういうことになるのは現代でもあるあるだ。

だけど恥ずかしすぎるだろォォオオオ！！！？？

日に一度は光の魔法を使える人が来てくれて治癒魔法を使ってくれる。

「〈神聖にして優美なる光よ。かの者にやすらぎの光を〉」

ぜんっぜんきかない。意味不明なぐらい効くお薬と違って全然である。王宮魔法医師様は首をひねっている。光の精霊の力は純粋で誰が相手でも治癒力を向上させるなどの効果があるようだが、私にはあまり効かない。あの王様が王様自身の加護魔法と闇の精霊に頼んだ加護魔法を二重にかけているから光の魔法を受け付けにくいのではないかなんていう結論が出た。

なにそれと思ったが私が産まれる前に私は実験体となったようだ。

「すまんな。もしかしたら変なものが見えたり聞こえたりするかもしれないが……そうだな、自分が他の人と明らかに違うってことはあるか？」

「水魔法がすごい使えます」

「それは知ってる」

そんな介護生活だが王様もたまにお見舞いに来てくれる。親分さんと一緒だな。

ついでに、なんかお菓子や果物をくれたりする。

闇というと夜とか影とかかな？　魔導書によれば深淵に悪魔とか死まで連想させるものだが、王様いわく闇の加護は「謎の力」という位置づけらしい。

この国の王様は精霊と人を結ぶ契約魔法が使えるたった一人の人物である。そして王様にしか使えない特別な魔法もあるそうだ。エールさんによると歴代の王様には体が火の巨人になった王様がいたりもしたとか。

精霊様との魔法は効果が様々で使い手側も困る。契約とやらをしているのだから教えてもらえると思うのだが精霊は基本的に話すことができない。通じ合うものであって言語で語り合えるものはほとんどいない。

王様は精霊と契約したがその中でも何が起きるかわからない不思議な「加護」という魔法がある。基本的に体に害はなく、むしろ僅かに魔力が上がったり、魔法の操作がしやすくなったり、健康になったりするものだが……稀におかしな効果を持つこともある。

火であれば火に近づけばその火力が増大したり、水であれば水が体に張り付いてきたり、風であれば遠くまで覗き見ることができるようになったり、土であれば足の裏から小石が出るようになったりしたものもいるのだとか。最後痛そうだな。

「エール先生、火はいいことじゃないですか？」

「資料によるとお屋敷が燃えて火に近づけなくなったそうです」

「うわぁ」

そして光は浄化や発光、治癒能力の向上などの資料が残っている。光はすべての原初かつ純粋な力であり、治癒力にも作用するそうだ。

闇は……そもそも闇の精霊が契約することは稀で資料が少ない。寝ると全く違う場所にいたり死者の姿を見るようになったりした事例があるのだとか。

「その加護っていうのはどんな効果なんですか？」

「人によって違うが……人や獣の霊が寄り添ってくれたり助言をくれるそうだ」

死者、死者か……。

もしかしたら現代で死んだ私がいつの間にかフリムちゃんと一体になったのはそういうことなのかもしれないな。

詳しく聞くと加護の効果は守護霊のようなものをつける魔法っぽい。王様の実験によると死んだものの霊が助言をくれるが、幽霊が怖い人は護衛をやめて逃げ帰ったとかでもう使っていないようだ。

大分治ってきて……考えることが増えた。

褒美を貰うことは決定しているがその後が問題なのだ。

ドゥッガ一味に戻るか、ルカリム家に帰るか、それともこの三人の誰かに保護してもらうか、はたまた旅にでも出るか。

この四択、一番マシなのはドゥッガ一味に戻ることのように思う。が、私が邪魔をしてしまった人によってプロの魔法使いが襲いかかってきたら賭場の人はもちろん私も危ない。

暗殺の邪魔を思いっきりしてしまったし、暗殺者を送ったと思われる前王兄殿下を支援している実家（仮）からすると私の存在は危険視される。多分事故死か毒殺待ったなし。

三人の誰かに保護……毒殺防護壁はいやー！！？　っていうかこの王宮の中でも戦争みたいになってたらしいし保護されても命の保証がない‼

この国荒れまくってるし旅に出る……だめだな。数年前の王位継承で外国が攻め込もうとしたみたいだしこの国よりも治安が良いという保証はない。

思いついた最後の選択肢。私フリムちゃん、下町でお掃除の仕事するの！　…………………………死ぬわ。政敵の王族と実家と親分さんに殺されるわそんなもん。

ドゥッガ一味からしたら私は既にファミリーの一員だからね。

今、城の中は私の話で持ちきりである。

暗殺者を見抜いて何十人もこの国の害を排除し、平民の身分にまで落ちたというのに王を恨むこともなく命がけで助け、天才料理人ロライを唸（うな）らせる美食を作り、四大属性を扱える賢者。

美しき白き髪の少女。名だたる歴戦の勇士たちをたった一人で倒した大英雄。

噂が噂を呼んでおじいさんであるとか。掃除の妖精だったとか。筋肉の塊だったとか。精霊王の加護を得たとかマーヨニーズ神だとか竜の化身だとか意味不明な噂が広がっている。マヨの神は絶対ロライ料理長のせいである。

「なんで四属性なんですか？　私は水しか使えませんよ？」

「噂は過剰に広まるからな」

王様は肩をすくめて苦笑いしてきた。

更に数日が経って、メイドさんたちからフリム情報が沈静化どころか加速していることを知らされた。

水はそのままだが火は王様が見た。風は水の卵クッションが吹っ飛んで風の使い手の二属性と思われた。土は後見人がドゥラッゲン家であったし、石像掃除後に割れや欠けも直ってメチャクチャ綺麗になってた。……バーサル様が直してたな。

他にもど派手な音は雷の属性であったとか、どこかの戦闘の痕跡で氷が残っていた。巨大な火柱を見た。火の精霊王がお怒りだなどと無茶苦茶な噂話がされている。

ちなみに噂では謎の人物は二百人近く倒したらしい。私の爆炎魔法で………どうしてこぉなった⁉

「二つ名もよりどりみどりだぞ」

爆炎のフリム、清流のフリム、四属性のフリム、錬成のフリム、卵風のフリム、石像のフリム、忠義のフリム、美姫フリム、妖精フリム、賢者フリム、ドラゴンフリム、トイレフリム、マヨネーズ神フリム、破壊神フリム……なんだろう。王宮の人って暇なのかな？　トイレフリムってなんだよ。全部嫌だけどトイレフリムが定着するのだけは絶対に阻止してやる。

王様がその噂のボンキュッボンの女の子の服を公衆の面前ではだけさせてた？　……ナイスバディではないがボロボロだったもんねあの服。

「美味しいお肉ですよー、お口開けてくださーい」

――……私はきっともう平穏には生きられないなぁ。小屋での生活が懐かしいよ。

「はーい♪」

美人なメイドさんたちにキャイキャイお世話されるこの生活も捨てがたいぞ⁉

この国には個人情報保護なんてものはなく、わんさかと贈り物が届いてくる。

私の姿は知られていないが、それでもフリムという人物が王様を助けたということは知れ渡っているようである。

「あの、エールさん。これらは？」

「多くの貴族からの贈り物ですね」

「………」

バーサル様からのお仕事の対価を軽く超えるであろうプレゼントの山。

派閥争いがあるわけだしちょっとは理解できる。社長派閥と専務派閥みたいなものがあって今回

その社長が暗殺されかかった。法治国家で基本的に安全な日本と違い、警察機関は勝者の味方になるだろうし、もしも暗殺が成功していれば、その後は専務が社長となってそれまでいた社長派閥は役職を取り上げられ、専務派が会社を牛耳ることができる。

日本でもお中元文化はあったが、それでも賄賂(わいろ)のように思われたりするからと会社によっては値段が決まっていたり、カタログギフトからのみ送っていいとか、そもそも禁止などのルールがあった。

公務員なんかは汚職防止の目的で禁止と聞いたことがあるが、世界を見れば汚職や賄賂に不正といったものが横行する国は現代でも普通に存在する。

贈り物には純粋なお礼の気持ちもあるかもしれないがその裏には様々な意味がこめられている。「良いポストに就きたい」とか「どうぞこれからも仲良くしましょうね」とか……お中元なんかで気の利く人は出世する、なんておじいちゃんが言っていた。子供の精神ならわーいプレゼントだーって喜べるかもしれないが「うちの派閥はお礼をしましたよ」とか「ちゃんと送ったから！　うちの家は暗殺に関与してないから‼」なんて言葉が聞こえてくるようで微妙な気がする。

――……しかし、それにしたって私の情報広まりすぎじゃないか？

SNSの発達していた現代では情報の速度がとんでもなく速かった。世界の裏側のニュースだって1時間もあれば拡散していることもある。

その前はテレビ、その前はラジオ、その前は……ポケベル？　いや、雑誌経由や口コミ？　それとも井戸端会議が主流だったのだろうか？

現代日本ほど安全じゃないこの世界であれば情報は自分や自分の家族の生活に直結するし、個人情報保護の観点そのものがなければこんなものなのかもしれないな。それにしたって誰だ？　金属製のおまる送ってきたやつは？　馬鹿なんじゃないか？

「そろそろ一度帰りたいのですが」

「敵の動向もわかりませんしゆっくり療養してからです。さっ、お菓子でも食べましょうか」

強い薬は表面上の傷を全部治してくれた。戦闘後のボロ雑巾(ぞうきん)フリムちゃんは最終的に血だらけで見ていられないほどだったらしく、メイドさんたちはとてつもなく過保護である。

足は未だに完治していない。強い魔法か強い薬で治すこともできるらしいが、あまり強い薬を使うぐらいなら自然治癒の方がいいという判断で薬師様と医師様が決めた。

ムチで引っ張られたのがそんなに悪かったのかな？　……幼女だもんなフリムちゃんは。

ともあれ、寝ているだけだといろんなことを考えてしまってよろしくない。将来の展望が見えなすぎる。

王様が一番偉いなら王様のもとにいるのが一番いいのかもしれないが、王宮内に何十人も暗殺者来(きた)るとかダメダメすぎる。

あの偉そうな宰相様は何を考えているかわからないが、苦い顔をしてたまに王様についてくる。エールさんとメイドさんたちは甘やかしてくれて……王様はいつまでもここにいてもいいんだよって空気を出してて残ってほしそうな雰囲気だ。

日本人の私の感性からも少しは理解できる。もしも自分の大切な友達が死んで、その子供が路地裏で生活してたなんて聞かされたら「うちの子になれ」とは言わないでも、親類縁者を探してあげたり少しぐらいの間なら生活費の支援だってしてあげると思う。

――――将来を5歳くらいの少女が決めなきゃいけないなんてきついな。しかも想定できるどのルートも結構詰んでいる。

肩を回して少しストレッチしてから水の魔法を練習する。やはり最後に物を言うのは自分の力だ。

水魔法ぐらいしか取り柄がないが、それでもこれまで色々練習してなかったら死んでたと思う。

火の魔法の人も見逃してくれそうだったけど他にも暗殺者さんたちは城内にいたしね。

魔導書に微妙な扱いをされている水刃の魔法、使ってみるがフリムちゃん的にも微妙だ。

自分から遠くなればなるほど制御は甘くなるし切れ味はない。水の槍（やり）の魔法をとっさに使ったがあれは良かった。槍の形状ではなくある程度の質量を伴った砲弾のように水を押し固めて放って、当てるだけで威力が出た。

水を生成し、固めて、浮かせ、操作し、狙って、放つ。水魔法はだいたいこれらで全部できる。

初めて使う魔法と何度も使ってきた魔法では魔力の消費も効果も段違いだ。やはり練習あるのみ!!

「〈水よ。砲弾となって穿（うが）ち抜け〉」

連射する水の砲弾は的を破壊し、後ろの壁まで穴を開ける勢いである。

放水魔法の方が近距離から遠距離まで届くが一撃の威力は足りない。相手を押して距離を作るノックバックの効果という意味なら放水の方がいいと思う。高圧洗浄は近距離限定、散っちゃうから。

「「「おぉ～～」」」

やんややんやとメイドさんたちに褒められながら練習する。

体はまだ痛むし、薬草臭いが魔法は使える。

「噂の爆炎というのはどんなものなのでしょうか？」

私の魔法の噂はたいていおかしいが爆炎の魔法は一応できる。エールという人も気になっているようだ。

私も休んでいてもいいと言われているが、テロリストを倒した功労者が幼女とか怪しいし、近くにいる人にも本当だと知らしめるためにも練習程度で魔法を見せてみようと思う。

「試してみていい？」

「どうぞ、的を新しいものにしますね」

そう言って部下に指示したかと思ったらまた抱き上げられた。この人私のこと目に入れても痛くないぐらい可愛がってる気がする。そろそろ猫みたいに頭吸われるかもしれん。

「蝋燭に火をつけてもらってもいいですか？　的の近くにおいてほしいです」

「わかりました」

水を球体にして浮かせるだけでも水晶のジャグリングのようで面白かったが、メイドさんが準備してくれたし手早く済ませる。エールさんに抱っこされたままでは気を使う。子供って重いもんね。

水の球に酸素を入れて薄い濃度のものから蝋燭の近くに落とす。１発では何も起きなかったが２

発目でバウッと音を立てて爆発した。

たったあれだけの酸素で衝撃が走った。その音にエールさんがビクッとした。

「ヒッ!?」

「実験は成功しました」

他の水球は壁際にぶつけて実験は中止。暗殺者騒動があってからそう日が経ってないし兵士が駆け込んでくるかもしれない。

「も、もう終わりでいいですか?」

「はい、もっと強くしてもいいんですけど結構危ないのでこの辺にしておきます」

詳細な濃度はわからないが少量の酸素でこの爆発だ。あのときは最後結構全力だったし爆炎と言われるだけはある。

オゾンや過酸化水素も濃度次第で毒にもなる。いまいちコントロールの仕方がわからないが過酸化水素はタンパク質の分解もできるはずだし、もう少し濃度を濃くしてからクリーニングに使ってみようかな?

超濃度の濃いオゾン水刃!　とか過酸化水素水刃!　更に効果のわからない酸性水やアルカリ水も水刃にしたら……だめだな、風を使う人に逸らされてたし自分にかかったら怖い。攻撃に使うのはやめておこう。

お湯を出すのも練習になるし自分で風呂のお湯も入れる。

「〈お湯よ。出ろ〉」

「大浴場を使えばよろしいのに」

「なんで脱いでるんですかエールさん」

「一緒に入ろうかなと」

二人ぐらい入れそうな湯船に一緒に入った。エールさんは出るところは出て引っ込むところは引っ込んでいるナイスバデーだ。私もそうなりたいものだ。

「このお湯は……とても良いものですね。染み入ります」

「染みるわぁ」

「ふふっ」

おっさんっぽく染みるわぁと言うと笑われてしまった。

高級な石鹸(せっけん)で体を洗ってもらう。傷に塗っていたすごく臭い薬がかぶれたりするかもしれないのでしっかり洗い流す。この卵肌だけは多分負けてないな。うん。

湯上がりにちょっと実験してみる。

少し冷えたジュースは用意されているが冷たい水を出してみた。限界まで冷やしたらどうなるかな?

「〈水よ。限界まで冷えて出ろ〉」

コップに注ぐと水はそのまま凍っていった。……化学の実験みたいだ。

過冷却水だな。確か炭酸飲料を限界まで冷やしてから出そうとするとシャーベットみたいになるやつだ。冷凍庫で実験してみて面白かったのをよく覚えている。出し始めのほんの少しだけジュースが出て残りはペットボトルの中で凍って出てこないなんてこともあるそうだ。

「こ、氷⁉　……いえ、これがフリム様の努力の結晶……さぞ辛い生活を…………うぅっ」

「なんとなくやってみたらできました」

なんか勘違いされた気がしないでもないが、風呂上がりの冷えたドリンクは美味しかった。

エール先生によると『魔法』は国で特色が違う。この国では精霊との契約が根本にある『精霊魔法』が基本で、精霊に願ったり声に魔力をこめればそれで成立する雑な魔法である。私の魔法もコントロールは必要だけどかなり雑に出るしね。

ドワーフの国家で発展する『魔法陣』、神聖国家ルターティブでは神に祈る『祷式魔法』、獣人国家では『血統魔法』、流浪の一族が使う『秘術』、他にも多くの種類の魔法があるがその国にしかないわけではない。ある程度はどこの国にも普及しているようだ。

そして基本となる『魔法』の研究は各国で行われている。魔法の力をこめた魔導具、不審者の取り調べで描いた絵を箱に入れると火を噴いて何枚もコピーされて出てきたのは、きっとそういうものだったはず。

この国の魔法は他の国と比較して雑である。周囲にいる見えない精霊が力を貸してくれるとかいう雑かつ謎の法則で、魔導具や魔法陣のような緻密さはない。

基本の魔法は詠唱や杖の振り方に魔法の発生元となる触媒が必要だと……。

「フリム様は火や風を使ったそうですが、なにか道具や触媒を使ったのですか？」

「いえ、あれは水から酸素と水素を取り出しておいただけです……着火したのは敵の火ですね」

「サンソ？　水が燃える…………⁇」

「すごいでしょー」

「？？？？？」

えへへと笑ってごまかしたが酸素や水素は知られていなかったようだ。私は水の魔法しか使っていないのに城で最も広まっている二つ名は爆炎のフリムだ。

酸素や水素って化学の実験でちょっとだけ燃やしたことがあったけど、魔法で作ると感覚に頼ることになるから、濃度とかわからないんだよね。オゾンとか至近距離で出したときは焦った。

——そろそろ怪我も良くなってきて王宮生活も終わりかなと思ったら王様が来た。

「なぁ、俺のもとに来ないか？」

「安全だったら行きますって言えるんですけどね」

この人には敬語よりももっと気軽に話せと言われたのでそうしている。

「そっか、俺も王位なんて欲しくはなかったんだがなぁ……これからどうするんだ？」

「それなんですが、親分さ……じゃない。まずは商人のドゥッガ様に相談しようと思います」

親分さんに「出てけ」って言われたらそのときはそのときである。

敵対したと思われる王様の父親のお兄さん？　に首にして持っていかれる可能性もあるがそれなら全力で抗うつもりだ。噂の爆炎魔法が火を噴くぜ。

「ドゥッガか、調べはついてるが危ない商人だな。……しかし、そうだな」

なにか考え込んでいる王様。エール先生とイチャイチャ……じゃない。最後の魔法の勉強をしたいし出て行ってほしいのだが。

「なにか？」

「新たな道を示してやろう。帰ったら————」

「えぇ……」

王様から提案された新たな選択肢は————とんでもないものだった。

◇◇◇

————……最近ずっとフリムのことばかり考えてしまう。

政治的に危うい立ち位置にいる小さな彼女。貴族たちが騒ぎ立てているのもあるが毎日の報告から目が離せない。

ロライ料理長に新たな料理を伝授して崇められているし、下町での生き方は凄惨で報告書を読んでいられない。

俺が考えたフレーミスの名前を使わないのは安全のためなのか、それとも「本当に自分が？」という懐疑の念からか……それとも俺に含むところでもあるのだろうか？　俺の護衛であった両親が亡くなったのは俺のせいと思っているかもしれない。彼女の生家であるルカリム家は俺に恨み言を直接浴びせてくる程度には敵対しているし、子供なら親や家の指針や言葉に傾倒してしまうこともよくある話だ。

命がけで俺を助けてくれようとした彼女にはできるだけ良くしてやりたいところなのだが、難しいところである。

まだ精霊と契約していないはずのあの子は既に強大な力を持っているし、敵対するのならいつか俺の手で殺さないといけないかもしれない。

彼女の今後を考えると頭が痛い。

「はぁ……」

宰相とため息が重なってしまった。報告書を読んでいたが彼女の境遇は酷いものだった。宰相がいつにも増して眉間にしわを寄せている。

俺が彼女を最大限護ろうとしても本人が事情を知って内心で俺を恨んでいるのなら……宰相にとっても扱いが難しい。

彼女自身は何も悪くないし生きているだけで嬉しくもあるが、彼女自身がどう思っているかはわからない。直接聞いたって面と向かって悪く言うものなんていないだろう。

俺の加護魔法が原因なのか、妙に早熟ではあるが普通に考えれば恨まれてもおかしくない。なにせ他に加護を試したものに聞くと幽霊のような存在が語りかけてくると言うのだ。その侍従は最初に自ら実験台に名乗り出てくれたが、その結果一生幽霊のような存在と付き合うことになるとは……怖がりな彼には悪いことをしてしまった。

フリムの監視を命じているエールからの報告では子供らしくない部分も見られるし、自分から見てもフリムにはそういう様子が見て取れる。ロライ料理長から神のように扱われているのは謎だが魔法の使い方も普通の魔法使いとはどこか異なるという情報も入ってきている。

人の顔色を窺うような部分があると報告書に書かれているが……路地裏で荒んだ生活をしていたということを考えれば仕方ない。俺だったら原因の一端である王族に向かって攻撃魔法を放つかもしれない。

であるのに命を賭して俺を助けようとした。あの羽根のように軽い体でだ。

流石はあの二人の子供というべきか、それともルーラの加護が良かったからか。ちっこいのに魔法だけは契約精霊のいるものを凌駕している……最後の爆炎は本当に恐ろしかった。視界の全てが水を挟んで炎に包まれ、俺とフリムは玩具のように吹き飛ばされた。

――――俺を王と知っても彼女には俺を恨むような様子はなかった。

「その、話そうとするとその体勢になるのはやめろ」

「……しかし貴族様は平民を遊びで殺すこともあると聞きます」

体を丸めて床に這いつくばるのは見ていられなかった。

貴族には権力を振りかざしてそういうことをする愚かなものもいる。そんな存在と一緒にされたくない。

「お前は俺にいかなる場であっても礼を取らなくとも良い」

「書面か何かで残していただけますか？　口頭だけでは周りのお貴族様に私は殺されてしまいます」

「わかった、用意するから頭を上げろ。いやこのほうが早いか」

彼女を抱き上げてみる。子供を抱きかかえるのは初めてだが意外と悪くないな。

彼女のためにエールによって魔法を教えさせた。

鍛錬場での出来事は衝撃的だった。頑丈な壁を水の魔法で大きく陥没させていた。

その上、水の魔法であると本人は言っているが火を噴かせたようだ。もしかしたらフリムには名のある賢者が憑いて助言を与えているのかもしれないな。

彼女の人望は相当なものだ。暗殺者の中には二つ名付きの魔法使いもいたし、勲章を与えられたような真の勇者もいた。それら六人を一人で相手取って撃破。しかも噂が噂を呼んで四属性の賢者などと評されて贈り物が山のように積み上げられている。

……エールなんて俺じゃなくてフリムについて行きそうだ。

フリムの人望を考えていると新たな策が浮かび上がってきた。

彼女の今後を強制することはできないが、うまくいくなら彼女の今後が良いものになるやもしれないしこの国をどうにかする一手になるかもしれない……突飛な思いつき。

俺の傷に使ったドレスは一枚しかなかったしマントと寝間着もあの戦闘で破れていた。珍妙な掃除用の衣で帰ろうとしていたのは止めて、少しはマシな服を与えて一度雇い主のもとに帰らせた。

うまくいったならまたここに戻ってくるが……どうなるだろうか。

第9章　親分さんの選択

「ただいまです！　親分さん！」

「無事で何よりだ……まずは水だ！　何があったかはその後だ!!」

賭場（とば）に帰ると顔を知ってるお兄さんお姉さん、それに奴隷の人たちに笑顔で迎えられた。大量の貢物を運ぶのに手を貸してもらい、親分さんのもとに向かった。

親分さんはとにかく水と言っていたのでコップに水を入れる。横のバーサル様はとても言いにくそうにしている。無理もない。傷一つなく返せって言われていたのに、一時はボロ雑巾（ぞうきん）だったからねフリムちゃんは。

フォーブリン様とバーサル様にも水を入れるがバーサル様の分は親分さんが飲んでしまった。

「おかわり！」

「はい」

この後、親分さんは選択を迫られることになるし、できればこのまま機嫌良くいてほしい。

――王宮で何があったか、報告していった。

長時間引き止められたのは国の人が原因で、ドゥラッゲン家の本家の人が指示していたとか、暗殺者と戦ったとか、ドレスは破れて王様の応急処置に使ったとか、戦闘で建物ごと吹っ飛んだのでバーサル様の短剣は錆びきってしまったとか。怒らせそうなことも全部正直に。

フォーブリン様が横からどれだけすごいことをしたのか褒めてくれて、親分さんは更にご機嫌となった。

「それで私の名前がわかったそうでして。フラーミス・タナナ・レーム・ルカリムっていうらしいです」

「フレーミス」

バーサル様から指摘が入った。

「フレーミスでした。でもフリムって名乗ってます」

「ルカリム！！？　しかもタナナにレームだと‼」

ここからだ、親分さんがどうするかで私の将来が決まる。

この場ではフォーブリン様はどんなことになっても私を守ってくれると約束してくれているが、それでも怖い。

親分さんからしたら大事件すぎる。親分さんの進退もこれで決まるほどの厄ネタだ。良きにしろ悪きにしろ。

「――――それは、誰かに騙されたとかって話じゃねえのか？」

機嫌良く肉をかじりながら報告を聞いていた親分さんが神妙な顔になった。

「オベイロス陛下並びにレージリア宰相閣下の証文付きだ……それでドゥッガよ。お前に一つ提案がある。大事な話だ」

「フォーブ兄貴、最悪な話か？」

私の将来もかかっているが親分さんの将来にも関わる重大な話。バーサル様はうつむいて何も話さないでいる。

「いや？　むしろお前にとっては最高の話だな。俺も提案を受けてくれると嬉しい」

「――――なんだ？」

「ドゥッガ、お前騎士にならねぇか？」

フォーブリン様は豪快な人だが勧誘には向いてなかった。大事なこと全部抜かして勧誘しちゃってる。

「――――……冗談か？」

「いや、お前次第でお前はすぐに男爵だ。どうだ？　騎士にならねぇか？」

「フォーブ兄貴、全然話が見えねぇ……バーサー、フリム、詳しく教えてくれ」

うん、先に話を聞いていた私もどえらい話だと思う。貴族社会から追い出されてスラム街を拳(こぶし)一つでのし上がった親分さんが士爵超えて男爵だもん。なんていう超出世街道。

理由は私が水の名家の血を引いているという点と、超有名になった私を一つの勢力の旗頭にしたいという流れがあるのだ。

現在の水の大家、実家らしいルカリム家には王位継承の争いで減った水の名家の人間が集まっている。ルカリム家の当主は前王の兄を支援していて勝ち馬に乗れていない。王位はシャルトル様が授かったし、現ルカリム家からは離反したい人間も多くいる。

そして私の両親はかつての水の名家四家の血を引いていたということで、旗頭になれるだけの血統を有している。政争前の水属性の名家は、ルカリム、タナナ、レーム、リヴァイアスの四家、他にも名家と言われないまでも水の魔法を使う家は多くあるが、名家となれそうな家は三家ある。

パパ上はルカリム家の末っ子とタナナ家のお嬢さんとの婚姻で産まれ、ママ上はリヴァイアス家とレーム家の血が入っているが、ママ上の更に上のおじいさんがリヴァイアス家と敵対、詳しくはないが二人とも実家とは仲が良くなくて自由に騎士をしていたそうな。

窓際部署というか左遷でシャルトル様の護衛をしていて、王位継承争いの最中に結婚はしていなくても私ができたらしい。

フリムちゃんはサラブレッドだった。路地裏で食べ物にも困っていたのにね。

顔も知らないパパ上ママ上には悪いが貴族社会複雑すぎぎんよと思う。ともかくフリムちゃんのもとには人が集まるだけのなにかがあるらしい。噂話でルカリムの御令嬢の活躍というものはあったが公的にはまだ私のことは発表されていない。

後ろ盾も何もなしで私が貴族社会に現れたら、本家本元ルカリム家にあっさり殺されかねないしね。

——だから、王様は無視できない勢力を一つ増やそうと考えた。

しかし、いきなり勢力を成立させようとすれば人も金も全く足りていない……そこで親分さんだ。

魔法を使えるものは少なくても親分さんのもとには人手がいるし、金も貴族相手に商売するだけあって持っている。もしも親分さんが私を支援してくれるなら親分さんは貴族になれるし、私は勢力を作る下地ができる。私自身も爵位を貰って……王様のもとで一大勢力を確立できる。できたらひっそりとお店でもやっていたかったんだけどなぁ…………。

「――……どうするかは俺が決めていいのか？」

「もちろんです！」

もしも親分さんが私を支援すると決めた場合、これまで貯めていた金や築いてきた人脈を全部使って私に賭けることとなる。うまく行けば地位と名誉が親分さんのものとなる。

国が親分さんに「フリムを支援しろ」って命令したってパキスのように『元部下の上司ぶっ殺すマン』になられても困る。

フォーブリン様は騎士と言ったが、どう支援するかは親分さん次第だ。金銭のみの支援でもいいし人や人脈まで総動員するような全面的な支援でもいい。

「今ドゥッガにこの国がかかってるわけだな！　ここまでやってきて良かったじゃないか‼」

少し嬉しそうなフォーブリン様だが親分さんの渋い顔はそのままだ。

もしも、親分さんが何もしていなかったら。こうやって一大勢力と言えるまでの力をつけていなかったらこんな提案は成り立たなかっただろう。

反社会団体を部下にするなんてとも思うが、私がトップになれたら非道な真似をやめさせられる。

「フリムには悪いが、ドゥッガは断るべきだと俺は思うがな」

……難しい顔をしていたバーサル様はどうやら反対だったようだ。

「だって、あぶねーだろうが」

「バーサー……それは俺に力がねぇって言いたいのか？」

「……そうだ、下町では通じても王宮じゃ通じねぇってことだよ！」

親分さんに胸ぐらを掴まれたバーサル様。

「殴られてぇのか‼」

「………ドゥッガの身体強化は認めてるが、あそこじゃどれだけ力があっても足りねぇんだよ‼

クソつえぇフォーブリンの兄貴だって騎士団じゃ下っ端だ。悔しいがこんな負けが見えている賭けにお前まで乗らなくていいって言ってんだ‼」

体格も良くて怖い顔で掴み合う二人は迫力満点だ。でも確かにそうだよね……私だって王様にリップサービスというか騙されてる感がしないでもない。

私は旗、親分さんは基礎的な土台……そしてそこに魔法が使える人がどれだけ集まってくるのかがポイントとなってくる。王様はもしかしたら私を使って人を集めて自らの盾にするつもりかもしれない。だからこそのあの好待遇だったということもありうる。そこから察するに――賭け以前に騙されてるだけの可能性だってあるということだ。

「なっ⁉」

「俺まで引き合いに出すことはなかろうに……確かにそうだが」

一触即発だ。大人の喧嘩の近くに子供はいない方がいい。私はもう虫になりたい。もしくは貝。

……フォーブリン様は二人を止めるでもなく頬をかいている。慣れているのだろうか？ 男同士の昔からの付き合いとはこんなものなのだろうか？

「俺はドゥッガにあぶねぇことはしてほしくねぇんだ！　わかるだろ‼」

「――――……ちっ、少し考える。てめぇら賭場にでもいろ」

バーサル様を軽く突き飛ばした親分さん。親分さんにとっても命の危機である。考えることも多いだろう。

「二度とない良い案だと俺は思うんだがなぁ……ドゥーに任せる」

フォーブリン様は親分さんが貴族になることを歓迎しているようだ。

「……貴族になったからっていいことばっかじゃねえぞ？　よく考えるんだな」

「…………」

バーサル様にさっさと行けと手をひらひらさせる親分さん。私も一緒に部屋から――

「フリムは残れ」

「……はい」

残ることになった。できればフォーブリン様とバーサル様に続いて自然と部屋を出たかったのだが……私が話の大本だし仕方ないか。

「フリム。おめぇはどう思うんだ？」

「わかんないです！」

「あぁん！！？」

わざと元気良く答えると親分さんはすごい声を出した。正直怖い。

「わかんないので！　わかりそうな親分さんを頼っています！」

現代だったら情報は様々なソースで調べ、考え、推察ができる。スマホ一つあれば公然の事実がわかるし、本や論文を調べれば専門家の研究が、更に最先端の技術は研究所に行ってデータを調べればわかる。

前世の仕事はそうやって情報を調べ、それまでのコスト、導入時における金額にリスク、メリット、デメリット……様々なデータを解析して政治家にもわかるようにするものだった。

「私は貴族のことはわかりません」

しかしここでは情報をスマホで集められないし、まともに本も読めない。まとめられた本ですら情報が古い部分もある。

なら何を信じて情報を集めるのか？　人の目を見るのが大切だと私は思う。

「この国のことも世界のことも、魔法のこともわかりません」

訝しげな親分さんだが自分の思いをしっかり伝えないといけない。

人生でなにかを選択する上で自分一人ではできないときに、誰かを巻き込んでしまうことはよくある話だ。そんなとき、絶対に嘘だけはついてはいけない。

ましてや私や親分さん、それにここで働く人の命もかかっている。もしかしたら想像もできない人の命にも関わってくるかもしれない。

「だからわかる人の、親分さんの目を信じてみようと思います」

「――――……っ！」

ちょっといいように言っているが結局親分さん次第なのだ。勝ち目があるのか、全くないのか。

フォーブリン様とバーサル様でも意見が割れている。

皆が絶対無理と考えているような選択肢なら私だって逃げる前提で考えるけど。バーサル様も反対はしているが、ここに来るまでに私を襲うこともなく、親分さんを説得するように反対するってことは完全に無理な話ではないのだと思う。

親分さんに追い出されることも覚悟しているが……やはり色々考えると私が生きる道で、最も正しい道なのはこれなのだと思う。

『誰にも迷惑をかけない』ことだけを考えて正しく生きようと思うなら、来るかもわからない暗殺者に怯(おび)えながらどこかで一人で生活するのがいいのかもしれない。

何をしても『とにかく生きる』だけを考えるなら、ライなんとか殿下さんのもとに行って忠誠を誓うのがいいかもしれない。政争が終わったとはいってもこの国で最大勢力だそうだしね。

でもそれは嫌な道だろう。私と知り合って、私が助けて、親と仲が良かったらしい王様の敵に回って、きっとなにかしろと命令されてしまう。私とも縁ができてしまったあの人たちに暗殺なんていう卑劣な手段を使う人のもとにはいたくはない。

政治も、戦争も、貴族も……私にはわからないことばかりである。――――なら自分よりも事情に詳しい人の見る目を頼るのだ。

専門家であれば事情に詳しく見える。もちろんそういう人はピンからキリまでいて、的はずれなことばかり言う人や自分の所属する団体や国に利益をもたらそうと良いことばかり言う人もいる。

それでもわざわざ発言しているのだからネットの彼らの意見は判断する材料になる。

フリムちゃんは前世の記憶や経験によって考察はできるが私の常識に基づいたものでしかないし、こちらの世界の経験はまだまだ少ない。私なりに礼儀正しく王城では過ごせたつもりだが、貴族の常識なんて全くわからなかった。

この世界でいろんな人を見てきたが、スラムでのし上がってきたという親分さんは実績もあるし近くで見てきて計算高くて思慮深くもあるように見えた。暴力はよろしくないが楽しいからと人を殺すようなタイプではない。

親分さんは裏組織の人間だしちょっとは裁かれろと思うこともあるが、ここの常識では普通だし、もしも私が親分さんの上司になれるならこれからここで起こる不幸は少しは減らせる……かもしれない。

親分さんが「逃げたほうがいい」と言うなら逃げるしやめておけと言うのならそうしよう。

「お前はほんと俺をのせるのがうまいな……だが、今回のことはよく考えなくちゃならねぇ。知ってる限りのことは全部話せ。それで決める」

「わかりました」

王様の様子から何から何まで伝えた。勢力はわからないが王様やエールという人にはよろしくしてもらえたことや、貴族様たちから大量に貢物が届いたことも何から何まで全部。

「王様にはどう話していいか困ってたら好きに話してもいいって証文となんか渡されました」

私の持ち物から王様のサインと私の名前らしきものが入った証文を出してみせる。なんとなくで理解できている元々のフリムちゃんのこちらの言語知識では、言い回しが難しすぎて何書いてるかわからないが効力があると信じたい。

　それと城を出るときに家紋付きのナイフを一緒に貰った。城でよく見たマークのものだからきっとこの国の旗とか王家の家紋的なものだと思う。印籠とかじゃなくてわざわざナイフにするあたり物騒だ。銃刀法とかないのかよとも頭をよぎったがこちらの風習なのかもしれない。

　小ぶりだが国宝みたいに優雅な装飾のナイフを親分さんに渡すと両手で受け取ってくれた。

「はぁ……本物じゃねぇか」

「親分さんはどう思います？　親分さんの考えも聞きたいです」

「俺は、そうだな。…………悪い賭けだと思う」

「じゃあ逃げますか？」

「それもなぁ、水」

「はい」

「この国の頭がどうなろうと知ったこっちゃねぇとは思ってるんだが、この国は今すげぇ危うい。シャルトルかライアームか、それとも別の国が勝つのか。どうなるかはわからねぇがこの賭場がうまくいってるのはバーサーとフォーブの兄貴の力もある。もしも今の王が倒れれば王都のドゥラッゲンは排除されるし、その頃にはフォーブの兄貴も死んじまってるだろう。二人とも生き残ったとして、どうなってもバーサーとフォーブの兄貴の二人ぐらいは守れるように賭場に金を集めてたが、今回の暗殺騒動だろ？　そこにお前が水の大家の力をごっそり引き抜ければライアームの勢力は確実に減る。だがそこまでやっちまったら完全に俺はライアームと敵対することになるが……バーサーが城にお前を連れていった段階でもう敵対は決まっちまっているか？　なんでこんなことに……いや、俺が掃除の人夫にお前を使ったからか。水」

「はい」

天を仰ぐように天井を見ながらブツブツ言い始めた親分さんだが、かなり考えているようだ。

「だからってシャルトルの勢力は弱い。やっと王権をとって騎士団も掌握したが全体を見りゃ死んじまった他の勢力の取り込みはライアームが勝っちまってる。だがこのまま何もしなけりゃフォーブの兄貴もバーサーも戦争が始まれば最前線送りか？　クソが……いや、今ならまだ、しかし――」

空になったコップに水を注いで、部屋の隅の水瓶にも水を入れていく。

親分さんの決断次第では襲われるかもしれない。……少し怖くもあるが王様からの証文を見せた上でそんな短慮を起こすような人物ではない。

「まて、洗うから」

「はい」

窓の外で親分さんが大きな水瓶を持ち上げて洗う。私がいない間、一度も洗ってなかったのか少し水が濁っている。

「ったく……」

いつかと同じようにガシュガシュと水瓶を洗う親分さん。考えているようだけど……どうするかは決まったかな？

水瓶に水を注がせてフリムも部屋から追い出した。

廊下にいるアホどもには部屋に入らないように言って――よく考える。

確かにあの娘は髪色から力はありそうだとはわかっていたがまさかルカリム家の縁者……いや、後継者になりうる存在だったとは。

王様だか宰相の狙いは悪くない。王が決まって、今の王に乗り換えたい貴族は山ほどいるだろう。元は派閥もない小さな勢力だったが、宰相が他国との戦争を抑止するために中立をやめて支援を決めた。今では立派な一勢力である。

王と敵対する勢力の中にはこれ以上の戦いを望んでいない貴族も多いはずだ。そいつらの行き場を作るのに水の名家の血を引くルカリムの御令嬢がいるのなら、ごっそり引き込めるかもしれない。

フリムを宰相や王派閥が飾り立てて担ぎ出すのとフリム自身が身を立てるのでは全く違う。しかし、フリムがその形で身を立てるのなら裏で金や人を出す支援者が必要だ。誰かに取り込まれにくくなる。

――こんな機会はもう二度とない話だ。

フリムはおそらくルカリムであれば男爵……いや子爵となれる。うまく行けば伯爵だ。

そして俺は最初の支援者として男爵か子爵を狙えるか？

貴族となるためには何代も功績を積み重ねるなりしなきゃならんものだが、俺は一応ドゥラッゲンの出であるし、平民上がりよりかは受け入れられやすいはずだ。

外で待たせてる情報屋を窓から入らせる。

「とんでもないことになってますね」

「さっさと寄越せ」

「はい、しかしフリムと呼ばれる少女については情報操作でもされているのか酷いものでした」

――――……何だこりゃ？

王宮に暗殺者集団が現れた際の混乱、フリムという少女はたった一人で十人を超える二つ名付きの精鋭部隊を一蹴。四属性使い、竜、賢者、神などというとんでもない二つ名が囁かれている。その姿は絶世の美女で王をたらし込んだ……とか実は老人だとか……めちゃくちゃだな。

「くくっ」

フリムの口から出た話とは違うがこんなの誰が信じると思う？　それともフリムも知らなかったか？　あれが絶世の美女？　男か女かもわからん体つきでそれはない。ちょっと笑った。どうするか今すぐにでも考えなきゃいかんのにな。

アホみたいな情報の中に一つ目を引くものがあった。

フリムは貴族に大量の貢物をされたというのに、雇い主への忠義があるからとその贈り物をそのまま返そうとしたのだとか。

胸が熱くなる気がする。

これがモルガみたいなアホな部下だったらクビにしてもいいいんだが、フリムは突拍子のないところはあるものの常に俺の役に立とうとしてくれた。

奴隷を人として扱って接しているのは性根が優しいのだろう。部下のしつけ一つで目を逸らしちまってるからやりにくくてかなわん。息子共の前なら容赦なくぶっ殺せるが流石にこんなチビの前だとやりにくい。

貴族のもとにいればここよりかはマシな生き方ができるだろうに――――それよりも俺のもとを選んだか。『忠義者』のフリムか。

王や宰相は日に一度は必ずフリムの見舞いに行っていたと書いてあるほどだから、フリムがやると決めたなら最低でも裏からの支援があるはず。

だが今の王は周りの国に攻め込まれないようにするだけで手一杯なはずだ。ライアーム殿下の方が派閥が大きいだけではなく自陣営の貴族の協力も完璧ではない。他国に取り込まれているものもいるはずだ。

そもそも『暗殺者集団が城に現れた』というだけでこの勢力争いの危うさがわかるものだ。このままいきゃこの国の王はあっさり終わりかねない。それにつられても俺も兄貴共も終わっちまうかもしれん。

王が負けようともバーサーとフォーブの兄貴の二人ぐらいなら守り通せるかもと思っていたが、

ライアームについ先日ついたタロース家がドゥラッゲン家と仲が悪い。ライアームが勝って権力を取れたのならドゥラッゲンに関わっていた俺も危ないな。

「お前はどう思う?」

「私に意見を聞くなど珍しい。……そうですね。馬鹿げた案だとは思いますが、大賢者フリムの話題は貴族の間で持ちきりとなってますし、ドゥッガ様が貴族になられるには二度とない好機かもしれません。しかし危険すぎるのも事実。金だけ渡しておくのはいかがでしょうか?」

「だめだな。俺より金を持ってる貴族はいる。やるなら注ぎ込まなきゃ成立しねぇ」

「捨て駒に思っていた一人ぐらい放逐してしまえばそれで終わり。それもお忘れなきように」

「わかってる」

理屈ではわかっている。しかしそれをやれば王とフリムが何らかの形で懇意にしているのなら俺は貴族にはなれない。

難しいな。……もしかすれば俺たちは何もしないでも時間が経てば恨まれもしているライアーム殿下が病死でもするかもしれない。賭けないという選択もある。

しかしそれには惜しすぎる。

貴族と平民ではやはり差がある。客の貴族共には魔法の使い手もいて……どうしたって悔しい思いをすることもある。どこにでも魔法を使えるものはいるが、貴族の子飼いと商人の子飼いでは身分の差がありすぎる上に今は貴族共が大金を使って家を守るべく在野の魔法使いを集めてしまっている。

アホな貴族一人に脅かされることもあるこの賭場は何もしなくても潰れる可能性だってある。

「フリムの魔法でなぜ『大賢者』なんて馬鹿な呼ばれ方をしたんだ？」

「一人で四属性魔法を使ったという報告があります。それも複数から」

水はいつも使ってるから知ってるが、火と土と風？　あいつが俺に力を隠していた？

聞くと確実に火の名家の長ほどの火を使った形跡があったのはその目で見たと。後の訓練でも爆破系の魔法を使っていたことを確認もしたそうな。

「ルカッツの襲撃を知らせたのもフリムの可能性がある……と」

俺にも秘密にしていたのか？　……いや俺が他の連中を褒めた後だったから言い出しにくかったのかもしれんな。

風は猛烈な勢いで空から陛下ともども飛んできたのだとか。土は石像が見違えるほど綺麗になってたから上等な土系統魔法が使えると言われている。それは多分バーサーか糞親父だろうな。もしくは本家のオーク親父かクライグ。フリムが使えるなら自分で割れた水瓶を直していたはずだし、そもそもフリムにそんな力があるならパキスに負けてるのがおかしい。

「鍛錬場の頑丈な壁に亀裂を作ってましたし、水魔法だけでも大したものです。契約前の魔法使いでこれなら、数年後には国を代表する魔法使いになると言われています」

なら、さぞ勧誘も多かっただろうに俺への忠義で贈り物を突き返そうなんて危険な真似をしたってのか。貰っておけば良いものを。

「くはは」

ガキのくせに――殺しちまうには惜しくなる。

情報屋に金を渡して出て行かせてから一人でよく考える。

俺には四つの道がある。

一つ、フリムを殺してライアームに持っていく。

これはない。現王の不興を買うしフォーブの兄貴に殺されるかもしれん。

だが全部捨てて逃げ切れればライアーム殿下から莫大な褒美を貰えるはずだ。

一つ、フリムをほっぽりだしていつも通り。

もしもまた戦争が起きればどっちが勝ったとしても生き残れる道でもあるかもしれない。敵対する貴族のやつらだって名前を剥ぎ取られた俺になら慈悲を与えるかもしれない。

一つ、フリムを支援するが最低限の金だけ出す。

王が本気ならそれだけでも人は集まるだろうが、ライアームの勢力には恨まれる。貴族になれるかはわからない。

一つ、フリムを全力で支援する。

今なら貴族にもなれる。ここにある金・人・土地全部使って……借金もして支援すれば貴族になれる。

このまま何も起こらずライアームが負けるだけかもしれない。戦いは起こらないかもしれない。

他国からの侵略もないかもしれない。――……だがそれはないと俺の勘が言っている。

ここで考えても埒が明かんな。最後にフリムを見に行こう。

「フリムちゃーんこっちもー！」

「お水美味しいわー！　もう王宮なんて行かないでずっといてよー!!」

「おかえりー、待ってたよー!!」

賭場の水を入れているフリム。うちのもんには好かれているな。……これに賭けるのか？　こんなちっこくて弱そうなのに。

「親分さんどうかしましたか？」

「いや、決めかねててな。王宮で使ったっていう魔法見せてみろ」

「わかりました」

水の魔法なんか弱いもんだ。きっと見てしまえば担ぐ気は失せてしまう。


――……それでも確認しておかねばならない。


こいつを担ぐにしろ、どうするにしろ。それだけの価値が本当にこいつにあるのかを。

どこでやるかとなったが外でやることになった。屋上で暗い中……賭場の客を追い出すのも良くねぇしな。

「本気でやれ本気で」

「ダメです。多分この魔法本気でやったら賭場が吹っ飛んじゃいます」

水でそんなことができるわけないのに何を言っているのか。

松明を屋上に立ててフリムが水の球を遠くから浮かせている。松明ぐらいなら消せますよってことか？

拳ほどの水を10ほど、それにいくつかの大きな水球を苦もなく作って浮かせているフリム。

「小さいのからやっていきますね。しっかり盾持ってください――……行きます」

緊張した面持ちで小さな水の球を浮かせて遠くの松明に近づけるフリム。盾は持ってきたが松明を消すだけでここまでされると興ざめもいいところだが……フォーブの兄貴が膝をついて盾を肩に当てて本気の構えだ。

「ちゃんと構えろ、死にてぇのか？」

フォーブの兄貴の言葉に俺もバーサーも顔を見合わせて同じように構える。

ふよふよと浮いた水が近づくと――バウと聞いたこともない音を立てて……水の球が爆発した？！！

ほんの軽い衝撃が盾にふれる。倒れた松明を立て戻しに行ったフリム。

何が起きたのかわからないとバーサーと顔を見合わせる。

「あの、フォーブリン様。結構な音が出たのですが続けてもいいでしょうか？」

「後で謝りに行く必要があるがもう少し派手に行け」

「えぇ……どれを近づけるかフォーブリン様が決めてください」

先程の大きさの水の球なら10ほどあるが、いくつか大きな球もある。俺よりも大きな水の球まで同時に作り出して浮かせているフリム。フォーブの兄貴はそこそこの大きさのものを選んだ。

フリムは他の水は別の場所に飛ばして消した。選んだ球は一抱えはあるだろうか？

「なにか壊れるかもしれませんよ？」

「構わん。俺が責任を取るからやれ」

水の球を浮かせるフリム。今度はフォーブの兄貴の盾の陰に隠れ、更に俺たちを包むように水の壁を作り出した。

見えにくいが……それよりもフリムは何も唱えずにこれを行っている。精霊とよっぽど相性が良くないとこんなことはできない。しかも水の球はそのまま飛んでいっている。

呆気にとられているうちに水の球が松明に近づき――……水の膜は吹っ飛び、激しい音を立てて王都の夜は一瞬火に包まれた。

尻餅をついた俺とバーサー。とんでもない衝撃で。松明があった場所は横の壁がえぐれている。

それと……、

「火がついちゃった⁉　消火ァァアア！！！」

屋上は洗濯物を干すのに使うひもや棒切れがあってそれに火がついていた。フリムは水をドバドバかけて消火に走り回っている。

「……とんでもねぇな」

「クハハハハハ何だあれ⁉　なんなんだ‼　ハハハハハ！！！」

「誰か城に使いを出してくれ。あー、絶対俺怒られる」

「怒られてこい」

建物の周りからは何が起きたのかと人が出てきている。

水の球はあれよりも多くあったし、あれだけの力があれば人は集まる。賭場ごと吹っ飛ぶかもしれないなんて言ってたが、あの水球を作るのにフリムは苦もなくいくつも作っていた。冗談じゃなかったようだ。


――悪くねぇ賭けだ。


「決めた。俺はこいつに賭けるからな」

「貴族共は簡単にはいかねぇぞ」

バーサーが反対するのもわかる。それでも、今のよろしくない状況だからこそ当たったときはデカくなるってもんだ。

「わかってるっての」

「ただまぁ――……反対した俺が言うのもなんだが、なかなか悪くない賭けかもしれんな」

「それと屋上直してから帰れよ?」

「……」

「返事は?」

「…………おう」

第10章　王宮への呼び出し

なんとか火事を止めることはできたがやらかしてしまった。せっかく私がいない間に更にしっかりできていた洗濯設備なのに一部使えなくしてしまって申し訳ない。

それと赤い鎧(よろい)の騎士団がドドドとやってきたがフォーブリン様によってなんとかなったもののなぜかそのまま居座られて部屋を出られなかった。

……反社会団体っぽい賭場にお国の騎士様がいるというのはなんだか微妙な気分だったが仕方ない。

深夜にトイレに行こうとしたらドアの横にいたのはビビった……ついてこないで。

昼になってマーキアーさんに駄目になった屋上の設備のことを謝った。すぐに謝罪は受け入れてもらえたが、洗濯されたシーツの前で謝ってるとなんか寝小便したような気がしてなんか恥ずかしい。

「俺は俺の目的のためにもお前を支援するが……俺に礼儀作法を求めるなよ？」

「もちろんです、親分さん！」

「……これからはドゥッガと呼べ。お前は俺の主(あるじ)になるんだからな」

「ドゥッ……無理ですちょっとずつ直すんでまだ許してください親分さん」

言ったら殴られないか？　というか結構な歳上の人を名前で呼び捨てって難しい。

「俺も少しずつ言葉遣いは直すが礼儀作法はだいっきらいだったからなぁ……この歳で礼儀作法を

学び直すことになるとはな」

「礼儀作法ってどんなことするんですか？」

「俺もバーサーもフォーブの兄貴も揃って逃げてた」

「なるほど」

親分さんは私を支援することが決まった。

前よりも親分さんとの距離が縮まった気がする。

フォーブリン様のことを知りたかったので聞いてみると教えてくれた。２歳上のフォーブリン様は隣の屋敷に住んでいたそうだ。子供の頃からやんちゃだった三人は一緒に礼儀作法を学ぶことになったが、フォーブリン様に倣って授業放棄して下町で遊び回っていたのだとか。駄目な兄貴分である。

私と親分さんが仲良く話しているだけでも賭場の他の部下はぎょっとしているのに、ドゥッガと呼ぶと他の部下さんたちは目玉が飛び出るほど驚いている。

エールさんが来て数日後の式典に向けての段取りを教えてくれた。マナーを教わったりもするが宇宙言語を聞いているようで全く頭に入らない。

服だってちゃんとオーダーメイドで作ってもらっていて……豪華である。吊るしのスーツですら私には善し悪しがわからないのにオーダーメイド、プロの職人が作ってくれる……いや、こちらではそっちが当たり前なのかな？　恐れ多い気もするほどのドレスを仕立ててくれていた。

膝や尻の角度に目を伏せるタイミングとか……ちょっと何言ってるかわかんないです。途中の待機では23歩の距離で待つとか………大人と子供じゃ歩幅が違いません？

マナーを学んで数日後に一国の最高機関の式典を完璧をこなすことなんてできるわけがない。付け焼き刃でしかないし今のうちに色々とお話を考えておく。

私は日本で生きていた頃の記憶からいきなりフリムと一体化したが、フリム自身の過去はあまり覚えてはいない。確かにキラキラした屋敷にいたような気もするが、それよりも路地裏生活がメインである。

幽霊的な私が人格のほとんどを占めているなんて言えない。言えば悪魔祓いとかで殺されかねない。……ただ、私は自分で子供の体になったからか、子供の感情に大人の理性が一体化して振り回されているような気がする。自分でも自分の行動を振り返るとあれ？　っておかしく思うこともある。

ちゃんと言えない話は隠して、この国の人も納得するカバーストーリーを構築しておかねばならない。

なにかの事故で倒れた私はそれ以前のことをほとんど覚えておらず、親分さんに拾われて養育される。髪の色を見れば水の力が強いことはわかっていたから、この理由はおかしなものではないだろう……まぁそれだけなんだけど、親分さんにポイッて追い出される可能性もあったから後援が決まったというのをエールさん経由で王様に伝えてもらう必要もあるし、共通認識のすり合わせのようなものだ。

「よく来た！　フレーミス・タナナ・レーム・ルカリム‼」

「いつものようにフリムとお呼びください」

「そうだな。俺のこともシャルルと呼ぶといい」

王様のもとに呼び出されて暗殺者撃退の褒美を受け取ることになった。

ざわつく貴族の皆様。私が直答するなんて思ってもみなかったはずだ。

「ルカリム？　ルカリム家にあんな年頃の令嬢がいたか？」

「いや、タナナにレームとはシャルトル王のかつての側近ではなかったか？」

「無礼な」

「そんなまさか……」

「また名を騙るものではないか？」

それと予想以上に名前に反応している。

掃除のときは一度も来たことがなかった。高い天井に高級そうな玉座。高そうな服を着た貴族たちにカラフルな鎧の騎士たち。

私一人のためにこれだけの人が立ち並んでいると思うと申し訳ない気持ちと……やはり緊張する。

「無礼ではないか！　これだから野の魔法使いは嫌なのだ‼」

早速私の礼儀を注意された。神経質そうな人だ。直答は王様に許されるまで頭を伏せて待つというのは知っていた。

「無礼なのは貴様だ。それに今日は俺の命を救ってくれたフリムに褒美をやるために呼んだのだ

——俺に恥をかかせる気か?」

「ぜ、絶世の美女と呼ばれたフリム!!? まさかこんな子供が⁉」

「俺が小さなフリムを子犬のように可愛(かわい)いと言ったのがおかしく伝わったのだろうな……まぁいい。下がれ」

「……はっ」

すぐに神経質そうな貴族さんは貴族たちが立ち並ぶ列に戻った。

これは仕込みだ。誰かが無作為に文句を言い出せば何が起こるかわからないし、コントロールが利かないからと打ち合わせ通りの注意。

それにしても絶世の美女? フリムちゃんは幼女のわりに顔立ちは可愛いと思うが美女と言うには若すぎるだろう。

「すまんなフリムよ。俺は褒美をやるために呼んだというのに気分を害したか?」

「いえ、私は魔法の研鑽(けんさん)ばかりで礼儀作法を知りませんので」

「うむ。俺はフリムの全ての無礼を許そう。お前がいなければ俺の命はなかったからな。それでお前が連れてきたそちらの男は何だ?」

これで王様への無礼講が許された。まともな礼儀作法をマスターしようとすれば何年もかかるって話だしね。それにこの国では礼儀作法ができていた方がもちろん良いが、それよりも魔法の強さが一つの価値基準となっているそうだ。

フォーブリン様とかバーサル様も喋(しゃべ)り方が偶(たま)に荒くて私の思う「貴族」っていうよりも裏社会の

住民の方に近いときがあるしね。

貴族たちの目が親分さんに向けられる。いつもの平民にしてはちょっといい服ではなく何やら商人に見えなくもないような高そうな服を着ている。でもやっぱり顔とか傷ついてるしマフィアっぽいな。

「私を養育していたドゥッガ様です」

「どこのものだ?」

「調べはついております」

王様の横にいた人が親分さんについての情報を読み上げる。ドゥラッゲン家の人間であったこと、双子故に家を追い出されて商人として身を立てたこと。土の魔法が使えない云々は言わないのね。兄弟や姉妹で追い出されるということはよくあるようで、少し貴族たちの目がゆるくなった気がする。顔に傷もあるから苦労が見えたのかもしれない。

「うむ、よく来た。褒美は宴の後にとらせよう! 楽しんでいくと良い!!」

——……ここまでは予定通りだったが問題はここからだ。

今までのは玄関先での挨拶のようなものでこれから宴があって、その後に褒美が貰える。

エールさんが横についてくれているが、予想以上に話しかけられることになった。

「×××・××××・××××××です! この度は陛下を——」

「いや、よくやった! その歳でよく研鑽したものだ。おっと挨拶が遅れたな、××・×××××

——」

「わたくし、×××公爵の××××××――――」
「××××××××・×××子爵です。お見知りおきを、小さなレディー」
「××××・×××××××・××である！　良ければうちの子息の××××××××・××××
×・××の嫁に――――」「×××××××××××」

名前が、長いっ！！！？？　私、営業じゃなくて研究職で名前覚えるの苦手なんだけど⁉　田中とか佐藤とか鈴木とかわかりやすいのにしてくれ⁉

名前が全然覚えられずに耳から耳に抜けていく。いや目の前で名乗られても何言ってるかわからない。婿の紹介とかすんなし。

「フレーミス・タナナ・レーム・ルカリムです。水の魔法が得意です」

表向きニッコリと、笑顔のための顔の筋肉を使って挨拶だけはしていく。

水の魔法を使えるものは重宝されるそうだし、平民の商人が主なら問題ないとでも思っているのか勧誘もしてくる。親分さんの前で堂々と。

今日はそういう場ではないし、控えるようにエールさんが言ってくれているが流石に挨拶は止められない。

「ふん。ルカリム家といえばライアーム家を支持しているではないか」

「一体王は何を考えているのやら」

「やはり騙されているのではないか？」

「貴殿はあの力を感じぬのか……」

「竜だ何だの言われていたがまだ幼い少女」

「マヨニーズの神と聞いたことがあるぞ」

「しかしタナナとレームとはな」

「いやいや水の名家は仲が良かったし、王が立つ前にそういう護衛がいたはずだ」

「なら、いやしかし……」

辺りの視線もキツイ。

そろそろなにか食べて褒美を受け取るようにと、エールさんが美味しそうな料理を取ってきてくれた。

……ここにいる貴族の中には私に向かって笑顔で殺そうとしてくる人もいるかもしれない。

暗殺者がいっぱいいたのは誰かの手引きがあったはずだし、その前の不審者たちもそうだ。流石に緊張して味もしないがそれでも食べたというポーズのために胃に詰め込む。

挨拶合戦は嫌な思いだったがいきなり攻撃されたりするようなこともなく、なんとか宴を終えられそうだ。後は王様に……。

ざわりと人が割れて誰かが来た。

「ご挨拶してもよろしいでしょうか？　わたくし、エルストラ・コーズ・ルカリムと申します」

「フレーミス・タナナ・レーム・ルカリムです」

――青い髪の……ルカリムと名乗る少女がやってきた。

あれだけ大きな声で話していた貴族たちが静かになった。きっと私たちの様子を窺っているのだ。出てきたのは二人、ルカリムを名乗るご令嬢とその後ろに男の人が一人。

年齢は私の倍ほどか？　10から12に見える。……この年頃は成長に差があるから8から15ぐらいに考えておこう。なにせ日本じゃないから人種の差もあるかもしれない。

ドレスもアクセサリーも、日本の価値基準ではど派手なものなのに自然に着こなしていて……何より所作が堂に入っている。これが本物の御令嬢か。

「…………」

「…………」

お互い無言で向かい合う。

私としては不思議な気持ちでこの人を見ているが、この人が何を考えているのかわからない。本家本元のルカリム家は王の派閥とは敵対していると聞くけど……エコストラ・ローズ・ルカリムさん？　がまさか話しかけてくるなんて思いもしなかった。

背が違いすぎて首が痛い。

「貴女はルカリムを名乗りましたが何か証拠はあるのでしょうか？」

「証拠……私はフリムと名乗っていましたが、シャルル様に出自を聞かされました」

「本当にルカリムであれば何か渡されませんでしたか？　その歳であれば証の一つや二つは身につけられて然るべきですが」

「幼き頃に路地裏に倒れていたそうです。そういったものは持ち合わせておりません」

このあたりは正直に答えてもいいように言われているが、明らかに周りには怪訝な表情をしている人がいる。

これはもしかしてこの子に詐欺師扱いされている？　王位継承権の争いで家は減ったと聞いているし、ルカリムの人間が知らないルカリムの人間なんてどう考えても眉唾ものだ。

彼女は少し悲しそうな目で私を見てきた。幼女が路地に転がっていたなんて凄惨な事件だろう。もしくは政敵として担ぎ上げられただけの可哀想なスケープゴートにでも見えているのかな。

「では、本当に何の証も持たぬということですか？」

「――そうだ。フリムは何も持たぬ」

ズザザと音を立てて私とルカリムの人たちに王様、それと王様付きの人以外が皆、膝をついていく。

王様が助け舟を出しに来たようだ。

「王位継承の騒乱で市井に落ちた一人だ。しかし俺が証明することができる」

「シャルトル王、発言してもよろしくて？」

「許す」

彼女は会話の中心だったからか膝はつかずに深めの目礼をしていたが、ピンと背を伸ばして王様と向き合った。

私は突っ立ったまま流れを見守る。虫の構えになるべきか迷ったが堂々としておこう。

「彼女がルカリムであるのならこれはルカリム家の問題であります。王といえども家門のことに口を挟むのはいかがなものかと」

「いくらルカリム家のものであろうと無礼であろう！」

王様の横にいた騎士の一人が厳しい口調で一歩詰め寄った。

しかし彼女は顔色一つ変えず、その護衛を見ることもなく王と向かい続けている。

彼女の後ろの護衛らしき男性は何も言わずにほんの半歩だけ前に出た。

「よい、確かにそれは貴族として、一族のものとしては当然であろう。……しかし、そうだな。ルカリム家が取りこぼした一人がたまたま俺のもとに来て、それが俺にしかわからぬというのだから貴殿らの心配もよくわかる」

「――――どのように証を立てるというのですか？」

「こうする。〈ルーラ、俺とお前が加護を与えたものに闇の衣を着せろ〉」

小さな黒い髪の女の子が王様の横に現れ、私の周りをくるくると回った。

ふと下を見ると首から下を真っ黒なモヤモヤに包まれていた。これ汚れたりする？　汚れとれる？

焦る私にルーラと呼ばれた私よりも小さな女性が顔を覗き込むように見てきて――彼女は空気に溶けるように消えた。

「俺の最も信頼する側近であった水の名家のオルダース・タナナ・ルカリムとフラーナ・レームは良い関係だったようだな。俺とフラーナが毒で倒れた後、腹の子のためにと王家の加護を求められた」

もはやこの会場で音を立てるものはいない。話題のフリムちゃんのことを知りたくて仕方ないのだろう。

打ち合わせではこの後に褒美を貰う前に出自とかを話すつもりだったはずだが、このまま行くつもりかな？

王様に視線を向けるとニコリと笑いかけてくる。

「諸兄の知る通り、闇の加護は他の属性と違って何が起こるかわからん。俺とルーラ両方の加護を試すこととなった」

手を広げてぐるりと貴族たちに聞こえるように話す王様。

「無事産まれるかもわからぬ状態だったそうだが生きてほしいとな。親の愛というやつだろう……知っての通りその後二人は死んだ。俺もまさか子を残せていたとは思ってもみなかったぞ」

私の安全のために話してくれている陛下だが少し苦しそうだ。

パパ上とママ上とは仕事の関係以上に仲が良かったりしたのかな？

「っ！！？　――し、しかし、精霊様と陛下のご加護であれば暗殺者騒動から数日の間にでも行えたでしょう？　ルカリム家のものという証とはなりません」

……あ、たしかに⁉

胎児の状態で行われたのかつい先日行われたのか。その部分を証明することはできない。

「そういう考え方もあるか。しかしフリムの力はあまりにも特異。詳しい歳はわからぬが五つか六つのフリムはあろうことか『纏わりつく炎鞭』『這い寄る闇影』『風舞』『剛剣』を含む六人をたった一人で打ち倒した。それも俺を守りながらなぞ、どう考えても普通ではありえない」

横に寄ってきた王様が私の頭を撫でた。

成人女性の私としては微妙な気もするが、これぐらいの子がいたら頭撫でたくなる人は多いよね。わかるよ……だけど髪の毛整えてもらってるのにぐしゃぐしゃしないで。

「しかも『爆炎』などという二つ名がついたように、水属性で火を使うなどというとんでもないことをした。これはルーラの加護かもしれんな」

おぉ、まともな二つ名で紹介してくれた。

エールさんに貰ってた報告書では毎日色々増えてたもんね。マヨネーズのフリムとか派生しててマヨネーズ肉のフリムとか意味がわからなかった。特にトイレの精霊フリムについては論外だったのでまだマシな紹介で助かる。

モヤモヤと私の体にまとわりついていた闇が消え、王様と私が向かい合う。

「――――よくぞ生きていたな。卑劣な暗殺者共からこの身を守ってくれたこと、感謝する」

私の前に膝を折って、視線を合わせて今度はそっと撫でてきた。

「これをもってフリムがルカリムである証とする！　フレーミス・タナナ・レーム・ルカリムにシャルトル・ヴァイノア・リアー・ルーナ・オベイロスが伯爵位及び褒美を授ける‼」

僅かにざわつく会場、すぐに立ち上がった王様が宣言した。

――――私はこれまでより厳しい道を進むことになるだろう。だがこれで絶対的に何もできずに殺されるようなことはなくなる。……そう、信じたいな。

エピローグ

なんとか褒美の目録とか爵位を貰って、王様と宰相閣下の筋書き通りに事は運んだ。

それにしてもあの少女はいつの間にかいなくなっていたが、何がしたかったのだろうか？

エールさんによると彼女はライアーム派閥である実家と行動をともにしているわけではなく、学業に専念するべく王都にいる。だからそのまま名代(みょうだい)として式典に参加したりもしているそうな。きっと人質としての側面もあるように思う。

彼女は貴族が立ち並ぶ公衆の面前で私に向かって「本当にルカリムの人間か？」と確認してきた。糾弾のような意味とも考えられたが、彼女の表情からは恨みや蔑(さげす)み、敵意が見られなかった。

――……もしかしたら私はあの人と面識があったりしたのかな？　親分さんに拾われたのが去年らしいし、生まれてからそれまでの空白の期間にルカリムの人間なら私を見たり話したりしたことがあるのかもしれない。

「おめでとうございます。フリム伯爵」

「ありがとうドゥッガ、貴方(あなた)のおかげです」

いきなり伯爵とかやばすぎだと思ったが、本家ルカリム家は上級侯爵だし子爵では人を集める旗頭にはなれないという政治的な観点からであった。

賭場で親分さんがこれからの表明をして……宴会となった。親分さんは慕われていて貴族入りは部下の人たちにも喜ばれていた。

ちなみに私がトップで、身元が水の魔法の名家出身で、親分さんの上司というとみんな驚いていた。私も驚いている。

「これからはフリム！　いや！　フレーミス様が俺らの頭だ‼　命かけて守れよお前ら！！！」

はじめは酔った親分さんの冗談と思われたかもしれないが、私を肩に乗せた親分さんと赤い騎士のフォーブリン様と明らかに身分の良さそうなエールさんを見て理解したようだ。

私もここの人間のほとんどには受け入れられているように思う。

「フリム！　……様‼　向こうの肉を切り分けましょうか？　おい、切り分けてくれ！」

「は、はいぃ⁉」

親分さんなりに私を立てようとしているのがわかる。親分さんが本気で私の下についたことをアピールするためにこうやって部下の皆さんに見せているのだろう。

「おい！　フリム様からの振る舞いだ！　全員銀貨を受け取るように！」

「「「おぉおお‼」」」

親分さんが慕われていただけあって混乱もしているがこれからは私がトップで、賭場を運営する。

「フリム……様」

「おやぶ…………ドゥッガ、ありがとう」

お互いぎこちなくはある。上司と部下が完全に逆転したもんね⁉　言いにくいよ？？！

親分さんはこれから爵位を得て私という人物を立てていくことになるが、私あってこその爵位であるから本気で守る必要が出てくる。

私も親分さんがいないと新しくつけられる部下は知らない人ばかりとなる、が……来る人が必ずしも私に友好的なわけじゃないのはわかっている。だからこそ私は信用できる親分さんを大切にしないといけない。

この世界の道徳観は控えめに言ってダメダメだし、危険な人間は山ほどいる。


しかし、路地裏で起きたときはその日のうちに死ぬかもしれないと思ったが……まさかこんなことになるなんてなぁ。


「おめでとうね」

「おめでとうございます！」

貴族入りというのは『清廉潔白で優しい貴族の養子になれればいいな』という当初の目標からは離れているが……それでもマーキアーさんやタラリネのように本気で喜んでくれている人もいる。

「ありがとうございます！　水も飲んでいってくださいね！」

きっとこれからの貴族としての暮らしは……間違いなく困難もあるだろうけど、今喜んでくれている人もいて、私にかけてくれる人もいる。

屋根もなく食べ物もなかった頃に比べればよっぽどいい。

「〈水よ！　出ろ！〉」

明日にはまたなにか困難と出くわしているかもしれないが、今ぐらいは楽しんでもいいだろう。

あとがき

はじめまして、ｍｏｎｏ－ｚｏ（モノゾー）です。きっと僕のことは知らない人の方が多いでしょう。

なぜなら僕は創作活動としては歴も浅く、受賞もしていません。

ＷＥＢで一作品長編を書いた程度で活動歴も2年経（た）っていません。

ありがたいことにその作品ですぐにファンがついて更新のたびにコメントや応援をいただきました。

一作目はちょっと没個性は嫌だなとめちゃくちゃしてしまったので、今作は王道で行こうと思ったわけです。

書き始めて少ししてメールが来まして……ＫＡＤＯＫＡＷＡ様からでした。

あのＫＡＤＯＫＡＷＡです。アニメやゲーム、漫画やフィギュア。サブカル出版の王者の一角！

ＫＡＤＯＫＡＷＡです‼

まぁ普通に考えて自分にそんな宝くじが当たるようなことが起こることなどありえないと思ったわけですが………それが本物だったわけです。胃と脳と心臓が飛び出るかと思いました。

そして出版社で作家さんたちが集まる機会がありまして、一人でも神と呼ばれるような方々の集い。そんな光栄すぎるというか、謎のビームで焼かれそうな場所に行ったわけですが……僕ほど活動歴も短く、本も出しておらず、何かしらの受賞もしていない人はいなくて。本当の本当の最底辺だと僕は思いました。

はじめは「静かに、問題を起こさないようにしよう」という考えもあったのです。

しかし――――それで良いのか？　と自問しました。

一作目からずっとファンでいてくれる人が僕にはいる。「泣きました」「こんな作品が読みたかった！」「ワロタ」「そういうことだったのか⁉」なんて最高のコメントをこれまでにいただいて、今作になってさらに僕を応援してくれる方は増えました。

彼らの見る目が正しかったと言えるような作者になるためには静かにしていて良いのか？　と。

おそらく僕のように静かにしていた作家さんは多くいたと思います。ここで何かしても作品に影響が出るかわかりません。しかし、先達がこんなに目の前にいて、なにか聞ける機会がある。何億円出したってこんな機会はもうないかもしれない。

この場で最底辺、だからこそできる自己紹介もある。この場で最もファンが少ない？　そんなのわかってる。でも僕にとって大切なファンだ。その期待に応えられるように、作品を出せるように、作家として大成するために、この場だから聞ける話もあるだろう！　そう奮起して盛んに話を聞きに行きました。

僕も彼らのように、神と称されるような人になりたい。そうなってファンの見る目が正しかったと期待に応えたい！

……そんな会も経験して「これまでの好き勝手に書いていいだけの創作活動」ではなくなりました。勉強したり、担当さんとたった漢字二文字について「こんな思いがあるからこうしているんだ！」と熱弁したりもしました。

僕にとっては最初の書籍化作品……でも僕は作家として無名、今作で消えてしまうかもしれません。しかし、誰かに期待されているのなら、創作は続けていこうという気持ちの湧いた最高の経験になりました。

こんな機会を与えてくれたＫＡＤＯＫＡＷＡ様に心からの感謝を！　創作がんばるぞー‼

――――……え？　本作のことを書けって？

そうですね。僕には初めての書籍化作業。今までにしたことのない作業でかなり大変でした。16時間分の作業データが消えたときは声も出なかったですし3徹まで体験しました。

これは担当さんの指示ではなく僕個人で判断しての行動です。

理由は慣れない作業で時間を半分以上無駄にしたりしたからですね。専門の道具やちゃんとした環境があればおそらく1日で済むような作業だったと思います。

書籍化のためにどうすれば良いのか迷いに迷って、試行錯誤して、とにかく頑張りました。データが飛んだりとかなりの時間が無駄になりましたが、その無駄だった作業も自分の糧になったから無駄とは言い切れないかな？

……本当にいい経験をさせていただきました。

お便りはこちらまで

〒102－8177
カドカワBOOKS編集部　気付
mono－zo（様）宛
桶乃かもく（様）宛

カドカワBOOKS

水魔法ぐらいしか取り柄がないけど現代知識があれば充分だよね？

2024年３月10日　初版発行
2024年４月15日　再版発行

著者／mono-zo

発行者／山下直久

発行／株式会社KADOKAWA

〒102-8177
東京都千代田区富士見2-13-3
電話／0570-002-301（ナビダイヤル）

編集／カドカワBOOKS編集部

印刷所／暁印刷

製本所／本間製本

●お問い合わせ
https://www.kadokawa.co.jp/（「お問い合わせ」へお進みください）
※内容によっては、お答えできない場合があります。
※サポートは日本国内のみとさせていただきます。
※Japanese text only

Printed in Japan
ISBN 978-4-04-075352-2 C0093

新文芸宣言

かつて「知」と「美」は特権階級の所有物でした。

15世紀、グーテンベルクが発明した活版印刷技術は、特権階級から「知」と「美」を解放し、ルネサンスや宗教改革を導きました。市民革命や産業革命も、大衆に「知」と「美」が広まらなければ起こりえませんでした。人間は、本を読むことにより、自由と平等を獲得していったのです。

21世紀、インターネット技術により、第二の「知」と「美」の解放が起こりました。一部の選ばれた才能を持つ者だけが文章や絵、映像を発表できる時代は終わり、誰もがネット上で自己表現を出来る時代がやってきました。

UGC（ユーザージェネレイテッドコンテンツ）の波は、今世界を席巻しています。UGCから生まれた小説は、一般大衆からの批評を取り込みながら内容を充実させて行きます。受け手と送り手の情報の交換によって、UGCは量的な評価を獲得し、爆発的にその数を増やしているのです。

こうしたUGCから生まれた小説群を、私たちは「新文芸」と名付けました。

新文芸は、インターネットによる新しい「知」と「美」の形です。

2015年10月10日
井上伸一郎

辺境でスパルタ教育を
受けたら
世界を揺るがす
脳筋令嬢が爆誕！
コミカライズ決定！

奇跡に詠唱は要らない――
気弱で臆病だけど最強な
魔女の物語、書籍で新生！

どんな攻撃もノーダメージ！
ラスボス級大型新人、出陣！
角川コミックス・エースより
コミックス好評発売中!!
漫画：おいもとじろう
電撃コミックスNEXTより
アンソロジーも好評発売中!!
原作&小説　夕蜜柑
カバーイラスト　狐印　ほか